파도가
무엇을 가져올지
누가 알겠어

파도가
무엇을 가져올지
누가 알겠어

박향 장편소설

나무옆의자

차례

일러두기

1. 이 책의 제목 '파도가 무엇을 가져올지 누가 알겠어'는 영화 〈캐스트 어웨이〉 속 대사에서 가져왔다.
2. 첫 장 '결석하기 프로젝트'는 저자의 소설집 『즐거운 게임』(2012)에 실린 단편소설 「요괴인간」에 바탕을 두었다.

결석하기 프로젝트

오후의 햇살이 비끼는 거실은 눈이 부실 정도로 밝았다. 집에서 보는 석양이 생소한 듯 현제는 눈을 가늘게 뜨고 창밖을 보았다. 거실에 가득 퍼진 레몬빛 햇살 속으로 손을 내밀었다. 햇살이 물처럼 손바닥 위에서 출렁거렸다. 손바닥을 가만히 접으며 현제는 생각했다. 저 발악하는 석양이 출렁거릴 리는 없다. 지금 내 마음이 출렁거릴 뿐이다.

현제는 성큼성큼 부엌으로 걸어가다가 잠깐 심호흡을 했다. 요리를 하는 엄마는 조금 경건해 보였다. 간을 하고 맛을 보고 잠깐 생각에 잠기는 그 짧은 순간이 엄마를 좀 더 신중한 사람으로 착각하게 했다. 하지만 엄마는 신중에 가까운 사람은 아니다. 엄마는 좀 덜렁대는 편이고 순간적인 기분에 따라 감정 기복이 심하지만 스스로에 대한 평가는 아주 후한 편이다.

현제는 중학교 때 엄마와 있었던 사건을 떠올리지 않을 수 없었다. 현제에겐 사건이었고, 엄마에겐 소란이었으며, 아빠에겐 그저 해프닝이었던 일이었다. 과거의 실수는 현재의 교훈이 되어야 성장할 수 있다는 어른들의 고리타분한 잔소리가 아니더라도 그 사건은 지금까지 현제에게 뼈아픈 교훈으로 남아 있다. 그래서 오늘은 그냥 정면돌파를 할 작정이었다. 현제가 하는 제안은 엄마라는 암흑상자를 지나면 꼼수나 잔머리로 해석되어 반박하기 어려운 궤변을 거쳐 다시 현제에게 되돌아왔다. 그러므로 거의 언제나 현제의 의견은 묵살되었다. '하루 결석하기 프로젝트' 같은 실수는 다시는 하지 않으리라. 중학교 2학년, 엄마의 막무가내식 해석을 이겨내기에는 너무 어린 나이였다.

반드시 숙제를 하고 난 후 놀아야 하며, 학원을 결석하는 일은 있을 수 없어서 할머니 생신 모임조차 현제 혼자 빠지도록 하는 엄마였다. 그런 엄마가 제안한 하루 결석하기 증서는 처음부터 그리 신빙성이 있어 보이지는 않았다. 하지만 매력 있는 물건임에 틀림없었고, 어쨌든 엄마의 자필서명이 있다는 데 의의를 두고 현제는 그것을 보물 1호로 지정하여 간직하고 있었다.

〈하루 결석하기 프로젝트〉

열심히 생활한 아들 김현제는 1년에 하루 결석할 수 있다. 국가와 사회가 불법으로 지정한 행동과 일반적인 도덕적 관념에 어긋나는 행위를 하지 않는다는 조건하에 이날 하루 완전한 자유가 주어진다.

아들 김현제, 엄마 이혜원

이 증서는 중학교 1학년 중간고사에서 전교 21등이라는 경이적인 기록을 세웠을 때 엄마가 선물이라며 현제에게 준 것이었다. 날짜를 명기하지 않은 것은 1년에 하루라는 조건 때문이었다. '열심히 공부한'에서 '열심히 생활한'으로 바꾼 것은 현제가 제시한 조건이었고, 불법과 부도덕한 행위를 하지 않겠다는 것은 엄마의 제시 조건이었다. 이 두 가지 사항이 합의를 이루었고, 증서에 사인을 했고, 지장을 찍었다. 이 선물이 만들어진 배경에는 물론 엄마가 있었다. 결석이라니, 범죄자보다 더한 취급을 받을 것이 뻔한 그런 제안을 학생이라는 특수한 신분을 가진 어느 자식이 먼저 꺼내겠는가.

"난 학창 시절에 왜 그렇게 열심히 학교를 다녔는지 모르겠어. 지금 생각해보면 하루쯤은 결석해도 괜찮았을 것 같은데, 몸이 불덩어리처럼 아파도 학교에 갔거든. 엄마가 가지 말라고 해도 안 가면 죽는 줄 알고 다닌 것 같아. 하루쯤은 집에서 뒹굴며 놀아도 괜찮지 않을까? 난 자식들에게 그런 자유 하루쯤은 주고 싶어."

아빠도 고개를 끄덕였고, 현제가 그 자리에서 제안했다. 애당초 받기로 했던 새 핸드폰 대신 그 하루를 받겠다고. 쿨한 척하기 좋아하는 엄마가 먼저 수락했고, 아빠는 무언의 동의를 했다.

증서는 그날 저녁 음식점에서 식사가 끝나고 집에 가자마자 작성되었다. 엄마는 자기가 아주 쿨한 줄 안다. 하지만 천만의 말씀이다. 남들 앞에서는 쿨한 사람인 것처럼 행동하지만 엄마는 사실 전혀 쿨하지 않다. 다시없을 불후의 명화라며 돈 들여 구입한 영화를 같이 보면서도 밤 11시가 넘어가면, 숙제는 했니? 내일 아침에 일찍 일어날 순 있는 거야? 라며 한창 영화에 몰입할 시간에 은근한 잔소리로 불안을 조장했다. 시험 치느라 고생했는데 실컷 놀아라, 라고 하면서도 저녁 7시가 지나면 밥은 먹었니, 피곤할 텐데 집에 들어와 빨리 쉬어라, 시험이 끝났으니 이럴 때 책도 좀 읽어라 등의 문자로 피시방 게임을 피곤하게 만들었다. 그러면서도 남들 앞에서는 성적이 뭐가 중요해? 난 애 그렇게 닦달 안 해, 라며 그 누구도 흉내 낼 수 없는 온화한 표정으로 좋은 엄마 이미지를 심어주는 놀라운 능력을 지니고 있었다. 이런 위험을 내포하고 있는 대상이 아니었다면 애당초 부모 자식 간에 증서라는 치사한 형식적 절차를 가질 필요도 없었을 터였다.

문제는 그 증서를 현제가 아끼고 아끼다가 중학교 2학년 때 사용하려고 했을 때 일어났다. 증서를 받는 순간부터 꿈꾸어온 '결석해도 좋을 자유'는 생각만 해도 온몸을 전율하게 하는 힘이 있었다. 하지만 그 자유는 엄마라는 사람에게 다가서는 순간 무참하게 깨지고 말았다.

"작년부터 시작됐고, 작년엔 안 썼어. 1년에 한 번이니까 지금

두 번 결석할 수 있는 거지? 토, 일까지 합하면 4일이야."

엄마는 현제가 내미는 증서에는 눈길도 주지 않고 한심하다는 얼굴로 현제를 바라보았다.

"지금 가출이라도 하겠다는 말이니?"

"가출은 무슨 가출이야. 증서를 읽어보고 말해. 엄마 사인까지 한 거잖아."

"장난하지 말고!"

"엄마야말로 지금 장난해? 이 증서대로 하자면, 1년에 한 번 결석해도 좋다고 했잖아. 왜 지금 와서 딴소리냐고?"

무표정하고 단호하게 엄마가 말했다.

"너 지금 나흘을 결석하겠다는 거잖아."

"뭐가 나흘이야?"

"주말에 학원은 어떻게 할 건데?"

엄마가 고함을 빽 질렀다. 현제도 지지 않고 목소리를 높였다.

"엄만 언제나 이런 식이야!"

"왜 해석을 니 마음대로 해? 힘들게 공부하고 하루 정도 집에서 쉬어도 좋다고 한 거지, 이렇게 니 마음대로 돌아다니는 거라고 해석할 거였으면 애초에 나 그런 말도 안 했어. 결국 결석할 거면 선생님한테 아프다, 가족체험이다 거짓말해야 하는데, 니가 밖으로 쏘다니면 그게 말이 되는 거야? 혹시 너네 담임선생님 귀에 들어가기라도 하면 엄마가 거짓말쟁이가 되는 거잖아."

"엄만 이미 자식한테 거짓말쟁이가 됐어. 그런데 남한테 거짓말쟁이가 되는 게 그렇게 무서워?"

"어쨌든 시끄러. 결석해도 좋다고 한 거지 집을 나가도 좋다고 한 적은 없어. 그리고 1년이 지나면 그만이지 저금이 되는 게 어딨어? 증서 어디에도 그런 말은 없어."

"정말 필요할 때 쓰려고 아끼고 아껴둔 건데, 지금이 그때인데, 나도 중요한 약속이 있단 말야. 이제 와서 이런 식으로 할 거면 왜 증서에 사인한 거야?"

엄마가 현제를 쏘아보았다.

"어쨌든 안 돼. 길 가는 사람을 잡고 물어봐라, 공부하는 학생이 가출이라니 그게 말이 되는 소리인가? 정말 제정신으로 하는 소리야?"

길 가는 사람 잡고 물어볼 필요도 없다. 그리고 길 가는 사람이 뭐가 한가하다고 이런 질문에 꼬박꼬박 대답해주겠는가. 엄마의 객관성을 강조하는 말이겠지만 현제에게는 가장 혐오스러운 말이었다.

"가출은 안 돼. 약속대로 하루 집에서 쉬어. 선생님한테는 엄마가 전화해놓을 테니까."

가출의 뜻이 무엇인지 사전에서 찾아 엄마한테 보여주고 싶은 심정이었다. 가출이라니. 아, 엄마의 저 불온한 상상력에 따른 단어 선택의 미스는 어디까지인지!

"그리고 아까 너 무슨 약속 있다고 하지 않았어? 그게 무슨 소리야? 너처럼 일주일씩이나 결석할 아이가 또 있단 말이야?"

나흘이 일주일이 되는 건 순식간이었다. 무엇보다 엄마는 오지랖도 넓었다. 분명 그런 아이가 있다고 하면 그 아이의 부모님에게까지 전화해서 한바탕 훈시와 잔소리를 늘어놓을 것이다.

"말 안 해!"

"그런 거 없어. 그냥 나 혼자 여행하고 싶었어."

"거짓말하지 말고 솔직히 말해. 누구랑 뭘 하려고 했느냐고?"

"허락해주지도 않을 거면서 그런 걸 왜 물어봐. 그리고 나 내일 학교 안 가. 집에도 안 있을 거야."

"너 나가기만 해봐. 경찰서에 신고해버릴 거니까. 지금 당장 방으로 들어가. 당장!"

현제는 벌떡 몸을 일으켰다. 에이 씨. 쥐고 있던 증서를 확 구겨 바닥에 팽개쳐버렸다.

"이 녀석이! 엄마 앞에서 너 지금 무슨 짓이야."

현제는 방으로 들어가 문을 꽝 소리 나게 닫았다. 그리고 잠금장치를 눌렀다. 엄마가 문손잡이를 잡고 철컥철컥 돌리기 시작했다.

"너, 지금 뭐 하자는 거야? 문 안 열어!"

엄마의 고함 소리가 방 안의 공기를 밀어내고 현제 주변을 온통 점령하고 있었다. 어서 빨리 자라서, 어서 빨리 이 방으로부터 독립하고 싶다. 밥도 안 먹겠다. 내일 아침에 이 방을 나가지도 않겠다. 내일도 모레도 아무것도 하지 않겠다. 이중적인 엄마가 잘못했다고 말할 때까지 나는 아무것도 안 할 테다, 라고 현제는 굳게 결심했다.

그때 생각이 나서 현제는 쓴웃음을 머금었다. 현제의 의견을 사춘기의 반항쯤으로 여기고 재고의 가치도 없다는 듯 내팽개친 엄마는 지금도 용서가 되지 않았다.

중학교 2학년 때 처음 짝이 되었던 경수는 여행을 좋아했고 탐험에 꽂혀 있었다. 이미 경수는 초등학교 6학년 때 석 달 동안 부모님과 함께 세계 일주를 한 경험이 있는 친구였다. 탐험이라니, 그런 건 한 번도 상상해보지 못했기에 현제는 빠른 속도로 경수에게 빠져 들어갔다. 무엇보다 하루 결석하기 증서가 있다는 사실이 세계를 여행하고 온 경수 앞에서도 자신을 당당하게 만들어주었다. 하지만 결국 엄마 때문에 약속을 지키지 못했다. 그 이틀 동안 부모님이 허락하는 결석을 하고 정말 어딘가로 혼자서 탐험을 떠난 경수는 '나에게 가장 중요한 것은 약속'이라는 문자를 현제에게 남겼다.

"엄마."

왜―. 길게 대답을 한 엄마는 이제 막 끓기 시작한 된장뚝배기에 송송 잘게 썬 파와 양파를 집어넣었다. 모의고사가 끝나자마자 게임방에 가자고 달라붙는 지수와 기동을 단호하게 뿌리치고 집으로 달려왔다. 저녁을 먹으면서 엄마와 진지하게 이야기를 나눌까 생각했던 것이다. 현제가 고등학교에 입학하면서 엄마는 많이 달라졌다. 좀 더 감성적이 되었고, 가능한 한 현제 입장에서 생각해주려고 애썼다. 고등학교에 들어온 후 엄마와 큰소리를 낸 적은 한 번도 없었다. 엄마는 자녀 입시 스트레스 덜 받게 하기 주부대학 강좌라도 수강한 사람 같았다. 뿐만 아니라 길고양이에게 밥을 주고 정기적으로 유기견 센터에 가서 봉사도 했다. 엄마 스스로도 말했다. 나 정말 처녀 때의 감성이 돌아온 것 같아. 그래서 현제도 다시 한 번 도전해볼 생각을 한 것이다. 아니, 꼭 성공해야만 했다. 지난번에 만났을 때 제현은 정말 위험해 보였다. 죽고 싶단 말을 함부로 내뱉었다. 그걸 지켜보기만 해야 한다는 사실이 현제는 너무나 힘들었다.

저녁이 늦은 것인지 오늘 엄마는 아예 이쪽은 쳐다보지도 않았다. 뜨거운 뚝배기가 밀어내는 열기에 놀란 장국의 옥타브가 갈수록 높아지고 있어서 어쩌면 엄마는 현제의 소리를 미처 듣지 못했을 수도 있었다.

"엄마, 드릴 말씀이 있어요. 꼭 들어주셨으면 해요."

"뭔데?"

"여기 좀 앉으시면 안 돼요? 중요한 이야기예요."

"잘 들을 테니까 그냥 거기서 말해. 엄마 지금 바쁘잖아."

현제는 크게 심호흡을 한 후 입을 열었다.

"저…… 내일 하루 학교 안 가려고요."

엄마가 뭐라고? 라고 했지만 그 소리는 찌개 간을 보느라 묻혀버렸다.

"내일 학교 하루 쉰다고요."

"왜? 개교기념일이니?"

"아뇨, 친구에게 문제가 생겨서 내일 하루만……. 엄마가 선생님한테 전화 한 통 해주시면 고맙고요, 아니면 할 수 없고…….''

휙 뒤를 돌아보는 엄마의 얼굴이 짧은 경련을 일으켰다. 그래도 아직까지는 얼굴에 여유가 있었다. 아니 있어 보였다. 요즈음 특히 희미해진 턱선이 다소 완고하게 굳어지긴 했지만 엄마는 원래 회복력이 빨랐다.

"무슨 말이야?"

"저한테는 정말 중요한 일이에요."

계속 존댓말을 쓰는 현제의 태도가 장난은 아니라고 엄마도 판단한 모양이었다. 엄마가 간을 보던 수저를 놓고 가스레인지 불을 껐다.

"친구라니 누구?"

엄마의 미간에 굵은 주름이 그어졌다.

"제현이요, 지금 혼자 있어요."

"혼자 있는 친구를 위해서 결석을 한다고?"

"제현이 지금 도움이 필요해요."

"제현인 왜 혼자 있는데?"

"엄마 아빠가 이혼하셨는데 누구도 책임지기 싫어해서……집을 나왔어요."

"그럼 가출했단 말야?"

"가출이 아니라…….''

엄마가 골똘히 생각할 게 있는 사람처럼 현제의 말을 손으로 저지하더니 잠깐 숨을 멈추었다.

"학교도 무단결석하고?"

꼬치꼬치 캐묻는 엄마의 말투에 갑자기 화가 치솟았다. 중학교 2학년 때로 되돌아간 것 같은 기분이었다. 현제는 저도 모르게 목소리가 높아졌다.

"가출, 무단결석, 꼭 그런 단어를 써야 해? 걔 지금 너무 힘들어한다고. 정말 도움이 되고 싶다고."

"집 나왔으니 가출이고, 말 안 하고 결석하면 무단결석인 거지, 그럼 그걸 어떻게 말한단 말야?"

"제현이 나쁜 애 아니라는 건 엄마도 잘 알잖아. 지금 걔가 너무 불안해. 위태위태하다고. 내가 하루만이라도 같이 있어주고 싶어서 그래."

"꼭 그 방법밖에 없니?"

"엄마……."

"차라리 우리 집에 데리고 와라. 내가 며칠은 밥 먹이고 재워 줄 테니까……. 결석이 처음이 어렵지, 한 번 하면 또 하게 되는 거야."

"엄마!"

그때와 달라진 게 있다면 엄마의 목소리 톤이 아직은 올라가지 않았다는 것이다.

"이렇게 무단결석하면 내신은 어쩔 건데?"

"무단결석은 무슨 무단결석이야, 그리고…… 중학교 때 그 프로젝트 사실 한 번도 안 썼잖아."

"너 지금 2학년 2학기야! 대학 입시가 코앞에 있는 놈이 말하는 거 하곤……."

어림도 없다는 듯 엄마가 가스레인지에 불을 붙이며 날선 소리를 뱉어냈다. 잔소리 말고 씻고 밥 먹어, 나갔단 봐.

엄마가 조금이라도 달라졌다고 생각했다니 정말 큰 착각이 아닐 수 없었다. 엄마는 그저 달라진 척하고 있었을 뿐이었다. 엄마랑 이야기가 통할 거라고 생각했던 자신이 너무나 어리석게 생각되었다. 엄마는 아예 대화 상대가 아니었다. 현제는 중학교 2학년 때의 어느 오후처럼 방으로 들어가 방문을 꽝 하고 닫았다. 이럴 때 확 집을 나가버릴 용기라도 있으면 얼마나 좋을까. 방문을 열고 들어오는 게 아니었다. 현관문을 열고 나가는 게 맞았다. 아, 현제는 머리를 벽에 대고 쿵쿵 박았다.

핸드폰을 꺼냈다. 제현과 만나기로 한 7시가 지나고 있었다. 현제는 몇 번이나 카톡을 썼다가 지웠다. 제현, 현제. 제현은 올해 초 같은 반이 되었을 때 어깨를 툭 치며 '야, 친하게 지내자. 같은 이름보다 더 정답지 않냐'고 했던 친구였다. 체육 시간이 되면 다리가 불편한 영민과 함께 나가느라 늘 제일 늦게 교실에서 나오는 친구이기도 했다. 이렇게 제현의 마음을 아프게 할 자격이 자신에게는 없었다.

—제현아 미안해, —제현아 어쩌지, —제현아 아무래도 엄마

가, ―제현아. 현제는 핸드폰을 방구석으로 집어 던져버리고 이불을 머리 위로 확 뒤집어썼다.

끔찍한 파트너

제현은 머리에 쓰고 있던 수건을 벗겨냈다. 얼굴은 땀에 젖어 번들거렸다. 목덜미와 얼굴을 수건으로 닦아내고 벽에 걸린 시계를 보았다. 시계는 찜질방 안의 열기로 인해 뿌옇게 흐려져 있었다. 그렇지만 시침은 분명 7시를 지나고 있었다. 조금 늦을지도 모른다고 했지만, 현제는 좀처럼 늦는 아이가 아니었다. 언제나 약속 시간보다 일찍 와서 기다리는 친구였다. 무슨 일일까. 전화도 카톡도 조용한 걸 보면 무슨 일이 생긴 게 틀림없었다. 엄마한테 들켜서 핸드폰도 뺏기고 외출금지라도 당한 것일까. 하긴 현제 같은 모범생에게 뭘 기대한 것은 아니었다. 못 올지도 모른다는 확률에 반은 걸고 있었으니까.

모범생까지는 아니지만 제현 역시 학생이라는 울타리를 벗어날 생각은 꿈도 꾸어보지 않았다. 가끔 그 울타리가 답답하기는 했으나 어른들로부터 인정받고 보호 받는 기분도 괜찮은 것이었다. 저 녀석은 별수 없다는 비난의 눈길로부터도 자유로울 수 있었다. 굳이 반발하고 저항하면서 학창 시절을 보내고 싶지 않았다. 곧 성인이 될 테니 지금 학생답게 사는 것을 즐기자는 주의가 제현의 생각이었다. 그런데 그 생각이 깨지는 데 며칠도 걸리지 않았다. 이렇게 가출 청소년이 되어 있으니 스스로가 생각해도 놀랍고 어이없는 일이었다. 이런 제현의 변화에 제일 민감하게 반응한 친구가 현제였다. 어쩌면 그것은 너무나 당연했다. 현제는 부모님이 하는 말을 벗어나본 적이 없는 뼛속까지 모범생인 친구였다.

그래도 현제의 제안은 놀라운 것이었다. 학교를 결석하고 같이 여행을 떠나자고 했다. 휴일을 끼우면 최대 3일에서 최소 2일이라고 했다. 학교를 결석해? 그게 말이 되냐고, 니가 그게 가능하냐고 몇 번이나 물었지만 현제는 최선을 다해서 성공해보겠다고 했다.

"진심은 통한다는 말도 있잖아. 나 이번엔 그거 한번 믿어보려고."

그리고 꼭 올 거니까 올 때까지 전화하지 말라고 했다. 그런데 벌써 7시 30분이다. 제현은 몸을 벌렁 눕히고 얼굴을 수건으로 덮었다. 오늘 밤도 이 찜질방을 벗어나진 못할 것 같다. 벌써 사흘째, 아까 아줌마가 슬슬 눈치를 주는 게 신분증 내놓으라는 말이 입에서 나올까 봐 조마조마했다. 다른 곳으로 옮겨야 하나 어쩌나 고민이 되었지만 옮기는 것도 보통 일이 아니었다. 두툼한 책가방을 메고 들락날락하는 것부터 눈치가 보이니 말이다.

"기대한 내가 잘못이지."

제현은 자기도 모르게 버럭, 고함이 나와버렸다. 순간 구석에서 아이고머니나 하고 놀라는 소리가 들렸다. 아까 까불고 뛰어다니던 애들 둘이 나가고 난 뒤 혼자라고 생각했는데 누가 남아 있었던 모양이었다.

"야, 이 지랄헐 놈이 자는 사람 놀래구로 어디서 고함을 질러! 여기가 이눔아 너거 집 안방이야!"

제현은 얼굴을 덮은 수건을 집어 들며 벌떡 자리에 일어나 앉았다. 고함을 지른 사람은 앞머리를 올려 분홍색 머리핀으로 고정하고 찜질방 수건을 목에 두른 할머니였다. 정말 깜짝 놀랐는지 몸을 비스듬히 일으킨 채 가슴에 손을 얹고 숨을 몰아쉬고 있었다.

"어, 죄송합니다. 전 아무도 안 계신 줄 알았어요. 죄송합니다. 할머니."

"야 이눔아, 아무도 없어도 그렇지. 뭔 사달이 났다고 그렇게 고함을 지르고 지랄이야."

"죄송합니다. 주무세요. 이제 안 그럴게요."

"이눔아, 니가 잠 다 깨워놔서 잠들기는 틀렸다."

제현은 베개와 이불을 옆으로 밀쳐놓고 몸을 일으켰다. 아무래도 다른 방으로 옮겨야 할 것 같아서였다.

"이눔아, 어딜 가. 잠을 깨워놨으면 책임을 져야지."

목례만 하고 얼른 방을 나왔다. 거실에는 사람들이 드라마를 보고 있었다. 게임방도 있고 영화감상실도 있다. 하지만 아무것도 제현을 잡아끌지 못했다. 현제가 오면 둘이 함께 동해안을 따라 걸어볼 생각이었다. 소금기 머금은 바닷바람이 발목을 휘감는 상상을 하며 요 며칠 꿈에 부풀어 있었다. 그 상상만이 제현에게 유일한 위안이었다. 현제에게 연락을 먼저 해봐야 할 것 같았다. 혹시 오다가 무슨 일이 생겼는지도 모른다. 주머니를 뒤지던 제현은 제 머리를 딱 쳤다. 핸드폰을 금방 나온 수면실에 두고 온 것이었다.

수면실 문을 열자 아까 제현이 누워 있던 자리에 할머니가 쪼그리고 앉아 있는 것이 보였다. 할머니가 들고 있는 것은 분명 제현의 핸드폰이었다.

"할머니 죄송한데요, 그거 제 거예요."

"아이고 그눔 그거, 가고 난 뒤에도 사람 시끄럽게 하네. 니가 가고 난 뒤에 전화기가 어찌나 울어대던지, 그래 내가 받았다 이눔아."

"예? 아 정말, 왜 남의 전화를 받고 그러세요."

"아이고 이게 자꾸 시끄럽게 울리니까 그렇지 이눔아."

제현이 할머니의 손에서 뺏듯이 핸드폰을 집어갔다.

"지가 잘못한 건 모르고 어디서 성질이여."

전화는 현제에게서 온 것이었다.

"미안하다고, 못 갈 것 같다고 전해달라던데?"

"예? 아니 그 말을 왜 할머니한테 전해요?"

"아니, 누구냐고 하길래 조금 전까지 같이 있었는데 잠시 나갔다, 다시 들어올 거니까 뭐 전할 말 있으면 하라고 했지."

"제가 다시 들어올지 안 올지 할머니가 어떻게 알아요?"

"이눔아 당연히 들어오지, 요걸 놔두고 갔는데."

그건 그렇다. 하지만 어쨌든 상식적으로 보기는 힘든 할머니였다. 제현은 핸드폰을 열었다. 현제의 문자가 와 있었다. '너무 화가 나서 전화기를 집어던졌는데, 한동안 안 켜져서 연락도 못할 뻔했다. 미안해.' 벽에 등을 기대고 앉아 눈을 감았다. 뭔가 아주 소중한 것이 쑥 빠져나간 기분이었다. 현제와 여행을 가게 되고, 그리고 여행을 다녀오면 부모님을 용서할 수도 있을 것 같았다. 아니 용서하리라고 생각했다. 그런데 아예 그런 기회조차 누군가가 빼앗아 가버렸다.

"이눔아, 사랑이란 게 그런 기다. 아아~ 웃고 있어도 눈물이 난다~."

엉뚱한 소리를 늘어놓는 것도 모자라 노래까지 흥얼거리는 할머니와 숨구멍을 틀어막는 답답한 열기가 두꺼운 모포처럼 제현을 짓눌렀다. 그때 할머니가 제현 앞으로 바싹 다가앉았다.

"니, 가출했제?"

"……."

"내가 벌써부터 보고 있었다. 할 일도 없이 빈둥빈둥 저녁때만 되면 기어 들어와선 게임방에서 죽치고 있는 거, 오늘로 사흘째 아이가? 우떻노? 우리 상부상조할래?"

할머니는 자신 역시 가출했다는 것, 이 찜질방에서 일주일째 묵고 있다는 것, 가족들이 자꾸 찾아내는 바람에 찜질방을 벌써 세 번이나 옮겼다는 것, 며느리가 구박을 해서 집에선 도저히 살 수가 없다는 것 등의 하소연을 랩처럼 쏟아냈다.

"아, 글쎄 그년이 나를 정신병자라고 아들한테 일러바치지 않 겠나? 내랑 같이 있는 기 싫어서 그러는 기지. 밥 차려주는 것도 싫고, 같은 집에서 숨 쉬는 것도 싫은 기다. 내가 거실에 앉아 텔 레비전 켜는 시간에 맞춰 청소기 돌리는 년이라니까. 머리 감을 때도 물 많이 쓴다고 아예 샴푸를 숨겨놔. 오줌도 마음대로 못 눈 다니까. 내보고 뭐라 카는 줄 아나? 오줌 누면서 무슨 화장실에 그렇게 오래 앉아 있느냔다. 화장실에 지린내 밴다나. 나쁜 년, 늙어보라지. 오줌이 그리 쉽게 나오나."

황토색 찜질방 옷을 입고 있어서 할머니의 빈부 정도를 가늠 할 수는 없었지만 이런 찜질방이나 전전하고 있는 것만으로도 처량한 신세는 짐작이 갔다. 자식한테 쫓겨났거나 스스로 집을 나왔거나 둘 중 하나겠지만 할머니의 얼굴에서는 만만찮은 삶의 고단함이 느껴졌다. 이마가 넓고 콧날은 선명했다. 하지만 상대 적으로 작은 눈은 눈꺼풀에 반이나 덮여 있어서 마치 물고기의 아가미 같았다. 복잡한 수로처럼 뒤얽힌 주름이 이마와 볼과 목 덜미까지 이어졌는데 말을 할 때마다 주름살이 꿈틀거리며 일어섰다가 가라앉는 모습은 징그럽게 느껴졌다.

"그런데요? 저한테 왜 그런 말을 하는데요? 무슨 상부상조요?"

"아 참, 근마 그거 성질머리하고는. 그러니까 내 말은 니 녀석도 이 집 주인 눈치 보고 있지 않느냐 그 말이지. 미성년자가 밤중까지 있으려니 보호자가 필요한 거 아니냐고. 내가 그 보호자 해주겠단 말이지. 돈도 없고, 힘도 없지만 내한테는 먹을 만큼 먹은 나이라는 게 있거든."

귀가 번쩍 뜨였다. 하지만 섣불리 제 마음을 보이기는 싫어서 제현은 묵묵부답으로 일관했다.

"나도 니랑 같이 있으면 혼자 온 할머니 찾아다니는 우리 며느리한테 들킬 염려가 없다는 기지. 그년이 날 왜 찾아댕기겠노? 이번엔 날 요양원에 처넣을 기다. 틀림없다."

그냥 밤에 같이 있기만 하면 된다는 것이다. 사람들에게, 특히 주인에게 조손 관계라는 눈치만 주면 된다고 했다. 엄마 아빠 때문에 요 며칠 모든 어른들을 적대시하며 지냈다. 그랬는데 슬그머니 뭔가 솜뭉치 같은 포근한 느낌이 올라오는 듯한 기분이 들었다. 그런데다 도망 다니는 할머니라니……. 자신의 처지와 다를 게 뭔가. 어딘가 수상하지만 애잔한 구석이 있는 할머니였다.

"그러려면 니가 내한테 좀 야들야들하게 해야지. 손주 노릇 하려면 이눔아."

"할머닌 이눔, 저눔 하는 버릇부터 좀 고쳐야겠는데요?"

제현이 툭 쏘아붙였지만 어투는 아까보다 훨씬 누그러져 있었
다. 갑자기 이를 드러내고 씨익 웃은 할머니가 제현을 일으켜 세
웠다.

"에이, 왜요!"

"기념 셀카 찍자."

"뭔 사진요."

"남들이 물어보면 보여줘야 할 거 아이가? 할머니 어디 갔냐
고 물으면 사진이라도 보여줘야지."

할머니가 제현의 팔짱을 끼고 손가락으로 브이자를 그렸다.
제현은 핸드폰을 꺼내 사진을 찍었다. 어쨌든 빨리 이 절차를 끝
내고 싶었다. 사진이 잘못 나왔다는 할머니의 성화에 세 번이나
더 찍어야 했다. 나중에 모두 지워버릴 생각으로 제현은 할머니
가 원하는 대로 포즈를 취했다. 핸드폰으로 사진을 찍고 나자 할
머니는 이번엔 자기 주머니에서 구식 폴더폰을 꺼내더니 또 사
진을 찍게 했다. 정말 골치 아프고 귀찮은 할머니였다. 폴더폰 사
진 찍기까지 모두 끝내자 아이구 내 새끼 하면서 할머니가 제현
의 엉덩이를 툭툭 쳤다. 사진을 찍음으로써 조손 관계가 증명이
라도 된 듯한 뿌듯한 표정이었다. 제현이 할머니의 팔을 얼른 쳐
냈다.

"아이 씨, 뭐 하는 거예요."

"야, 그거 내 주면 안 되나?"

할머니가 제현의 핸드폰을 보며 말했다.

"할머니도 폰 있잖아. 이걸 주면 나는 어쩌라고?"

"아니 전화기 말고, 전화기에 걸려 있는 그거 말이다."

제현의 핸드폰케이스에 붙어 있는 메탈로 만들어진 작은 나침반을 보고 하는 말이었다. 크기는 작지만 정교하고 정확한 나침반이었다. 제현이 중학교 3학년 때 외삼촌이 유학 가면서 주고 간 것이었다. 그것은 제현에게 단순한 나침반이 아니었다. 나침반을 가만히 보고 있으면 마음이 편안해졌다. 헤매고 방황하는 자신을 다잡아주는 주술적인 힘이 있다고 느낄 정도였다. 특히 요즈음 들어서 혼자서 멍 때릴 때 제일 많이 들여다보는 물건이었다.

"그거 길 찾아주는 거 아이가?"

할머니도 나침반이 뭔지 아는 모양이었다. 하지만 말도 안 될 소리다. 핸드폰을 잃어버릴지언정 나침반을 잃어버릴 수는 없다.

"아니면 돈 줄 테니 그런 거 어디서 하나 사주라. 그것만 있으면 길을 찾는 담서?"

"이게 무슨 내비게이션인 줄 아나."

제현의 핀잔에 머쓱해진 할머니가 갑자기 표정을 바꾸며 콧방귀를 핑 끼더니 말도 안 되는 엉뚱한 소리를 쏟아냈다.

"이눔아, 내가 지난 일주일 동안 뭐 했는 줄 아나? 여기 들어오는 애들 면면이 살피고 있었다. 니 같은 놈이 한둘이 아니었지. 하지만 내 맘에 쏙 드는 놈이 없었거든. 니가 그렇게 늙은 할미한테 건방진 척 대거리를 해도 숨길 수 없는 게 있어, 인석아."

나이 먹는 게 필요할 때도 있구나, 아이고 좋다, 하고 중얼거리며 벌러덩 몸을 뒤로 눕힌 할머니가 제현보고 옆에 누우라는 듯 바닥을 툭툭 쳤다. 그때 드르륵 전화기가 울렸다. 현제였다. 제현이 뭐라고 하지도 않았는데 현제 목소리가 먼저 툭 튀어나왔다.

"미안해."

"됐어."

"정말 어리다는 게 이렇게 무능력하고 무기력한 건 줄 오늘 절실히 깨달았어."

"어리니까 가출도 하잖아. 나이 들면 설마 마음에 안 든다고 집을 나가기야 하겠냐."

나이 들어 가출한 할머니가 그르릉 코 고는 소리를 냈다.

"정말 나이만 들면 엄마한테 복수하고 싶은 심정이야."

"어떻게 할 건데?"

"내 마음대로 사는 거지."

현제는 자신을 구속하는 엄마한테 복수하는 게 꿈이라서 훌륭한 어른이 될 수밖에 없다고 했다. 그래서 공부한다는 것이다. 그런 현제가 가끔 재수 없게 느껴지기도 하지만 사람 사는 방법이 다 다르니까 존중까지는 아니라도 인정할 순 있었다. 그래도 가끔 균열을 일으키고 싶은 욕구를 불러일으키는 친구임에는 틀림없었다. 지금 어두운 방구석에 틀어박혀 이불을 뒤집어쓰고 핸드폰으로 소곤거리고 있을 현제에게 일탈의 진정한 재미를 맛보게 해주고 싶었다.

"야, 그럼 오늘 새탈 어떠냐?"

"새탈?"

"그래, 새벽 1시 어때? 알람 맞춰나."

"새벽 1시. 좋아. 좋아!"

흥분한 현제의 목소리가 핸드폰의 숫자판을 뚫고 튀어나왔다. 어쨌든, 오늘은 이 답답한 찜질방을 나갈 수 있다. 새벽에 들어오더라도 저 할머니가 있으니까 주인 눈치 안 봐도 된다. 전화를 끊자마자 자고 있는 줄 알았던 할머니가 얼른 제현을 다그치며 물었다.

"새털이 어떻다고?"

"몰라도 돼요."

"야 이눔아, 니랑 나랑 할머니 손주 하기로 했는데, 니가 뭐 하러 나갔는지는 알아야 할 거 아이가. 새털 뽑으러 갔다고 하랴?"

"아이, 새털이 아니고 새탈. 새벽에 탈출한다고."

"어디로 탈출한다는 말이고?"

"아, 몰라요. 지금 한숨 자고, 새벽에 나갔다 올 거니까 그리 알아요."

제현은 담요를 배까지 끌어올리고 자리에 누웠다. 눈을 감았으나 잠이 올 것 같지는 않았다. 그렇다고 다시 일어나 앉으면 할머니도 따라 일어날 것이 틀림없었다. 자는 척하는 게 제일 낫지 싶었다. 피유. 할머니가 숨죽인 방귀 같은 한숨을 내쉬었다.

"이눔아, 니눔 얘기도 한번 해봐라. 우짜다가 집에 안 들어가고 이러고 있는지."

"알 거 없어요."

"니 에미 애비는 널 안 찾는다니?"

제현은 입을 꾹 다물었다. 자신을 찾기는커녕 나타날까 봐 두려워하고 있을 사람들이 바로 그 둘이었다. 제현의 기억 속에 두 사람이 다정하게 있었던 적은 한 번도 없었다. 자식이 옆에 있든 없든 눈만 마주치면 싸움닭처럼 서로를 쪼아댔다. 이혼이라는 말은 어릴 때부터 들어왔다. 그래서 정말 두 사람이 이혼한다고 했을 때 제현은 전혀 놀라지 않았다. 피곤한 주인공들의 지루한 영화가 드디어 끝이 났다고 생각했다.

제현은 자신이 제 부모보다 더 비열해지기를 꿈꾸어왔다. 그렇지만 비열해지는 것은 생각보다 힘든 일이었다. 비열은 생존 본능으로 이어졌다. 혹시나 버림받을까 봐 겁이 나서 늘 두 사람의 눈치를 보고 지냈다. 어쨌든 경제적으로 독립할 때까지 살아남아야 한다는 생각으로 두 사람 사이에서 버텼다. 자식 버리는 것을 아무렇지도 않게 생각하는 사람보다 더 비열해지기를 제현은 지금도 간절히 바랐다.

"야 이눔아, 내 이야기 했으면 니 이야기도 해야지. 상부상조하자는 놈이 와 그리 매너가 없노?"

"잠 좀 자자고요. 에이 씨."

할머니가 제현의 머리를 쿡 쥐어박았다.

"어따 대고 소릴 질러 이눔아. 감히 내 앞에서."

"집 나와 도망하고 있으면서 감히는 무슨."

"니 내가 누군 줄 아나?"

할머니가 제현을 향해 돌아누웠다. 제현이 얼른 등을 보이며 몸을 돌렸다. 할머니가 제현의 귀에 입을 갖다 대더니 뜨거운 숨을 훅 불어넣었다. 이건 혹시 성추행? 아니면 변태? 생각만으로도 소름이 돋았다. 다 늙은 노인네가 이 무슨 추탠가. 무릎을 구부리고 제현은 재빨리 몸을 웅크렸다.

"그렇지, 감히……. 내 정체를 알면 니늠은 누운 자리에서 오줌을 쌀 것이다. 말 가려서 하란 말이야, 이늠아."

별 미친, 소리가 입 밖으로 튀어나오려는 걸 제현은 꾹 눌러 참았다. 노인네와 이야기를 길게 이어가고 싶지 않아서였다. 아무래도 정상적인 노인은 아닌 것 같았다. 새탈을 하려면 지금 잠을 좀 자두어야 했다. 아니, 꼭 새탈 때문이 아니더라도 오늘은 푹 자고 싶었다. 요 몇 달 동안 통 잠을 이루지 못했다. 모든 것을 다 잊어버리고 마치 관 속에 드러누운 것처럼, 그렇게 깊이 잠들고 싶었다.

새탈하기

　냉장고에서 우유를 한 잔 꺼내 마시고 현제는 잠시 굳은 듯이 그 자리에 서서 귓바퀴를 모았다. 신발 뒤꿈치를 끄는 듯한 시계 소리. 배고픈 공룡처럼 웅웅거리는 냉장고 소리. 빠른 속도로 지나가는 도로의 자동차 소리. 배탈 난 동물처럼 가끔 화장실 하수구에서 꾸르륵 물이 내려가는 소리. 어둠이 진득하게 눌러앉은 거실이 생각보다 많은 소리를 품고 있다는 사실에 놀랐다. 하지만 현제가 기다리고 있는 소리는 그런 게 아니었다. 엄마는 잠귀가 밝았다. 현제가 밤늦게 냉장고 문을 열면 어김없이 뭐 찾니? 하고 물었다. 지금 엄마 소리는 들리지 않았다. 잠이 푹 들었다는 증거였다.

　현제는 어둠 속으로 발을 성큼 내딛었다. 발걸음을 옮길 때마다 몸에 달라붙어 있던 작은 소음과 시커먼 공기들이 툭툭 떨어져 나가는 것 같았다. 야광 시계는 12시 50분을 가리키고 있었다. 만나기로 한 편의점까지 가려면 지금 나가야 했다. 현관문이 관건이긴 하지만 중문이 있으니까 소리를 충분히 흡수해줄 것이다. 냉장고 소리에 아무 반응이 없던 엄마가 현관문에 반응을 보일 가능성은 별로 없었다. 한 손으로 손잡이를 감싸고 문고리를 돌렸다. 어둠 속에 찰칵 하는 소리가 총성처럼 울려 퍼졌다. 현제는 어깨를 떨며 뒤를 돌아보았다. 안방 문이 열리는 착각이 일었다. 허연 실루엣이 보이는 것 같아 현제는 어깨를 한껏 옹송그렸다. 하지만 거실은 어둠과 정적이 촘촘하게 내려앉은 채 아무 움직임이 없었다.

제현은 벌써 나와 있었다. 편의점 옆 인형 뽑기 기계 방을 집중해서 들여다보고 있었다.

"야, 미안."

"됐어. 기대도 안 했어."

"엄마 때문에 내가 미친다 미쳐."

"어른들 생각이 다 그렇지 뭐. 별수 있겠냐?"

"내 탓이야. 엄마가 좀 달라졌다고 생각했는데 내 착각이었나 봐."

"어른들이 쉽게 달라지냐?"

"하루 결석하면 큰일 나는 줄 알면서 공부타령 하는 건 중학교 2학년 때나 지금이나 똑같다는 걸 확인했을 뿐이야. 공부가 중요한 건 나도 알고 있는데 말야."

"진짜 우리에게 공부가 중요한 게 맞냐? 난 확신이 안 든다."

제현이 단호한 얼굴로 현제를 쳐다보았다. 굉음을 울리며 지나가는 오토바이 소리가 두 사람 사이를 비집고 끼어들었다. 현제는 공부가 전혀 중요하지 않다는 얼굴로 자신을 쳐다보는 제현을 가만히 마주 보았다. 가끔 제현과 이런 논쟁 아닌 논쟁이 벌어지지만 늘 현제가 한 걸음 물러나곤 했다. 하지만 오늘은 그러고 싶지 않았다. 엄마에게 반발심이 나서 한바탕 소동을 벌이긴 했지만 공부가 중요하지 않다는 허세 같은 걸 부리고 싶은 마음은 없었다.

"그럼 우리에게 중요한 건 뭔데?"

"공부 자체가 싫다는 건 아냐. 공부 잘하는 목적이 오로지 좋은 대학 가서 나중에 편하고 돈 잘 버는 직업을 얻겠다는 생각이라면……, 난 그런 식의 공부는 싫다는 말이지."

"야, 지금 우리나라 구조가 그렇잖아. 공부 열심히 해서 대학 가지 않으면 돈을 벌 수 없는 구조니까……."

"물론 그렇지, 대기업에 취직하고, 의사도 검사도 되고, 사장도 되고, 돈도 남들보다 많이 벌고, 그래서 결혼도 하고, 아이도 잘 키우고, 그러려면 또 돈을 많이 벌어야 되고……. 그런데 돈을 많이 벌려면 꼭 공부를 열심히 해야 하는 거야? 오로지 돈이 목적이라면 말야, 꼭 의사나 검사가 되어야 하는 거야?"

"꿈을 이루고 그 꿈으로 돈을 벌면 더 좋겠지."

"씨발, 난 무슨 꿈을 꾸어야 되는지도 모르겠다."

"난 경영학과 진학이 지금 목표지만 돈이 목적은 아냐. 물론 말단 회사원부터 시작하겠지. 하지만 내 꿈은 올바른 기업 정신을 가진 사장님이 되는 거야. 개인의 이익만 생각하지 않고 모두가 잘사는 그런 기업, 성공을 나눌 줄 아는 기업인 말야."

"그래, 꼭 꿈을 이뤄라. 나중에 나 취직이나 좀 시켜주고."

"알았으니까 꼭 찾아와라, 나로 인해 얼마나 많은 사람이 잘살고 있는지 꼭 보여줄 테니까."

"그래……, 내 말은…… 나 역시 돈을 목적으로 살지는 않겠다는 뜻이야. 씨발, 난…… 행복하게 살고 싶어."

"행복?"

제현의 말이 마치 고함이라도 치는 것처럼 귀를 왕왕 울렸다. 요즈음 들어 늘 그랬다. 언제부터인가 제현이 하는 말은 현제의 감정을 건드렸다. 제현의 말에 백프로 공감하는 것은 아니지만 대화 중 말꼬리를 확 잘라버리듯 제현은 어느 순간 현제가 더 이상 받아치지 못할 단어를 골라냈다. 이를테면 '행복' 같은 말이었다. 두 사람의 숨소리가 침묵의 공간 속으로 사르륵사르륵 스며들고 있다는 느낌이 들었다. 이런 시답잖은 대화는 끝내겠다는 듯 제현이 전화기를 꺼내더니 현제에게 물었다.

"야, 애들 부를까?"

"지수는 전화는 받겠지만 엄마한테 들키면 작살날 거고, 기동이는 잘걸?"

"그래도 전화해보자."

아무도 전화를 받지 않았다. 제현은 지수가 앞에 있기라도 한 듯 핸드폰을 노려보며 투덜거렸다.

"홍지수, 이건 지가 길동이라는 놈이 한밤중에 자냐? 홍길동이 밤에 활약 안 하면 언제 하냐."

지수는 여자애지만 반에 있는 그 누구도 여자라고 생각하지 않았다. 교문을 통과할 때는 분명 교복치마를 입고 스타킹을 신고 있지만 교실에 들어서면 어느새 치마 안에 체육복 바지를 입고 돌아다녔다. 책상 위를 경중경중 건너다니거나 창틀 위에 올라가는 것도 예사였다. 하지만 하얀 피부와 큰 눈만 보면 어린 소녀 같은 느낌이 강해서 누구든지 처음 얼마 동안은 지수의 여성스러운 외모에 빠져버리곤 했다. 문제는 그 지속 시간이 그리 길지 않다는 데 있었다.

지수는 스스로 자신을 홍길동이라고 불렀다. 자기가 홍길동의 환생이라는 것이다. 가끔 애들 문제집이나 필기구 같은 것도 슬쩍하는데, 그건 도둑질이 아니라 말하자면 불우이웃돕기 같은 것이라고 큰소리를 쳤다. 불우한 이웃에게 나눠줘야 그게 불우이웃돕기지, 훔친 걸 니가 하면 그게 불우이웃 돕는 거냐고 따지면 정색을 하고 덤벼들었다. 주변에 자기만 한 불우이웃도 없다는 것이다. 중학교 때 조금 날라리로 살았다고 그때부터 지금까지 이어져온 엄마의 폭정을 견디고 사는 것만으로도 그렇다고 했다. 무엇보다 남자친구가 안 생긴다는 점이 불우의 가장 큰 이유라나.

현제는 실망한 듯 풀이 죽어 있는 제현의 어깨를 툭 치며 말했다.

"다들 자나 보다."

"그럼 그것들은 그냥 두고, 학교 한번 가보자."

"학교? 스릴러 영화 찍냐. 이 밤중에."

"그러니까 가보자는 거지. 아니면 산에 가볼래?"

"산? 야, 차라리 학교가 낫겠다. 이 밤중에 산에 갔다가 뭐 귀신이라도 만나게?"

"겁쟁이 같은 소리 하고 있네. 귀신이 어딨냐?"

"어쨌든 산은 좀 그렇잖아."

새벽이라는 말이 무색할 지경으로 거리에는 사람들이 많았다. 맥도날드와 스타벅스가 붙어 있는 거리는 지나치게 밝은 불빛 때문에 밤이라는 생각이 들지 않을 정도였다. 투명한 유리창 가에 바싹 붙어 앉아 사람들은 각자의 핸드폰만 들여다보고 있었다. 그 풍경을 훑듯이 지나 학교로 들어가는 골목으로 접어들었다. 골목은 다른 세상인 듯 고요했다. 서점, 만두집 근처는 길도 좁은 데다 어두워서 스산하기 짝이 없었다. 토스트 가게와 편의점을 지나 속옷 가게 앞에 이르자 거리는 다시 환해졌다. 앞서 가던 제현이 속옷 가게 유리창에 얼굴을 바싹 들이대고 섰다. 현제도 얼굴을 유리에 바싹 붙였다. 가게 앞 가로등 때문에 진열장 안의 속옷들이 선명하게 보였다. 어지러운 레이스가 달린 브래지어와 팬티는 붉은 분홍빛이었다. 으흐흐, 제현이 음탕한 웃음을 웃었다. 으흐흐, 현제도 따라 웃어보았다. 미안하니까 자꾸 따라하게 된다고 현제는 생각했다. 분식집을 지나서 방범 초소를 지나면 모닝 문구점이다. 문을 열고 들어가는 순간부터 뒤통수에 주인의 시선을 달고 다녀야 하는 다른 문구점과는 달리 모닝 문구 주인아저씨는 카운터에 앉아 신문을 보거나 아무 의미 없는 낙서를 하곤 했다. 주인이 어수룩해서 아이들이 뭘 들고 가도 잘 모른다며 문구점이 1년 안에 문을 닫을 거라고 다들 이야기했었다. 그런데 아직까지 건재한 걸 보면 아무래도 없어지는 물건보다 파는 물건이 더 많은 모양이었다. 제현은 문구점 앞에 섰다. 그리고 손가락으로 유리문을 톡톡 두드렸다.

"이 집 아저씬 이혼했다더라."

"니가 그걸 어떻게 알아?"

"그냥 들었어. 이혼하고 혼자 산대. 졸라 따분하게 산단다."

제현은 문구점을 지나서 앞서 걷기 시작했다. 대림 슈퍼가 보였다. 슈퍼 주인은 불친절함의 대명사였다. 아이들은 주인아저씨의 머리가 벗어졌다는 이유로 이곳을 대머리슈퍼라고 불렀다. 거스름돈이 있어야 장사가 수월할 텐데, 아저씨는 동전으로만 천 원이 넘는 물건을 사려고 하면 아예 물건 안 판다고 고함부터 질렀다. 이런 집에 누가 가겠나 해도 아직 안 망한 걸 보면 장사가 되기는 하는 모양이었다. 아마도 주변에 같은 업종의 가게가 없다는 것이 대머리슈퍼의 유일한 생존 이유인지도 몰랐다. 제현은 돌멩이 하나를 줍더니 높이 올렸다가 뒷발차기로 날렸다. 쨍 하는 소리가 나더니 슈퍼 유리에 거미줄 같은 방사형 실금이 생겼다. 누가 먼저랄 것도 없이 뛰기 시작했다. 두 사람은 사거리까지 가서야 숨을 헐떡거리며 멈추었다.

학교 앞은 가로등이 하나 켜져 있었으나 오래되었는지 불빛은 흐릿하고 어두침침했다. 나무가 바람에 흔들릴 때마다 바닥의 나무 그림자가 이리저리 움직였다. 현제는 가로등이 오히려 학교 교문 앞을 음산하게 만들고 있다는 생각이 들었다. 교문은 열려 있었다. 뒤도 돌아보지 않고 제현이 앞장서서 씩씩하게 걸어 올라갔다.

"야, 어디 갈 건데?"

"교실."

"이 밤중에 건물 안으로 어떻게 들어가?"

"다 들어가는 수가 있어. 잔말 말고 따라와."

건물을 돌아 나온 검은 바람이 얼굴을 때리고 지나갔다. 목덜미가 서늘해져왔다. 학교를 스스로 떠난 놈이 기껏 새탈해서 찾아가는 곳이 학교라니. 지각이라도 한 아이처럼 숨까지 헐떡이며 올라가는 제현의 뒷모습을 보며 현제는 자기도 모르게 인상을 찌푸렸다. 도대체 머릿속에 무슨 생각을 하고 있는지 모를 녀석이었다.

"여기야."

"여긴 화장실이잖아?"

"맞아. 여기 창문은 잠금장치가 부러졌어. 근데 항상 닫혀 있으니까 잠겨 있다고 생각하는 거지."

"1층 창문을 죄다 열어보진 않았을 테고, 여기 잠금장치가 부러진 건 어떻게 안 거야?"

"크크크. 그야 간단하지. 내가 부러뜨렸으니까."

"언제?"

"당연 학교 열심히 다닐 때지."

제현이 화장실 창문을 열더니 현제한테 먼저 들어가라는 고갯짓을 했다. 현제가 창문턱을 잡자마자 제현이 현제의 다리를 잡고 몸을 들어올렸다. 창문은 좁았으나 마치 흡입되듯이 현제의 몸이 안쪽으로 쏠렸다. 조심스럽게 몸을 돌려 화장실 바닥에 착지했다. 곧 제현의 머리통이 보이는가 싶더니 다리가 쑥 나왔다.

"한두 번 해본 솜씨가 아닌데?"

거만한 표정으로 제현이 씩 웃었다.

"몇 번 안 했어."

복도 중간에 소화전의 붉은 비상등이 핏빛으로 빛났다. 현제는 제현의 팔을 꽉 움켜쥐었다.

"와, 씨. 좀 무서운데?"

복도는 어두웠다. 인색한 달빛이 두 사람의 실루엣만 겨우 비춰주고 있을 뿐이었다.

"경비 시스템 없어? 사이렌 울리는 거 아냐?"

"경험상 안 울려."

"어디로 갈 건데?"

"학생이 학교에 왔으면 교실에 들어가는 게 기본이지."

제현이 계단을 올랐다. 두 사람의 발소리가 허공중으로 퍼지기 시작했다. 어디선가 비릿한 냄새가 났다.

"이거 무슨 냄새냐?"

"어디 화장실 문이 열려 있나 보다. 똥오줌 싸고 물 안 내린……. 밤 되면 싹 모이니까 냄새들이 장난 아냐……."

현제가 침을 꼴깍 삼켰다. 제현이 안주머니에서 핸드폰을 꺼내 플래시를 켜 들었다. 계단을 오르는 불빛이 바람에 흔들리는 나무 그림자처럼 이리저리 흩어졌다.

"2323. 아직 안 바뀌었냐?"

2학년 3반 교실 앞에서 자물쇠의 번호를 맞추며 제현이 물었다. 현제는 고개를 끄덕였다. 드르륵. 교실 문을 열었다. 불과 네 시간 전까지만 해도 아이들이 우글거리며 앉아 있었을 것이다. 그때의 온기는 이미 사라지고 없었다. 오랫동안 비워둔 집처럼 교실은 묵은 먼지 냄새까지 풍겼다. 제현이 자기 자리에 가더니 의자를 드르륵 꺼내 앉았다. 그리고는 책상 위에 핸드폰을 올려놓고 안주머니에서 뭔가를 꺼내 책상 위에 올렸다.

"이게 뭐야?"

"보면 모르냐, 뭘 살까 하다가 울 아빠가 젤 좋아하는 걸로 준비했다."

소주 한 병과 종이컵 두 개, 그리고 오징어였다.

"나, 이거 여기서 꼭 해보고 싶었거든. 교실에서 술 마시는 거 말야. 우리 담탱이 약 좀 오르게."

"우리가 여기 있는 거 알지도 못하는 담탱이가 어떻게 약이 오르냐?"

"담탱이 신조가 '공부는 인생의 전부다'잖아. 역사는 1등만 기억한다면서 상위권 서너 명 외에는 대놓고 무시하고. 그 기분 얼마나 더러운지 너는 모를 거다."

"나도 그 레벨에는 못 들어가거든."

"그래, 하긴 어쩌면 우리 담탱이 같은 선생이 더 나아. 난 물리 찌질이가 더 싫어."

"그렇긴 하지."

"이곳저곳 구석구석 눈 맞춰가며 감시하니 수업 시간에 딴짓을 할 수가 있나. 꼭 감방에 앉아 있는 기분이라니까."

거기다가 수업 시간에 딴짓하는 아이들을 보면 물리는 가만있지 못했다. 앞으로 불러내서 신문지를 둘둘 만 종이 몽둥이로 등이나 팔을 때려댔다.

"사랑의 매가 폭력으로 오인받는 교육현장은 정말 개탄스럽기 그지없다. 궁여지책이지만 나는 이 신문지몽둥이에라도 제자에 대한 사랑의 마음을 간절히 담겠다."

하지만 신문지몽둥이도 아프고 기분 나쁘기는 마찬가지다. 요즘 세상에 매 맞는 교실이 아직도 존재한다는 사실을 사람들은 상상도 못 할 것이다. 동영상이라도 찍어 인터넷에 올리고 싶지만 아이들이 그렇게 하지 못하는 이유는 '쪽팔려서'다. 가끔 맞다 보면 어디 확 부러졌으면 좋겠다는 생각을 하기도 한다. 신문지방망이의 위력이 그 정도는 아니겠지만 하여튼 그런 행운(?)

이라도 있으면 덜 쪽팔리게 경찰에 확 찔러버릴 수 있으니까.

담임은 상위권 몇 명하고만 눈 맞추며 수업하면서도 수업 시간에 딴짓을 하면 가만두지 않는다. 멍청히 앉아 있는 것만 허락되는 가장 비효율적이고 비경제적인 수업 시간이 담임이 맡은 국어 시간이다. 담임과 성향은 비슷하지만 아이들의 전폭적인 지지를 받는 사람이 있는데 그가 바로 영어 카톡개다. 말투가 느린 데다 카톡에 나오는 개 모양의 이모티콘과 비슷하게 생겼대서 그런 별명이 붙은 영어 선생은 아예 각 반의 1등하고만 눈 맞추고 서로 영어로 대화까지 하며 수업한다. 그래서 그 시간은 1등 진수만 빼고 모두 좋아한다. 아예 핸드폰을 책상 위에 올려놓고 게임을 하는 아이도 있다. 자기가 눈 맞춘 아이 외에 다른 아이가 어떤 짓을 해도 전혀 상관하지 않으니 아이들의 열광적인 반응도 무리는 아닌 것이다.

"담임이 나보고 그랬잖아. 신성한 배움의 전당에 너같이 제멋대로인 놈은 필요 없다고. 신성한 교실에서 꼭 하고 싶었던 일이 바로 이거야."

제현이 사흘 연속으로 지각을 했다. 그리고 하루 결석, 이틀 지각, 다시 결석. 지각할 때마다 종아리를 한 대씩 맞았는데, 다리의 멍이 모여 발칸반도처럼 되어갈 무렵 제현은 가출을 하고 학교에 나오지 않았다. 재혼을 하게 된 아버지와 지긋지긋한 가정을 쿨하게 버린 엄마 사이에서 갈 곳이 없게 된 제현의 마지막 선택이었다. 아버지와 재혼할 여자가 내세운 조건이 아들을 엄마에게 보낸다, 였다는 것이다. 엄마는? 하고 현제가 물었을 때 제현이 말했다. 그 여자, 튼튼하고 커다랗고 아주 긴 방패를 자기 앞에 세우고 있지. 혹시 앞에 있는 나에게 들킬까 봐.

제현이 소주병을 따더니 종이컵에 술을 부어 현제에게 내밀었다. 현제는 앞자리 의자를 돌려 제현과 마주 보고 앉았다. 제현의 무릎이 현제의 무릎에 닿았다.

"우리 사랑스러운 담탱이와, 경쟁과 무관심의 향연장인 교실과, 미치도록 아름다운 이 밤을 위해."

두 잔이 부딪쳤으나 종이컵은 아무 소리도 내지 않았다. 제현이 먼저 단숨에 마셨다. 마치 의식을 치르듯 현제도 입에 대자마자 목을 뒤로 꺾어 술을 넘겼다. 목젖이 타는 듯 뜨거웠다. 식도를 타고 흘러내린 소주가 황무지에 길을 내는 트랙터처럼 거칠게 아래로 내려갔다. 핏줄을 돌아 심장까지 휘감아 도는 소주의 위력이 휘이잉 바람 소리와 함께 귀와 머릿속에 빠르게 맴돌았다. 제현이 두 번째 잔을 들었다. 현제가 잔을 내밀었다.

"넌 그만 마셔."

"아냐, 나도 줘."

"됐어. 술도 못 마시면서. 까불지 마시지."

제현이 두 번째 잔을 들어 입에 털어 넣었다.

"이건 현실에서 씩씩하게 도망간 엄마라는 여자를 위해."

핸드폰을 꺼낸 제현이 단축번호를 눌렀다. 1번이었다.

"야, 이 시간에. 너무 늦었어."

제현이 손사래를 쳤다. 뭐야, 전화를 안 받아? 자식이 오랜만에 학교에 왔는데, 칭찬해주지는 못할망정. 혼잣말을 중얼거린 제현이 다시 1번을 눌렀을 때 저쪽에서 여보세요 하는 남자 목소리가 들렸다. 여보세요. 거기 김경옥 여사님 부탁합니다. 네? 잘못 걸었다고요? 그럴 리가 없어요. 좀 바꿔주세요. 좀 바꿔달라고오. 뭐? 미친놈? 야, 이 개새끼야. 현제가 제현의 손에서 거칠게 전화기를 뺏었다. 종료 버튼을 눌러 전원을 아예 꺼버리고 제현에게 돌려주었다. 제현은 전화기에 달린 나침반을 손으로 문지르며 중얼거렸다. 길을 못 찾겠다, 길을……. 현제가 제현의 손에서 다시 전화기를 뺏어 제현의 주머니에 넣어버렸다.

"그만해. 좀."

제현이 키득키득 웃기 시작했다.

"근마 그거 졸라 짜증났겠다. 그거 김경옥 여사 전화번호 아니거든. 우리 여사님, 전화번호를 바꿔버렸지 뭐냐. 자식새끼한테도 안 가르쳐주고 흐흐. 그래도 어쩌겠냐. 그게 내가 아는 유일한 여사님 전화번호니까 지가 그 번호 받은 죄로 이 정도 수고쯤은 감수해야지. 씨발."

"어머닌 어디 가셨는데?"

"살아 있는 동안 둘이 싸우는 소리만 듣고 자랐다. 야, 그렇게 부모가 싸우는데도 나처럼 착하게 크는 아들이 어디 있냐? 근데 씨발, 이번엔 진짜야. 지난 1년 동안 무슨 일이 있었는 줄 아냐? 아빠한테 젊은 여자가 생겼고, 엄마는 이혼 서류 던져놓고 집을

나가버렸고……. 전화번호도 바꾸고……. 아빠 또 냉큼 서류 제
출하고, 이혼하고, 또 결혼하고. 아 씨발, 뭐가 이리 간단하고, 뭐
가 이리 쉽냐."

제현이 술병을 들자 현제가 불쑥 잔을 내밀었다.

"나도 줘."

"까불지 마. 너 술 안 마셔봤잖아."

"그러니까 오늘 한번 마셔보려고."

두 사람이 되네, 안 되네 실랑이를 하고 있을 때였다. 인기척이
났는지 복도 쪽으로 고개를 돌리던 현제가 허억 하고 비명을 질
렀다. 복도 창에서 검은 물체가 교실 안쪽을 들여다보고 있었던
것이다. 마치 냉장고 속인 것처럼 교실에 찬 기운이 돌았다. 턱이
고장 난 인형처럼 덜덜 떨리기 시작했다. 두 사람이 보고 있는데
도 검은 실루엣은 움직임이 없었다. 핸드폰 플래시를 켠 제현이
벌떡 일어나 교실 문을 열고 복도로 나갔다. 순식간의 일이었다.
구름에 가려진 교단한 달빛에 의지해 희미하게 드러났던 여자의
뒷모습이 막 자취를 감추고 있었다. 등허리에서 출렁이던 머리
카락은 복도 끝을 돌아 계단을 향해 총총히 사라졌다. 계단을 급
하게 내려가는 발소리가 다다다닥 들렸다. 두 사람도 그림자를
따라 뛰었다. 하지만 그림자는 바람처럼 빨랐다. 1층 화장실까지
왔으나 실루엣을 찾지는 못했다. 숨을 헐떡이며 제현이 말했다.

"겁먹지 마. 귀신은 아니야."

제현이 화장실 창문 아래에다 대고 핸드폰 플래시를 흔들었

다. 청소할 때 쓰는 들통이 뒤집혀 있었다. 그것을 밟고 창문으로 나간 모양이었다.

"저 창문을 너랑 공유하는 사람이 있단 말이지."

제현이 현제를 보았다. 두 사람의 눈이 마주쳤다.

"여자지? 마스크를 썼고?"

제현이 고개를 끄덕였다. 오늘도 역시나 검은 마스크를 썼지만 그 아이라는 걸 한눈에 알아보았다. 언젠가 잠깐 부딪혔던 그 모습 그대로였다.

두 사람은 아무 말 없이 창문을 넘었다. 들통을 밟으니 올라가기가 한결 수월했다. 창문을 닫고 가파른 진입로를 걸어 나와 교문을 나설 때야 비로소 두 사람은 교실에 소주와 종이컵 두 개를 그냥 두고 왔다는 것을 알았다. 하지만 다시 올라가서 그것을 치우고 싶지는 않았다. 아니, 이미 다리가 풀려 누가 조금만 건드려도 푹 주저앉을 것만 같았다. 다만 양배추니, 검은 악마니 하는 여러 가지 보유 별명 중에 워낙 일찍 출근해서 새벽안개라는 별명도 있는 담임이 걱정이었다. 빨리 등교해서 치우면 되겠지만 지금 집에 가서 아침에 일찍 일어날 수 있을지 현제는 자신할 수 없었다. 문득 일찍 등교하는 기동이 떠올랐으나 소주병을 대하는 기동의 반응을 본 적이 없어서 오히려 걱정이 되기도 했다. 문자라도 보내놓을까 생각했지만 가출한 제현이 학교에 들락거린다는 걸 안 좋게 볼 수도 있었다. 아무튼 교실에 먼저 도착한 아이가 깨끗하게 치워준다면 평생 할배라도 삼고 싶은 심정이었다.

인생의 정화수

웬 선물? 오징어를 한 손에 들고 지수는 컵을 들어 냄새를 맡았다. 두 개의 종이컵 모두 소주 냄새가 남아 있었다. 마신 놈은 두 놈이다. 도대체 누가 교실에서 술을 마셨을까. 왜 소주를 남겨두었을까. 이 기막힌 안주까지. 평소 습관대로 수사 심리가 발동했지만 지수는 생각을 좀 더 진지하게 하는 대신 소주를 종이컵에 조금 따라 홀짝 마셨다. 빈속에 넘어간 술이 식도를 뜨겁게 적셨다.

"캬. 좋다."

부지런한 새가 먹이를 먼저 찾는 법이야. 역시 엄마 명언은 성공적이다. 출장 가는 아빠 때문에 아침 일찍 일어나 짜증을 내는 지수를 보고 엄마가 한 말이었다. 이런 먹이가 있을 줄 누가 알았겠는가. 몇 번의 경험상 술은 폭탄이었다. 중학교 때 있었던 사소한 몇 건은 제외하더라도 가장 최근의 일만 살펴도 그랬다. 고등학교 입학 전, 집에 있는 와인 한 병을 다 마시고 엄마한테 노트북 사달라고 주정했다가 용돈 삭감에 핸드폰까지 뺏겨서 한 달을 지낸 적이 있은 후로 술은 가능한 한 마시지 않기로 했다. 그 겨울, 춥고도 무자비한 한 달이었다. 그래도 아무도 없는 교실, 눈부신 이른 햇살을 받고 책상 위에 고독하게 놓여 있는 소주와 종이컵은 외로운 청춘의 영혼을 뒤흔들 신의 선물처럼 여겨졌다. 지수는 고개를 끄덕였다. 오징어까지! 친절한 이 상황을 무시하기에 나는 너무 예의바른 학생이지 않은가. 여기까지 생각했을 때, 드르륵 누군가 앞문을 열었다. 다시없을 인생의 정화수를 나누어 마셔야 할 상대가 나타난 것이다.

"오~ 정기동!"

역시 기동이었다. 학교에 일찍 오는 것 외에는 할 줄 아는 게 없는 놈이라 아이들은 기동을 뚱아새라고 불렀다. 뚱뚱한 아침새의 준말이었다. 기동은 뚱뚱하고 옷에 항상 뭔가를 흘리고 다니며 공부도 못하는 데다 무엇보다 눈치가 없었다. 먹을 것만 주면 시키는 대로 다 한다는 말이 있을 정도로 먹을 것을 밝혔다. 아이들은 기동을 은근히 무시하고 돼지라고 놀려댔지만 기동은 별로 신경 쓰지 않았다.

"그게 뭐야?"

기동이 다가왔다.

"보면 모르냐?"

"오징어네."

역시 기동의 눈에는 소주보다 오징어가 먼저 눈에 띄는가 보았다. 지수는 오징어 다리를 뜯어 기동에게 주었다. 기동이 오징어 다리를 얼른 입으로 가져갔다.

"한잔할래?"

지수가 종이컵 가득 술을 따랐다.

"넌 술 못하지? 한 번도 마셔본 적 없지?"

"그러는 넌 기지배가 못하는 게 뭐냐?"

"난, 물론 못하는 게 없지. 잘난 너네 남자애들이 기지배 기지배 하는 소리에 개열받아서 내가 제일 먼저 배운 게 술이다, 술! 하긴 니가 뭐 술맛을 알겠냐? 먹을 것만 있으면 발가벗고 춤이라도 출 놈이. 술은 영혼의 클리너 같은 거야. 홍지수 님 강령에 나오는 말씀이다. 영혼을 정화하라. 정화한 영혼만이 불쌍한 민중을 인도할 것이다. 마음을 닦고 수련하라. 육체의 쾌락을 줄여라. 정수로 항상 몸을 깨끗이 하라. 정수가 바로 술이란 말씀이거든. 그것도 맑아야 해. 맥주같이 색깔이 있는 술은 절대 정수가 아니란 말이지. 너 같은 하수가 알 턱이 있냐."

오징어를 질겅거리며 한참을 서 있던 기동이 손을 불쑥 내밀더니 지수가 들고 있던 종이컵을 뺏어 들었다.

"나도 마실 줄 알아."

"야, 그거 술이야. 사이다가 아니고 소주라고."

"나도 알아."

"너 그거 마시면……."

기동이 종이컵을 들더니 그 짧은 목을 뒤로 확 꺾었다. 꿀꺽꿀꺽 소주가 기동의 식도를 타고 넘어가는 소리가 천둥소리처럼 크게 들렸다. 분홍빛 혓바닥을 쑥 내민 얼굴을 한껏 일그러뜨리며 격렬하게 어깨를 부르르 떤 기동이 크아 비명 같은 소리를 질렀다.

"야, 잔 이리 줘. 마실 줄도 모르는 녀석이 뭔 개허세야."

"나도 마실 수 있다고!"

갑자기 소리를 버럭 지른 기동이 소주를 병째로 들더니 말릴 새도 없이 벌컥벌컥 들이켰다.

"너 아까 뭐라 그랬냐? 육체를 정화해? 그럼 당연히 내가 마셔야지. 정화시켜서 살 좀 빼보자."

어이가 없다는 듯 입을 벌리고 있던 지수가 낄낄거리며 웃기 시작했다.

"니가 그걸 마시고 몸이 정화되겠냐."

"씨발, 뚱뚱한 사람이 다이어트에 가장 관심이 많다고."

"너 벌써 취했냐? 갑자기 뭔 다이어트 타령이야? 빵 만들 사람이 다이어트를 하면 맛있는 빵 안 나온다며?"

기동은 파티셰가 되는 게 꿈이었다. 한번 먹으면 그 달콤함이 입안에 오래오래 남는 빵을 만들겠다고 호언장담하고 다녔다. 텔레비전에 나온 파티셰들 중 뚱뚱한 사람은 못 봤다고 지수가 놀리자 뚱뚱한 파티셰가 텔레비전에 안 나왔을 뿐이라며, 끊임없이 연습해야 하기 때문에 계속 빵 맛을 봐야 하고, 그러려면 뚱뚱한 건 감수해야 된다고 큰소리치는 놈이었다.

"날씬한 파티셰도 많아."

"그전이랑 말이 다른데?"

"난 꼭 세계 최고의 빵을 만들 거고, 성공하면 텔레비전에도 나가야 되니까 좀 날씬할 필요가 있지……."

지수가 한 번 더 깔깔 소리 내어 웃자 얼굴이 벌겋게 달아오른 기동이 버럭 소리를 질렀다.

"관심이 많단 말야. 너희들이 잘하는 거, 너희들이 자랑하는 거, 너희들이 행동하는 거보다 백 배 천 배 더 나는 관심이 많다고!"

벌건 얼굴에 두 눈이 눈앞의 먹이를 당장 먹고야 말겠다고 작심을 한 뱀처럼 반짝거렸다. 핏줄에 도착하자마자 알코올 기운이 천지사방으로 뻗치는 모양이었다. 골치 아픈 녀석이 아닐 수 없었다. 하지만 억지로 먹인 것도 아니고, 저 혼자 흥분해서 저 혼자 다 마셨다. 혹시 선생들한테 들킬까 봐 염려가 되기는 하지만 원래 하던 대로 하면 된다. 항상 수업 시간에는 엎드려 자는 놈이니까.

"쓸데없는 소리 말고 술병이나 치워. 허락도 없이 저 혼자 다 처먹어놓고는."

기동이 종이컵을 구겨서 쓰레기통으로 던졌으나 예상대로 골인은 못 하고 뒷문 근처에 떨어졌다. 그래도 그것을 다시 주워 넣을 녀석은 아니다. 기동은 자기 자리에 그 큰 엉덩이를 털썩 주저앉혔다. 한바탕 시합을 치르고 난 씨름선수처럼 들썩거리는 어깨가 차츰 거칠어지고 있었다. 기동의 비곗덩어리 배가 성난 고래의 등처럼 꿈틀거렸다. 기동은 눈앞에 널브러진 소주병을 책상 안에 집어넣더니 넓은 얼굴을 그대로 철퍼덕 책상에 내리박았다. 지수는 엄마처럼 혀를 쯧쯧 찼다. 나한테까지 불똥이 튀는 건 아니겠지. 내가 잘못한 건 그저 다른 날과는 달리 아침 일찍 학교에 왔다는 것, 그리고 소주를 발견했다는 것, 그리고 혹시 독극물일지도 모를 정체불명의 음료를 목숨을 걸고 확인했다는 것뿐이야. 친구들의 안전을 위해서 말이지. 그게 마실 수 있는 것이란 걸 돼지 녀석한테 알려준 것뿐이지!

그래도 지수는 신경 쓰였다. 담임이 알아차리고 기동이 녀석이 엉뚱한 소리라도 내뱉는다면 큰일이었다. 소주를 억지로 마시게 한 것 같은 인상을 주거나, 최악의 경우 자신이 소주를 학교에 가지고 왔다고 오해하게 만들 수도 있는 일이었다.

아이들이 하나둘씩 교실에 들어섰다. 담임은 오죽으로 만든 일명 사랑의 매를 들고 교도관처럼 복도를 서성이고 있었다. 지각만 안 하면 대학에 당장 붙을 것처럼 아침마다 지각지각 노래를 불러댔다. 사랑의 매라니 식상하기 짝이 없는 몽둥이였다. 아이들은 아무도 그 몽둥이를 겁내지 않았다. 협박용에 지나지 않다는 것을 잘 알기 때문이었다. 물론 복도에서 서성대는 저 얼굴과 마주하느니 차라리 몇 대 맞는 것이 더 낫겠다는 생각이 들 때가 있다. 이건 도저히 눈 뜨고 감상할 만한 얼굴은 아니란 말씀이다. 양배추 머리는 아침마다 뭘 하는지 헝클어져 있다. 검은 피부 가운데 모여 있는 눈 코 입은 게으른 조물주가 하기 싫어 겨우 뚫어놓은 구멍처럼 하나같이 작다. 그런데 그 구멍들이 하는 역할은 상상을 초월한다. 입에서 나오는 독설은 말할 것도 없고, 목표물을 정확하게 노려보는 매의 눈은 공포 그 자체다. 단 코의 성능은 아직 확인할 길이 없었는데, 오늘의 평화는 성능을 알 수 없는 코에 달려 있다고 볼 수밖에 없다.

담임에게 아침 시간은 오직 지각을 한 학생과 제 시간에 온 학생으로 양분될 뿐이다.

"공부는 못하지만 기동이가 학교는 일찍 온다. 그것만으로도 기동이는 성공할 수 있다."

새벽같이 출근하는 엄마 때문에 어쩔 수 없이 빨리 온다는 사실은 모르고 기동만 보면 담임이 하는 말이었다. 그렇게 인생의 성공과 실패조차 등교 시간이 좌우한다고 믿는 사람이 담임이었다. 평소에 지각을 하지 않는 현제까지 오늘은 지각생 부류에 끼여 복도에서 쪼그려 뛰기를 하고 있었다. 담임이 현제의 머리에 쿵쿵 알밤을 먹이고 있었다. 야, 쪼그리고 앉는 건 체벌이고 알밤은 폭력이잖아. 지수가 뒷자리에 앉은 경은에게 말하자 경은이 입을 삐죽 내밀었다.

"왜? 서방님이 쪼그리고 앉아 벌을 서는 데다 알밤까지 맞으니 가슴이 찢어지냐?"

아이들이 다 들을 정도로 큰 소리였다. 반장이라는 년이 분위기 파악도 못 하고 큰 소리로 말하냐고 지수가 중얼거리자 여기 저기서 아이들이 킥킥거렸다.

"내가 말을 말자."

애들은 늘 지수와 현제를 못 엮어서 난리였다. 둘이서 다니는 것도 아니고 넷이 몰려다니고, 현제는 제현과 연애하는 사람처럼 붙어 다니는데도 아이들은 꼭 지수와 현제를 엮어댔다. 현제는 아무 반응이 없었고, 지수 역시 난 너무나 쿨하니까 그 정도 농담쯤이야 하고 생각했다. 그런데 아주 가끔은 반응이 없는 현제가 서운하게 생각되기도 했다. 기겁을 하며 펄쩍 뛰기라도 해야 되는데 말이다.

오늘은 모쪼록 현제 덕분에 기동이 들키지 않기만을 바랄 뿐이었다. 어서 빨리 시간이 가서 1교시 종이 쳐야 했다. 담임만 그럭저럭 넘어가면 교과목 선생들은 좀처럼 순시를 하는 법이 없으니 그냥 지나갈 수도 있었다. 기동의 주변에서 술냄새가 난다고 아이들 몇 명이 수군거리기도 했으나 그 냄새가 기동으로부터 난다고 아무도 상상을 못 했기 때문에 굳이 범인을 찾으려고 하는 시도는 없었다.

1교시 시작종이 쳤다. 쪼그려 뛰기를 끝낸 아이들이 뒷문으로 들어왔다. 오늘은 네 명이나 되었다. 기동을 담임의 시선으로부터 구해준 네 명에게 감사패라도 주고 싶은 심정이었다. 현제에겐 조금 미안한 일이지만 지수는 기쁨과 감사의 마음으로 피폐해질 대로 피폐해진 네 명의 귀환을 지켜보았다. 그때였다. 갑자기 현제가 무릎에 손을 대고 허리를 수그렸다. 처음엔 쪼그려 뛰기를 너무 많이 해서 못 일어서는 줄 알았다. 하지만 그게 아니었다. 현제는 뭔가를 줍고 있었다. 기동이 던진 종이컵이었다. 종이컵을 들고 이리저리 돌려보던 현제가 냄새를 킁킁 맡더니 그걸 쓰레기통으로 넣지 않고 얼른 자기 책가방에 넣었다. 저건 뭐하자는 짓거리냐? 쪼그려 뛰기 몇 분 하더니 머리가 이상해진 건 아닌가? 그래도 어쨌든 담임은 갔다. 담임은 갔지만 술냄새는 남았다. 엎드려 있는 기동의 책상으로부터 뿜어져 나온 숨이 기막힌 대류현상으로 주변을 장악하고 있었다. 그 대류현상이 문제였다. 지수의 간절한 소망과는 달리 사건은 1교시에 터지고 말았다.

마녀의 남편이 애주가였음을 미리 알았다든가, 남편의 알코올중독에 가까운 술 사랑에 질려 그녀가 술에 관한 한 아름다운 상상을 전혀 할 수 없는 사람이었다는 것을 알기만 했어도 지수는 아마 기동을 화장실에 옮겨놓고 1교시 신성한 수업에 임했을 것이다. 하지만 그녀의 사생활을 어찌 알 수 있겠는가. 1교시 일어수업. 문을 열자마자 마녀의 얼굴이 확 일그러졌다.

"이건 분명 알코올이거든."

인사도 하기 전이었다. 반장 경은을 손짓으로 불러 일으킨 마녀는 여전히 인상을 풀지 않은 채 취조를 시작했다.

"누가 술 마셨나?"

"아닙니다."

그래, 반장은 모른다. '모릅니다'가 아니라 '아닙니다'라고 대답해준 반장에게 감사해야 할까. 마녀가 반장에게 다가갔다. 반장 얼굴에 코를 대더니 킁킁 취조관처럼 냄새를 맡았다. 경은이 살짝 고개를 옆으로 돌렸다. 그 모습에 여자아이들이 키키키 웃었다. 하지만 그것도 잠깐이었다. 경은에게서 얼굴을 뗀 마녀 표정이 너무 심각했기 때문이었다.

"아침부터 술을 마셔? 전부 일어서. 내가 냄새를 맡아보겠다."

웅성거리며 아이들이 일어났다. 딱 한 사람을 제외하고 말이다. 그래 딱 한 사람. 정기동. 아이들이 손가락으로 기동의 등을 쿡쿡 찔렀다. 기동은 꿈적도 하지 않았다. 다시 아이들이 머리를 쿡쿡 찔렀다. 크크크크큭. 기동이 숨이 넘어가는 소리를 내더니 푸우 하고 숨을 내쉬었다. 기동이 뿜어놓은 숨이 독가스처럼 교실에 빠르게 퍼졌다. 아이들이 과장되게 코를 틀어쥐었다. 술냄새가 기동으로부터 시작됐다는 사실을 알게 된 아이들이 유난스럽게 호들갑을 떨기 시작했다. 지수의 머릿속으로 뭔가가 와르르 소리를 내며 무너져 내렸다. 한 번 더 크크크크큭 하고 격정적으로 코를 곤 기동이 푸우 하고 숨을 내쉬더니 눈을 번쩍 떴다. 꿈이라도 꾼 것일까. 멍하니 엎드려 있던 기동이 천천히 고개를 들었다. 서 있던 아이들이 하나둘씩 자리에 앉기 시작했다. 서 있을 이유가 없다는 것을 술 취한 돼지가 증명하고 있었던 것이다. 고개를 빳빳이 든 기동이 벌떡 일어나 자신을 향한 반들반들한 눈동자들에 도장이라도 찍듯이 차례차례 아이들을 둘러보았다.

"너, 미쳤구나."

마녀가 내뱉었다. 그제야 자기 앞에 서 있는 마녀를 발견했는지 기동의 눈동자가 천천히 돌아갔다. 희번덕거리는 눈동자에서 두르르 두르르 소리라도 나는 것 같았다. 지수는 눈을 질끈 감았다. 기동의 알코올 분해 능력이 저렇게 약한 줄 알았다면 10분 전에 어떻게 해서든지 끌고 나가 화장실에 박아 넣고 바깥에 못이라도 쳐야 했는데…….

"너, 술 먹었니?"

마녀가 집게손가락으로 기동의 이마를 꾹꾹 눌렀다. 거대한 기동의 몸이 마녀의 손가락질을 따라 흔들흔들 움직였다. 정말 마녀의 손가락에 그런 엄청난 힘이 있는 것 같은 느낌이었다.

"제정신이 아니구나. 도대체 어디서 술을 처먹은 거야? 설마 학교에서 먹었을 리는 없고. 집에서 마신 거야? 너네 엄마도 아시니?"

"학교에서 먹었는데? 우리 엄만 모르는데?"

이 상황을 개그콘서트로 만들 의도로 킥킥거리던 몇몇 아이들조차 얼른 입을 다물었다. 기동의 입이 터진 것과 동시에 교실에 얼음 같은 정적이 흘렀다. 끝 부분을 톡 잘라먹은 기동의 말투는 마녀가 정말 '마녀'로 변할 당위성을, 그것도 충분히 부여하고 있었다.

"이 자식이 근데, 어디서 이 따위 말버릇이야. 야, 반장. 당장 너네 담임선생님 불러와!"

네? 라는 반문도 없이 경은이 벌떡 일어나더니 뒷문으로 나갔
다. 복도를 다다다다 뛰어가는 경은의 발소리가 영화 속의 음향
효과처럼 교실 안에 긴박감을 더해주고 있었다. 경은은 눈치가
빨랐다. 마녀의 말이 단순한 으름장이 아니라는 걸 한 번에 알아
챘을 것이다.

"학교에서 술을 마셔? 야, 이놈하고 같이 마신 사람 없어?"

아이들이 고개를 돌리고 휘휘 주변을 둘러보았다. 지수는 혹
여 입안에 남아 있을지 모를 소주의 흔적을 없애기 위해 입안에
서 침을 굴리고 또 굴려 삼켰다. 하지만 침샘 분비도 여의치 않았
다. 입안이 바싹바싹 타는 것 같았다. 학교에 오니 책상 위에 소
주병이 있었다고 하면 누가 그 말을 믿겠는가. 기동이 갖고 왔다
고 믿을 사람은 아무도 없을 것이다. 중학교 때 몰려다니던 아이
들과 학교에서 술을 마시다가 걸려서 봉사활동을 한 적이 있었
다. 생기부에는 올라가지 않았다고 생각했는데, 고등학교에 입
학하니 어떻게 알았는지 담임이 그 사실을 알고 있었다. 야, 홍주
정, 술은 끊었지? 그때부터 지수의 별명은 홍주정이 되었다. 오
늘 사태는 자신이 모든 걸 뒤집어쓸 게 분명했다.

"히히. 나아, 마녀 목소리 한번 연구하려고."

갑자기 히히거리기 시작한 기동이 마녀의 얼굴에 대고 술냄새
를 푹푹 뿜어대며 이야기를 시작했다. 대지진을 미리 감지한 곤
충 떼처럼 인상을 찡그린 아이들이 일제히 고개를 돌렸다. 기동
의 저 말, 마녀의 수업이 끝나고 나면 어김없이 나오는 효훈의 자

칭 공익광고였다. 기동은 지금 효훈의 성대모사를 하고 있는 것이다. 달팽이 흔적처럼 끈적끈적하게 콧소리를 질질 끌면서.

"그거 연구해서 노벨상 한번 타려고요~. 엄마 불면증 있는 사람, 마녀 목소리 녹음해서 들려주면 돼애~. 자아, 불면증으로 고생하십니까? 이제부터 걱정 마십시오. 단 3분 만에 잠들 수 있습니다. 수업 시작한 지 딱 3분. 자, 경험자의 인터뷰입니다. 보시죠."

기동은 오른손으로 마이크 잡는 흉내를 내며 왼손가락 세 개를 앞으로 쭉 뻗었다가 오므리는 동작까지 효훈의 행동을 완벽하게 구연하더니 갑자기 몸을 틀어 뒷자리 아이에게 마이크인 양 제 오른손 주먹을 불쑥 내밀었다.

"김연수 씨군요. 김연수 씨는 마녀 수업 몇 분 만에 잠이 드셨나요? 평소 불면증이 있으셨나요?"

평소의 연수라면 '아 네, 저는 딱 1분입니다. 마녀가 입을 여는 순간 바로 어린 시절 엄마의 젖가슴에 얼굴을 묻고 엄마가 불러주는 「섬집아기」를 들을 때처럼 제 가슴을 누이며 퍼지는 그 잔잔한 선율에 뇌하수체가 자극당해서 그 자리에서 바로 죽는 겁니다. 최곱니다. 적극 추천이에요. 좋아요 꾹!'이라고 했을 것이다. 하지만 연수는 기동을 쳐다보며 딱 한마디를 내뱉었을 뿐이다.

"이게 미쳤나."

연수와의 인터뷰가 끝나자마자 마녀의 손이 기동을 향해 날아갔다. 분노의 감정을 있는 대로 실은 마녀가 온몸의 힘을 짜내

기동의 뺨을 향해 돌진하는 것을 아이들은 생방송으로 지켜보고 있었다. NG만 나지 않았다면 마녀의 체면이 조금은 섰을 텐데, 안타깝게도 그 장면은 방송용으로 부적절하다 싶을 정도로 엉망이 되고 말았다. 기동은 그대로 서 있고 마녀가 바닥에 뻗어버렸다. 온힘을 기동의 뺨을 향해 기울인 마녀의 몸이 제자리에서 한바퀴 휘청 헛돈다 싶더니 허리를 책상에 부딪치고 바닥으로 뻗어버린 것이다. 담임이 교실 앞문에 얼굴을 드러낸 것은 바로 그 순간이었다. 몸을 일으킨 마녀의 얼굴은 모욕감과 창피함으로 울긋불긋해졌다. 교실 앞으로 꼿꼿하게 걸어가 자신의 책을 챙긴 마녀가 문 앞에 서 있는 담임을 마치 기동이 아버지라도 되는 듯이 노려보았다. 배후인물을 이제야 막 알아냈다는 표정이었다. 마녀가 몸을 획 돌려 복도로 나가자 담임이 따라 나갔다. 한참 나이 어린 마녀 앞에서 담임이 비굴한 몸짓으로 사과하고 있었다.

'저 새끼, 술 처먹고' 하는 악에 받친 소리가 뚜렷하게 교실에 들려왔다. 곧 담임이 들어섰다. 사태 파악도 제대로 못 한 채 그때까지 멀뚱하게 서 있던 기동의 옆으로 성큼성큼 걸어간 담임이 다짜고짜 기동의 얼굴에 손바닥을 날렸다. 기동이 옆으로 넘어지는 바람에 책상이 꽈당 소리를 내며 앞으로 엎어졌고, 책상 서랍에서 빈 소주병이 게임기 속의 두더쥐처럼 튀어나왔다. 기동에게서 냄새가 날 때도 설마설마하던 아이들이 입을 쩍 벌리고 바닥에 나뒹구는 소주병과 기동을 번갈아 보았다. 평소 들고

만 다녔던 오죽이 휙 하늘을 향해 들어 올려진 것은 바로 그 순간이었다. 담임의 오죽을 힐끔 본 기동이 민첩하게 몸을 말았다. 그러고는 비명 소리와 함께 잘못했다는 소리가 터져 나왔다. 하지만 놀랍게도 잘못했다는 기동의 목소리가 그리 고분고분하지만은 않았다.

"잘못했다고! 잘못했다고! 잘못했다니까."

급기야, 기동은 최악의 복합명사를 내뱉고 말았다.

"아, 씨발. 잘못했다고 이 개새끼야!"

"뭐? 개새끼? 이 새끼, 여기가 어딘 줄 알고 이 새끼가……."

담임의 눈이 희번덕거리더니 이마 위로 쑥 올라가버렸는지 검은 눈동자가 아예 보이지 않았다. 이 새끼가, 하는 신음과 함께 다시 한 번 휙 매가 공중을 가로질렀다. 그때였다. 뒤에서 누군가가 담임의 팔을 붙들었다. 뒤에서 힘주어 껴안는 바람에 몇 걸음 질질 뒤로 끌려가던 담임이 어떤 새끼야! 하고 고함을 빽 질렀다. 아침 햇살 아래 자제력을 잃어버린 담임이 입에서 나온 침이 사방으로 튀었다. 순간 짧은 무지개가 조롱하듯 반짝였다. 어떤 새끼인지 아이들은 굳이 확인할 필요가 없었다. 아이들은 모두 보고 있었다. 현제가 벌떡 일어섰고, 앞으로 성큼성큼 걸어 나갔고, 담임의 팔을 과감하게 잡은 것을 말이다. 현제가 담임의 팔을 잡은 순간, 아이들은 형체는 모호하지만 죄책감 비슷한 것이 잘 드러내지 않았던 양심을 갉작이며 건드리는 것을 느꼈다. 분명 기동이 잘못했다. 맞을 짓도 했다. 요즘 세상에 사랑의 매 정도도 아니고 교실에서 폭행이라니! 웬만하면 핸드폰을 꺼내어 동영상을 찍으려는 놈도 있었을 것이다. 그러나 아무도 그런 시도를 하지 않았다. 교실에서 술을 마시고, 책상 서랍 안에서 소주병이 굴러 나온 이 시점에 한 대 맞은 것을 억울하게 생각하는 놈은 없다는 말이다. 무엇보다 기동을 옹호하고 싶은 사람이 없었다. 그런데 현제가 일어선 것이다. 현제가 일어선 그 순간 갑자기 기동은 약자가 되었다. 아이들은 모두 부끄러워졌다. 검은 골목에서 집단 폭행을 당하고 있는 사람을 모른 척 지나치는 것만 같은 수치심이었다.

"선생님, 그만하십시오."

"너 이거 못 봐. 너도 한번 맞아볼래?"

아예 뒤에서 담임을 껴안은 채 현제가 소리 질렀다.

"선생님, 그 술 제가 가져온 겁니다."

아, 저건 좀 오버야. 지수가 고개를 흔들었다. 현제 녀석, 도대체 뭐 하자는 건지.

"뭐야, 이 새끼. 지금 날 가지고 놀겠다 이거야?"

담임이 현제가 잡은 팔을 확 뿌리쳤고 현제의 멱살을 잡았다.

"지각한 놈이, 수업 시간 종치기 몇 분 전에 교실에 도착한 놈이 술을 가져와? 이 새끼 이거 이제 거짓말까지 해……."

현제의 얼굴에 담임의 손바닥이 휙 날아가 찍혔다. 뺨에 손바닥을 댄 현제가 고개를 반짝 들고 담임을 똑바로 마주 보았다.

"저 맞습니다, 선생님. 제가 가지고 왔습니다."

더 이상 앉아 있을 수가 없었다. 여자니까 봐준다, 여자니까 너는 뒤로 빠져, 늘 그런 말을 듣고 살았다. 그런 말을 듣지 않기 위해 '여자니까 내가 한다'를 지수는 인생 모토로 삼았다. 아까부터 의자에 본드칠을 한 것처럼 붙어서 미적거리고 있던 지수는 책상을 두 손으로 짚고 자리에서 일어났다. 억울하지만 할 수 없었다. 현제를 계속 맞게 할 수는 없었다. 술을 먼저 발견한 자신이 그나마 범인에 가깝다면 가까우니까.

"선생님, 접니다. 제가 가져왔습니다."

또 누구야! 고함을 지른 담임의 시선이 지수에게 와 꽂혔다. 그 순간 지수는 담임의 눈빛이 현제를 향했을 때보다 훨씬 누그러져 있는 것을 확인했다. 지쳐가고 있거나 그만두고 싶거나 아니면 설마 감동은 아니겠지. 지수가 거기까지 생각하고 있을 때였다. 경은이 의자 소리를 드르르 내면서 몸을 일으켰다.

"아닙니다, 선생님. 접니다. 제 잘못입니다."

그리고 기적 같은 현상이 일어났다. 아이들은 영화를 너무 많이 봤거나, 영화감독을 너무 많이 꿈꾸거나, 드라마를 너무 많이 각색한 것이 틀림없었다. 여기저기서 아이들이 일어나기 시작한 것이다. 접니다, 라고 하거나 아예 아무 말도 없이 일어나거나였다. 순식간에 교실 안의 모든 아이들이 일어났다. 바닥에 넘어져서 얼굴을 손으로 가린 채 세탁실에 꿍쳐놓은 더러운 이불더미처럼 웅크리고 있던 기동까지 일어났다. 뭔가 알코올을 능가하는 분위기가 교실에 팽배해 있는 것을 녀석도 눈치챈 모양이었다. 영화의 엔딩 장면이라고 생각한 것인지도 몰랐다. 모두 일어서서 고개를 숙이고 있는 아이들을 보니 뭔가 생색내는 말 한마디쯤 거들어야겠다고 생각했는지 기동은 예의 담임을 분노케 한 그 말을 그래도 조금은 개념 있게, 그리고 아주 작은 소리로 내뱉었다.

"잘못했다니까—요."

담임이 아이들을 봤다. 담임의 얼굴에서 앞뒤 없이 무자비하게 감정을 드러내버린 사람 특유의 후회감이 스치는 것을 지수는 보았다. 그리고 진심을 다해 지수가 말했다.

"잘못했습니다. 선생님."

기동이 술을 마실 때 방관한 죄, 홍길동의 후예로서 약한 자를 빨리 보호하지 못한 죄, 아, 그리고 무엇보다 책상 서랍에 빈병을 넣을 때 쓰레기통에 집어넣으라고 말을 안 한 죄, 그리고 진짜 진짜 무엇보다 학교에 일찍 온 죄. 무조건 잘못했습니다.

담임이 손바닥으로 슥슥 마른세수를 했다. 큼큼 목청을 다듬었다. 툭툭 의미 없는 손짓으로 자신의 옷을 털었다. 교탁까지 오던 햇살이 더 이상 뻗어오지 못하고 머뭇거리고 있었다. 교탁을 넘어서는 것은 부당한 일이라고 항의라도 하듯 햇살은 꽁지를 조금씩 감추며 후퇴하고 있었다. 햇살의 경계에 선 담임의 몸이 음지와 양지로 나뉘었다. 잠깐 몸을 분할하던 햇살이 담임의 몸에서 쑥 물러났다. 담임이 말했다.

"기동이 너, 자초지종 반성문 써서 교무실로 가져오고……."

큼큼. 쑥스러운 헛기침을 남기고 담임이 복도로 나갔다. 기동이 자기 자리로 돌아갔다. 아무도 기동에게 눈길을 주지 않았다. 아이들은 모두 현제를 보고 있었다. 현제가, 아무 잘못도 없는 현제가 고개를 숙인 채 교탁 앞에 서서 꼼짝도 하지 않았기 때문이었다. 1교시 마치는 종소리가 교실 안의 공기를 경망스럽게 가르며 울려 퍼졌다. 학기 초 교실 창가에 있었던 다섯 개의 화분 중 지금까지 남아 있는 유일한 식물인 산세베리아의 긴 이파리가 바람도 없는데 부르르 흔들렸다. 가장자리가 갈색으로 변한 산세베리아의 못생긴 이파리가 현제의 등 뒤에 길게 누워 있었다. 지수가 현제의 손을 잡아끌 때까지 현제는 산세베리아를 업고 있기라도 한 듯 꼼짝도 하지 않았다. 멀리서 타이어라도 펑크가 났는지 교실 유리창이 약하게 떨면서 흔들렸다.

무단침입자

"니 밥값은 내라, 이눔아."

억지로 제현의 손을 끌고 식당으로 간 할머니가 자기 마음대로 미역국을 시키더니 제현 앞에 툭 놓았다. 국물이 식탁 위로 풀쩍 튀었다.

"아, 씨. 나 미역국 싫어한단 말이에요."

"이눔이, 미역국이 얼마나 영양가 많은 음식인데! 싫기는 와 싫노!"

할머니가 쥐어박을 듯이 주먹손을 흔들었다. 진짜로 자기 손자라도 되는 줄 아나 보다.

"미끌미끌한 게 목구멍으로 넘어가는 그 감촉이 싫다고요."

"니 에미가 니 낳았을 때 미역국 먹고 니눔한테 젖 빨렸다 이눔아. 이 불효막심한 놈."

숟가락을 식탁 위에 탁 소리 나게 놓은 제현은 할머니를 노려보며 눈을 부라렸다.

"내 앞에서 엄마 이야기 꺼내지 마요."

"지랄한다. 미친놈, 니가 아무리 그래도 니눔이 니 에미 다리 밑에서 나왔지 뭐 내 다리 밑에서 나왔겠나."

"아, 씨. 진짜 짜증나."

"뭐라 이눔아!"

할머니가 숟가락으로 제현의 머리를 딱 때렸다. 머리에서 불이 나는 것 같았다. 제현은 벌떡 자리에서 일어나며 식탁을 할머니 앞으로 밀어버렸다. 할머니가 뒤로 휙 나동그라졌다. 제현은 뒤도 안 돌아보고 수면실로 들어갔다. 곧 뒤따라와서 등판에 손바닥 자국을 철썩 찍을 줄 알았던 할머니가 나타난 건 30분이나 지나서였다. 이쑤시개로 이를 찍찍 후비며 할머니는 제현 옆에 슬그머니 엉덩이를 내려놓더니 흥얼흥얼 멜로디도 정확하지 않은 노래를 부르기 시작했다.

"이눔아, 이게 뭔 노랜지 아나? 니눔은 죽었다 깨어나도 모를 것이다."

제현은 눈을 꾹 감았다. 이 할머니가 함께 있어서 도움이 될지도 모른다고 생각한 적이 잠깐이라도 있었다는 사실이 너무나 창피했다. 제현은 담요를 머리끝까지 뒤집어썼다. 그런 제현의 마음을 아는지 모르는지 할머니는 제현의 등 뒤에 바싹 붙어 누워서 신김치와 미끌거리는 미역 냄새를 풍겨댔다.

"내가 누군지 니가 모르는데 니가 이 노랠 알 턱이 없제. 나는 니가 상상하는 거 그 이상이거등. 뭐든지 할 수 있거등."

이 할망구가 정상이 아니구나. 미친 게 틀림없다! 할머니가 제정신이 아니라는 사실은 시간이 갈수록 명확해지고 있었다. 제현은 같이 있다가는 무슨 화를 당할지도 모르겠다는 생각마저 들었다.

할머니가 저 혼자 떠들든지 말든지 제현은 배를 바닥에 대고 엎드려 이어폰을 귀에 꽂고 볼륨부터 높인 후 영화음악 폴더를 눌렀다. 「인생의 회전목마」를 누르자 피아노 음률이 튀어나왔다. 영화 〈하울의 움직이는 성〉 주제가였다. 피아노 음이 서서히 제현의 머릿속으로 들어왔다. 슬프고도 쓸쓸하고 신비한 느낌의 피아노 소리가 제현의 감정을 조금씩 무너뜨렸다. 어쨌든 쓸쓸했다. 이 음악은……. 이 음악만 들으면, 그래 이 음악만 들으면 생각이 났다. 그 영화를 보고 온 날 엄마와 아빠가 싸우는 소리를 들었다. 엄마는 말했다. 지겨워, 당신도 지겹고, 당신 아들도 지긋지긋해. 이 집 남자들한테 내가 얼마나 지쳤는지 알아? 제현은 내려받은 음원을 귓속 가득 채우고 볼륨을 더 높였다. 피아노 음 속으로 소리를 지르며 다투는 두 사람의 목소리가 재빠르게 사라졌던 기억…….

문득 영화의 한 장면이 불현듯 떠올랐다. 열여덟 살 소녀가 할머니로 변하는 순간이었다. 어쩌면, 그래 어쩌면……. 제현은 고개를 돌려 할머니를 보았다. 영화에서처럼 이 할머니도 혹시 마법에 걸려 열여덟 살 소녀가 할머니로 변해버린 것은 아닐까 하는 엉뚱한 생각이 들어서였다. 칫.

할머니 쪽으로 고개를 돌리자마자 김치 냄새가 코를 찔렀다. 이번엔 역겨운 것이 아니라 배가 고팠다. 뭔가로 배를 채우고 싶었으나 꽁무니를 따라다닐 할머니가 신경 쓰였다. 아무래도 이 공간을 벗어나는 게 먼저일 것 같았다. 제현은 슬그머니 몸을 일으켜 탈의실로 가서 옷을 갈아입고 찜질방을 벗어났다.

그 아이를 본 것은 찜질방을 나와서 횡단보도 앞에 막 섰을 때였다. 특별한 것을 먹고 싶지는 않았지만 할머니 때문에라도 가능하면 찜질방에서 멀리 떨어지고 싶었다. 길 건너 짬뽕집에 가서 매운 짬뽕을 한 그릇 먹으면 답답한 속이 좀 뚫릴 것 같아서 그쪽으로 발걸음을 옮기던 중이었다.

여자아이는 엄마로 보이는 아주머니와 함께 있었다. 병원에라도 다녀오는 것인지 아주머니가 거의 여자아이를 껴안다시피 부축하고 있었다. 여자아이는 여전히 검은 마스크를 쓰고 미색 점퍼에 청바지를 입고 있었다. 제현은 길을 건너지 않고 그들 모녀가 다가오기를 기다렸다. 한밤중에 이 동네로 오기 위해 버스나 지하철을 탔을 것 같지는 않았기 때문에 이 동네에 살고 있을 거라는 확신은 있었지만 이렇게 마주칠 줄은 몰랐다. 제현은 걸음을 늦추어 그들의 뒤를 따라갔다. 그 아이, 그 여자아이가 왜 밤마다 학교의 담을 넘는지 그 사실을 꼭 알고 싶었다. 선생님이나 경비가 알게 되어 문제가 커지기 전에 여자아이를 꼭 돕고 싶었다.

제현의 어린 시절 목표는 오로지 엄마나 아빠에게 버림받지 않는 것이었다. 두 사람이 언젠가는 헤어질 수 있으며 그들 중 한 사람에게, 또는 둘 다에게서 버림받을지도 모른다는 상상은 어린 제현에게 끔찍하고도 무서운 미래였다. 그런 상상에 사로잡히기 시작하면 방패막이도 없이 전쟁터에 서 있는 기분에 내몰려 어떻게 하든 그것에서 벗어나려고 안간힘을 썼다. 제현이 선택한 방법은 착한아이가 되는 것이었다. 버림받지 않으려면 짐이 되지 않는 수밖에 없었고, 그러려면 무조건 착해야 했다. 그런 강박은 엄청난 스트레스로 다가왔고, 때로는 고된 노동을 한 것처럼 힘들었다. 그러다가도 아주 가끔은, 착한 아이로 산다는 희열을 느끼게 해주었다. 꼭 완수해야 할 의무나 과제처럼 착한 일이 몸에 배어 생각보다 손이 먼저 나가는 경우도 있었다. 현제한테는 꿈이 없다고 했지만 누군가를 돕고 산다는 것은 어떤 일인지 제현은 생각해보곤 했다.

하지만 여자아이는 조금 달랐다. 손을 내밀어야 할 무엇이 아니라 그 여자아이에게서는 어떤 동질감이 느껴졌다. 어쩌면 몸이 휘청거리도록 짐을 쥐고 있는 사람만이 알 수 있는 무게감일지도 몰랐다. 그 짐을 같이 들어줄 수 있다면 잠시 자신이 쥐고 있는 짐을 잊을 수도 있을 것 같았다.

학교 화장실에서 처음 그 아이와 부딪혔을 때는 현제 말처럼 귀신인 줄 알고 으악 소리를 질러버렸다. 그때 여자아이가 제현의 눈을 똑바로 맞추며 말했었다.

"오빠······."

그리고 뭔가 말을 더 중얼거렸는데 그 말은 정확하지 않아서 알아듣지 못했다. 달빛에 비친 여자아이의 얼굴은 마치 꿈을 꾸고 있는 듯 멍해 보였다. 이마는 반듯하고 쌍꺼풀 진 눈은 두려움을 감추고 있었다. 자신도 놀랐는지 숨을 몰아쉬느라 검은 마스크가 큰 폭으로 움직였다. 여자아이 뒤로 화장실 창이 활짝 열려 있었다. 제현이 들어올 땐 언제나 창을 꼭 닫았는데 학교에서 나갈 때 창이 열려 있었던 적이 몇 번 있었다. 범인은 모두 이 아이였던 것이다. 창밖의 나무들은 달빛에 고스란히 몸을 드러내놓고 있었다. 달빛에 빛나는 나무 우듬지가 손짓하듯 흔들리고 그 흔들림 사이로 젖은 풀냄새가 났다. 제현이 문을 닫자 서늘하게 이마를 적시던 바람이 그 움직임을 뚝 멈추었다. 여자아이가 먼저 몸을 움직였다. 몽유병 환자가 아닐까 의심이 될 정도로 흔들림이 없는 걸음걸이였다.

여자아이가 걸어간 곳은 1학년 교실이 있는 2층이었다. 그곳은 교무실과 1학년 교실뿐이었고, 3층은 도서실과 컴퓨터실이므로 교무실에 갈 일이 아니라면 1학년 교실에 들어간다는 말이었다. 아이를 불러 세우고 이 밤중에 이곳에 온 이유를 묻고 싶었지만 제현은 그러지 못했다. 학교를 떠난 놈이 왜 학교 주변을 얼쩡거리는지 묻는다면 자신 역시 대답할 말이 없기 때문이었다. 여자아이에게서 시작된 상념은 결국 자기 자신에게로 돌아와 있었다.

제현은 여자아이를 따라가다 말고 가만히 그 자리에 섰다. 자, 어디로 갈 것인가. 갈 곳이 없었다. 철저히 혼자라는 게 너무 싫었다. 낮 동안의 소란을 느껴보고 싶었다. 그렇게 지겨워서 탈출했지만 그 지겨움이 그리웠다. 학교를 나온 뒤 애들한테 삥이나 뜯고 폭력이나 일삼는 태현이패에서 콜을 해온 적도 있었다. 그 세계를 받아들이기에는 그동안 열심히 살겠다고 자부해온 자신이 억울했다. 그것은 너무 유치한 일이었다. 기껏해야 지금의 방황은 곧…… 끝이 날 것이다. 그런데 과연…….

'나는 원래의 자리로 돌아갈 수 있을까……. 다시 학교로 돌아올 용기가 날까? 아니, 이곳을 벗어날 용기가 있기는 한 걸까?'

현제가 옆에 있다고 해서 달라질 건 없었다. 시간이 지나면 과일에는 곰팡이가 피고, 먹다 남은 밥은 물에 불려도 못 먹을 만큼 딱딱해질 것이다. 어쩌면 시간이 지나면 자신 역시 태현이패처럼 초딩이나 협박해서 돈이나 뺏고 있을지 모른다. 그런 가까운 미래를 생각하면 끔찍했다. 자신이 제일 싫어하는 부류의 사람이 된다는 사실이 징그럽게 싫었다. 그것은 자신이 멸망하는 일이라고 생각했다.

하지만 언제까지고 이렇게 돌아다니기만 할 수는 없다. 찜질방 가는 것도 이젠 지쳤다. '고등학교는 졸업해야지, 니가 부모를 이해해야지 그런다고 학교를 안 가면 어떡하냐'고 아빠는 말했다. 하지만 학교를 졸업하는 것이 지금 무슨 의미가 있을까. 학교에 가기만 한다고 무엇을 할 수 있을까. 학교에서 나오면 돌아갈 곳이 없다, 돌아갈 곳이 없으니 학교를 가는 것도 의미가 없어진 것이다. 갈 곳이 없는데……. 부모에게서 버림받는 기분이 어떨지 아빠는 모를 게 틀림없었다. 할머니는 한 번도 아빠를 버린 적이 없었을 테니……. 아빠는 제현의 손에 돈을 쥐여주며 엄마와 잠시 같이 있으라고 했다. 엄마가 제현과 연락을 끊어버렸다는 사실도 아빠는 모르고 있었다. 그러면서 아빠가 자리를 잡을 때까지 그렇게 하라고 덧붙였다. 자리를 잡을 때? 새엄마가 제현을 받아들일 때? 아빠의 말을 들으며 그동안 착하게 살려고 생각한 자신이 얼마나 바보 같았는지 머리를 쥐어박고 싶었다. 다시는 착해지고 싶지 않았다. 간단하게 쉼표 하나를 빼서 전혀 다른 문장이 되듯 그렇게 다시 태어나고 싶었다. 그날, 그런 생각을 하면서 복도창에 붙어 서 있었다. 그렇게까지 오래 서 있을 생각은 아니었다. 여자아이가 보이면 따라가볼 생각으로 기다린 것이었다. 하지만 여자아이는 좀처럼 나오지 않았다. 문득 저 애가 사람이 아닌 것은 아닐까 하는 생각이 들었고, 섬뜩하게 밀려드는 한기에 놀라 제현은 허겁지겁 학교를 빠져나왔다.

모녀가 들어간 골목은 막다른 곳이었다. 그 끝에 여자아이의 집이 있었다. 두 사람이 현관문을 열고 들어가고 나서도 제현은 대문 앞에서 잠시 서성거렸다. 여자아이가 학교에 나타나는 시각은 밤 12시에서 새벽 1시 즈음이었다, 잠깐 마주친 세 번이 모두 그러했는데 현제와 함께 본 날은 그 시간보다 더 늦었다. 도대체 무슨 사연일까. 저 엄마는 알고 있을까. 제현은 여자아이가 들어간 회색 대문을 손으로 잠깐 스치듯 만진 후 돌아서 나왔다. 희미하게 가로등이 켜졌다. 하늘은 아직 완전히 어두워지지 않았으나 골목은 전체적으로 어둡고 스산했다. 낮은 담장 너머 텔레비전 모니터에서 흘러나온 불빛에 골목은 수시로 번들거렸다. 일찍 잠이 든 노인들의 잠꼬대마저 새어나올 것 같은 정적이 골목 안쪽에 번져 있었다. 뿌연 가로등 불빛을 받은 담장 위에서 고양이 한 마리가 제현을 노려보고 있었으나 곧 어디론가 사라졌다.

제현은 피시방에 들어가서 게임을 하고 컵라면을 먹고 다시 게임을 하고 11시 30분에 나왔다. 여자아이가 자신의 집 골목 입구에 모습을 드러낸 것은 밤 12시쯤이었다. 여자아이는 마치 유령처럼 신발 소리도 내지 않고 걸어갔다. 정해진 목적지가 있는 사람처럼 여자아이의 발걸음에는 주저함이 없었다.

학교에 도착한 여자아이는 건물을 돌아 1층 서쪽 끝에 있는 화장실 뒤쪽으로 갔고, 제현이 몇 주 전에 부러뜨려 잠금쇠가 없는 창문 턱에 손을 짚고 능숙하게 몸을 올린 뒤 안쪽으로 사라졌다. 도대체 저 아이는 안에서 무엇을 하는 것일까. 따라 들어가고 싶었으나 제현은 잠시 주저했다. 괜히 부딪쳐서 소란스러워지면 경비가 깰지도 몰랐다.

여자아이가 나온 것은 정확하게 한 시간 뒤였다. 제현은 가능한 한 인기척을 내지 않고 여자아이의 뒤를 따라갔다. 골목 어귀에 들어서자 여자아이가 갑자기 뒤를 획 돌아보았다. 너무 놀라 제현은 그 자리에 우뚝 섰다. 저 아이는 분명 꿈에 빠진 걸 거야, 라는 생각을 하고 있었으므로 여자아이가 뒤를 돌아볼 것이라고 는 생각하지 못했다. 따귀라도 한 내 얻어맞은 것 같아 제현은 숨을 훅 몰아쉬었다. 여자아이는 아무 말도 하지 않았다. 가만히 서서 제현을 보고 있을 뿐이었다. 이윽고 여자아이의 마스크가 움직였다. 여자아이의 마스크 속으로 주변의 검은 공기가 들어갔다 나오는 것 같았다.

"왜,"

여자아이의 검은 입에서 소리가 터져 나왔다. 왜.

"뭐라고?"

"왜, 따라와?"

가까이에서 본 여자아이는 중학교 1학년쯤 되어 보였다. 몸에 살집이라곤 없었고, 마스크로 가렸어도 얼굴은 너무 야위어서 해골 같았다. 그래서 그런지 눈은 지나치게 커 보였다.

"너는 왜 남의 학교에 몰래 들어가는 건데?"

이번엔 제현이 물었다. 여자아이의 눈동자가 순간 알 수 없는 물기를 머금은 듯 반짝거렸다.

"나는 할 일이 있어."

"무슨 할 일?"

"천칠백예순일곱, 천칠백예순여덟."

갑자기 여자아이가 발을 옮기면서 숫자를 세었다.

"학교에서 여기까지 천칠백일흔."

갑자기 등줄기에 소름이 쭉 돋았다. 귀신 같았다. 제현은 떨리는 목소리를 꽉 누르듯이 낮은 소리로 말했다.

"거긴 우리 학교야. 내가 학교에 말하면 넌 무단침입자가 되는 거야."

"너도 안 다녀, 학교."

무표정한 얼굴로 여자아이가 말했다. 여자아이는 '너'라고 했다. 아무리 봐도 제현보다 어려 보이는데……. 제현이 피식 웃었다.

"내가 왜 학교를 안 다닌다고 생각하지?"

"너도 밤에 오니까."

제현이 말을 못 하고 있는 사이 여자아이가 몸을 획 돌렸다. 야, 제현이 불렀다.

"내일부터 내가 같이 가줄까?"

"아니."

"난 제현이. 넌 이름이 뭐니?"

"……."

여자아이는 침묵한 채 회색 대문을 열고 들어가서 다시는 나오지 않았다.

가로등 불빛을 간신히 피한 어둠이 빈 양파자루처럼 이곳저곳에 널브러져 있었다. 골목 안으로 고양이 울음소리가 괴괴하게 퍼졌다. ㄱㄱㄱㄱ 모음을 잃어버린 고양이의 울음은 제현의 목덜미를 서늘하게 만지고 지나갔다. 몇 번이나 뒤를 돌아보고 싶

었지만 제현은 징검다리를 건너듯 어둠을 꾹꾹 밟고 골목을 빠
져나왔다.

소주병의 기적

차마 제현과 함께 새벽에 몰래 들어와 술을 마셨다고 이야기할 수는 없었다. 무단결석 중인 제현이 학교 주변을 떠나지 못하는 것을 두고 속사정을 모르는 아이들은 벌써 수군대고 있었다. 그렇지 않아도 의협심은 혼자서 다 떨더니 어울리지 않게 무단결석이냐고 몇몇 아이들은 현제와 지수 앞에서 대놓고 빈정거렸다. 의협심이라는 말도 빈정거림이었다. 제현에게는 자연스러운 행동이 다른 아이들의 눈에 별스럽게 보인 것이었다. 1학년 음악 시간에 친구 두세 명이 한 조가 되어 악기로 발표하는 수업이 있었다. 대부분의 아이들이 친한 친구들끼리 리코더나 단소를 불었는데, 제현은 자폐 성향이 있던 윤호와 함께 연주했다. 윤호가 연주에 참석한 것은 음악 선생님도 생각하지 못한 일이었다. 제현이 리코더를 불고 윤호는 한 번씩 핸드벨을 울렸다. 그 일 이

후로 제현은 유명해졌는데, 아이들은 말로만 홍길동은 홍지수고 진정한 홍길동은 이제현이라고 했다. 대부분의 아이들은 감동했지만 남들에게 보이기 위해 일부러 그런 행동을 한다며 거슬려 하는 아이들도 있었다.

"야, 너 아니지? 솔직히 말해봐."

지수가 옆구리를 쿡 찔렀지만 현제는 아무 말도 하지 않았다. 다만 이 소동이 조용히 지나가주기를 바랄 뿐이었다. 그런데 결국 마녀가 일을 내고 말았다. 마녀는 소주 사건을 교장선생님한테 말했고, 담임은 불려가서 학생 교육이 어쩌고저쩌고 하는 잔소리를 한 시간 동안 들었다고 했다. 경은이 교무실에 갔다가 선생님들이 수군대는 소리를 들었다는 것이다. 사실 수군대는 게 아니라 마녀를 중심에 두고 난상토론이 벌어지고 있더라고 했다.

―그걸 꼭 교장선생님한테까지 가서 말해야 했나?

―교실에서 소주를 마시는 건 좀 그렇잖아? 그것도 아침부터. 이건 좀 아니라고 봐. 애가 술이 취해서 추행까지 했다잖아. 이 선생님으로선 당연히 그럴 수 있어. 이건 교권 침해야.

아이들은 추행이라는 말에 주목했다. 기동이 마녀를 추행했다는 것이다. 어쩌다가 말이 그렇게 와전되었는지 모르지만 잘못된 말은 분명히 짚고 넘어가야 하는데 반장은 엿듣고 있었던 터라 그렇게 하지 못했다고 했다.

"말이 돼? 추행이라니? 기동이가 추행을?"

해가 지고 있었다. 지는 해는 유리창을 태울 듯이 덤벼들었다.

짧은 순간 아이들의 얼굴에 노란 햇살이 부챗살처럼 펼쳐졌다. 이야기를 하다 말고 아이들이 창 쪽으로 달려가 성급하게 블라인드를 내렸다. 길게 드리운 햇살 때문에 이쪽 교실은 저녁 시간이 제일 더웠다. 그래서 보충수업 시간에 교실을 빠져나가는 아이들도 있었다.

성큼성큼 창 쪽을 향해 걸어가던 지수가 갑자기 블라인드를 확 올렸다. 날카로운 햇살이 교실로 와락 쏟아지자 아이들이 비명을 질렀다.

"야! 내려!"

창문을 활짝 열어젖히고 창문틀 위에 올라간 지수가 웅변하듯이 고함을 질렀다. 바람이 불어와 치마가 펄럭거렸지만 교복치마가 옷이라고 생각한 사람은 아무도 없었다. 치마 안의 체육복 바지는 지수의 고정패션이었다.

"서툰 의사는 환자 한 명을 죽이고, 서툰 정치가는 당대의 국민을 괴롭힌다. 어제 뉴스 보셨습니까? 여러분, 대통령 뒤에서 실세 노릇을 하며 국정농단을 부추긴 세력들이 있다고 합니다. 서툰 정치가는 국민을 괴롭히는 것입니다."

매일 아침 아이들의 관심은 온통 어제 뉴스에서 나온 대통령 비선실세에 대한 것이었다. 그것은 새로 나온 게임보다 더 놀라웠으나 게임보다 훨씬 재미없고 암울한 이야기였다.

"하지만 서툰 정치가보다 더 심각한 게 뭔지 아십니까, 여러분! 바로 서툰 교육자입니다."

"저 기지배 또 왜 저래?"

몇몇 아이들이 지수를 보고 눈살을 찌푸렸으나 대체로 아이들은 히죽히죽 웃고 있었다. 아이들의 뜨거운 속을 식혀줄 말을 시원하게 내질러줄 거라는 기대가 있기 때문이었다.

"서툰 교육자는 학생을 희생시킵니다. 이 얼마나 비극적인 일입니까? 하지만 뛰어난 선생님들만 계신다면 우린 더 미쳐버릴지도 모릅니다. 1교시부터 8교시까지 우리에게 하나라도 더 알려주려는 열정적인 선생님들만 계신다면? 머리가 빠개지지 않겠습니까? 그렇습니다, 여러분! 선생님 탓이 아니라는 겁니다. 마녀 탓도 아니라는 겁니다. 기동이가 마신 술은 우리 모두가 마신 술입니다. 우리의 이 울분!"

아이들이 와 하고 함성을 질렀다. 함성 소리가 교실 안을 쩌렁쩌렁 울렸다.

"우리의 이 청춘!"

다시 와! 하고 아이들이 함성을 질렀다. 지수는 마치 국회의원 선거에라도 나온 사람 같았다.

"이 나라가 바뀌어야 한다는 겁니다. 체육 시간이 필요합니다, 여러분! 자유로운 음악 시간이 필요합니다. 학예회도 필요합니다, 자기계발 시간도 필요합니다. 우리의 미래는 알파고가 많은 일을 대신하게 될 것입니다. 우리에겐 지금 노는 게 필요합니다. 노는 것의 노는 NO입니까? 놀 줄 아는 청년이 되어야 합니다, 여러분!"

"와! 와!"

두 손을 양껏 쳐들며 환호를 보내던 아이들이 갑자기 주섬주섬 자리에 돌아가 앉았다. 힐끔힐끔 지수를 쳐다보는 듯했으나 아이들은 다른 날과 달리 행동이 민첩했다. 우당탕은 아니지만 재빠르게, 군인처럼 절도 있는 동작이었다. 지수는 휙 고개를 돌려 앞문을 바라보았다. 과연 그곳에 담임이 있었다. 평소 같았으면 이눔의 기지배가 치마 안에 바지를 입고 어디까지 기어 올라가 있는 거야! 라며 오죽을 들었을 텐데, 담임은 영혼이 빠져버린 사람처럼 지수를 보고만 있었다. 지수는 엉거주춤한 자세로 창틀에서 훌쩍 뛰어내려왔다. 담임은 교장실에서 나오는 중이었다. 그러므로 담임을 건드릴 그 어떤 자극적인 행동이나 말도 삼가야 한다. 지수는 이미 자신이 어느 적정선을 확 넘어버렸음을 알았다.

지수가 자리에 가서 앉자 담임이 들고 있던 오죽을 책상 위에 놓았다.

"기동이는?"

기동은 아침 소란 이후에 보건실에서 이불을 뒤집어쓴 채 하루 종일 개기는 중이었다. 분명 술이 깼을 텐데 기동은 교실로 돌아오지 못했다. 이미 부모님께 연락이 갔을 테니 몸이 아프다는 핑계를 대고 집으로 갈 수도 없었을 것이다. 분위기가 심각해서 아이들은 보건실로 몰려가지도 못했다. 보건 선생님이 평소와는 다른 얼굴로 문을 여는 아이들을 노려보았기 때문이다.

"아직도 보건실에 있나?"

네, 라고 몇몇 아이들이 대답했다. 담임의 반응이 낯설었기 때문에 어떤 대답도 함부로 할 수 없었다. 담임은 이럴 때 화를 내는 사람이었다. 이유나 속사정은 알려고 하지 않았다. 교장실에서 아주 심하게 질책을 받아서 정신적으로 이상이 생긴 게 틀림없었다.

"누가 소주병을 학교에 들고 왔는지 묻지 않겠다. 난 이 일을 용서하기로 했다. 친구의 잘못을 기꺼이 공동 책임지는 너희들을 보고 사실 좀 감동했다. 영화의 한 장면 같았어."

이게 뭔 시추에이션? 하는 표정으로 아이들이 서로의 얼굴을 마주 보았다. 가끔 어른들의 세계는 이해할 수가 없다고 현제는 생각했다. 충분히 그냥 넘어가줄 수 있는 일에는 화를 내고 야단을 치면서 이런 일에 감동을 받다니, 아이들이 한 행동은 공동 책임이 아니라 자기에게 돌아올 책임을 면하기 위한 것이었다. 아니 어쩌면 아이들은 일어나면서 스스로가 멋진 일을 하고 있다는 착각에 빠진 것일지도 몰랐다. 어쨌든 매사에 깊이 생각하지 않고 단순해서 야단치고도 돌아서면 까먹는 담임은 역시 같은 이유로 우리들에게 감동당하고 스스로를 영화의 한 장면으로 감정이입시켰다. 어쨌든 감동했다. 그리고 그 여파는 엄청났다.

"교장선생님이나 일어 선생님의 질책은 내가 받겠다. 기동이에게도 다른 조처는 내려지지 않도록 최선을 다하겠다."

와~ 아이들의 박수가 터져 나왔다. 블라인드를 뜨겁게 달군 석양이 얼핏 흔들릴 정도였다. 현제는 축축하게 젖은 두 손을 바지에 닦았다. 어쨌든, 어쨌든 지나간다.

"그렇지만 금방 창틀 위에 올라가서 지랄발광을 한 홍지수!"

지수를 부르는 담임의 얼굴이 돌변했다. 네, 지수가 대답과 동시에 몸을 벌떡 일으켰다. 우리가 홍지수 퍼포먼스라고 부르는 행위가 담임의 시선으로 볼 때 너무나 지랄발광이었기 때문에 지수의 몸은 뻣뻣한 로봇처럼 삐걱거렸다.

"이눔의 기재배, 뭐라고? 노는 법을 가르쳐라? 넌 인마, 지금 충분히 놀고 있어, 그걸 몰랐나?"

지수가 고개를 푹 수그렸다. 그런 모습이 낯설었지만 지수는 그 누구보다 담임의 생리를 잘 파악하는 아이였다. 지금은 무조건 고개 숙여야 할 때.

"죄송합니다, 선생님."

"자, 너흰 학생이다. 학생은 힘이 없다. 결정은 어른이 한다. 우리는, 아니 나는 너희들의 청춘을 앞으로도 계속 갉아먹을 작정이다. 입시교육에 발맞춰서 꿋꿋하게 자기 공부 하도록! 좋은 대학 가서! 너희들이 바꿔라, 이 제도! 그러니 오늘 소동은 여기서 마무리하고 공부에 집중하도록!"

담임이 문을 닫고 나가자마자 지옥에서 살아온 지수가 툭 말을 던졌다.

"난 또 변했나 했지."

"사람이 쉽게 변하냐. 더군다나 어른이."

경은이 말을 이었다. 그러자 마치 말 잇기 게임이라도 하는 것처럼 여기저기서 아이들이 한마디씩 던지기 시작했다. 누군가가 차례를 정해주기라도 한 것처럼 끊어지지도 않고 말은 교실에 가득 차기 시작했다.

"우리의 고통을 왜곡되게 해석한다."

"변화하고 혁신해야지."

"우리는 변화를 원한다."

"변화를 두려워하는 건 어른들이다."

"왜 피해는 우리가 보나?"

"내 아름다운 청춘!"

"축구할 시간을 달라!"

"댄스 동아리는 만들기만 하고 한 적도 없다!"

"강제 야자 반대한다."

처음에 그것은 장난 같았는데, 점점 아우성으로 변했고, 나중에는 어떤 울부짖음 같기도 했다. 급기야 축구할 시간을 달라!에서 국정농단의 진실을 밝혀라!로 바뀌며 장난스럽게 킥킥 웃는 아이들도 있었으나 진지한 얼굴로 흥분하여 주먹을 내리치는 아이들도 있었다. 보충수업 시간이 곧 시작될 터였다. 현제는 복도 쪽으로 자꾸 고개를 돌렸다. 그때 갑자기 앞문이 드르륵 열렸다. 대부분 현제와 같은 마음이었는지 제풀에 놀란 아이들이 입을 꾹 다물었다. 교실이 순식간에 권태로운 정오의 수업 시간처럼 조용해졌다. 문을 열고 나타난 것은 기동이었다.

기동은 씨익 웃고 있었다. 아이들이 와아 하고 박수를 쳤다. 뚱뚱하고 공부도 못하는 기동이 아이들 속에서 생존하는 방법은 바로 저 미소였다. 기동은 협박과 조롱과 다그침에도 불구하고 자신이 학교에 왔을 때 이미 지수가 소주병을 가지고 있었다는 사실을 그 누구에게도 말하지 않았다. 먹을 것 앞에서 돼지처럼 쩝쩝대어 다른 사람들을 경악시키지만 한번씩 친구를 자신의 몸에 붙어 있는 점이나 살처럼 여겨줄 때가 있었다. 아낌을 받는다는 느낌. 한번 감염되면 그것에서 아무도 헤어 나오지를 못했다. 그런 그의 행동이 비록 상처에서 시작되었다고 해도 말이다.

현재는 자리로 들어가는 기동의 펑퍼짐한 등을 보고 있는 아이들의 얼굴에 미소가 번지는 것을 느꼈다. 기동은 무거운 짐을 온몸으로 끌어안은 채 미로와 안개 속에 서 있곤 했다는 과거의 악몽에서 완전히 벗어난 것처럼 보였다. 언젠가 기동이 한 말이 떠올랐다. 그걸 안고 계속 살아갈 자신은 없었어. 난 매일 어떻게 죽을까만 생각했어. 자꾸 생각하다 보니 죽는다는 게 별거 아닌 것처럼 느껴지더라고.

기동이의 초코파이

지수는 유쾌하고 활기가 넘쳤으며 누구에게나 스스럼없이 다가갔다. 그 누구의 범주에는 가끔 선생님이나 심지어 교장선생님도 포함되는 경우가 있었다. 경찰대에 가겠다는 지수의 발언 때문에 담임과 상담 중에 싸우기까지 한 것은 유명한 일화였다.

"야단맞은 게 아니라 싸웠다고?"

"그렇다니까, 내가 다음 차례라서 기다리고 있는데 지수 목소리가 더 크더라."

담임은 니가 경찰대를 가면 나는 대통령인들 못 되겠냐고 했고, 지수는 그렇게 되면 우리나라가 백척간두에 있게 되니 대통령은 다시 생각해주면 안 되겠냐는 그런 농담 같지도 않은 이야기를 언성을 높여가며 하고 있더라고 했다. 하여튼 겁도 없이 마구 지껄이는 버릇 때문에 선생님한테 단골로 야단을 맞기도 하지만 소금에 절인 배추 같은 아이들에게 지수의 존재는 분명 활력소였다. 지수가 일어서면 아이들은 미리 웃을 준비부터 하고 있었다. 남학생이나 여학생이 모두 지수를 좋아하는 이유가 같았는데, 바로 '여자 같지 않다'는 것이었다.

무조건적인 지지를 보내는 아이들에게도 해결하지 못한 의문이 하나 있었다. 지수 옆에는 항상 기동이 있었다. 지수는 처음 현제와 짝이 되면서 조용하고 말이 없는 현제를 집적거리다가 친해졌다. 아무리 장난을 치고 놀려대도 현제가 별다른 대응을 안 했기 때문이었다.

"야, 이거 내 문제집이야. 근데 왜 니 책상에 있는 건데?"

"어, 그거 내 건데? 여기 현제, 내 이름 써 있잖아."

"내가 책 사서 이름을 안 썼거든. 그런데 니가 내 책에다 이름 쓴 거잖아."

지수는 현제를 빤히 쳐다보았다. 지수의 눈동자가 짧은 순간 흔들렸다. 느슨하게 박아놓은 실을 슬쩍 잡아당기는 느낌이 왔다. 현제는 피식 웃으며 책을 내밀었다.

"너 다 보고 줘."

이런 미친놈, 이라 중얼거리며 지수가 문제집을 현제에게 확 내밀었다.

"안 한다 안 해. 재수 없어 정말."

현제, 제현과 지수가 친해지면서 자연스럽게 기동도 함께 다니게 되었다. 같이 다니면 다닐수록 현제는 기동이 내키지 않았다. 뚱뚱하고 못생겼기 때문이 아니었다. 급식 먹을 때면 숟가락이 보이지 않을 정도로 입에 퍼넣기 바쁘고, 주변에 음식물을 흘리고, 콧구멍을 수시로 후벼대는 지저분한 행동들을 도저히 봐주기 힘들었던 탓이었다.

"야, 기동이는 항상 같이 다녀야 되냐?"

기동이 잠시 자리를 비운 사이 현제가 그 말을 했을 때 지수는 그저 웃기만 했다. 지수의 미소 또는 침묵은 이미 똑같은 질문을 많이 받아온 사람이 가지는 익숙함 같은 것이었다. 지수에게 기동의 중학교 시절 이야기를 들은 것은 그날 저녁 야자를 마치고 집으로 돌아가는 길에서였다. 다리가 아픈 데다 당뇨가 있는 아버지가 쓰러졌다는 연락을 받고 기동이 급하게 조퇴를 한 날이어서 오랜만에 셋이서 하교하던 참이었다.

"기동이 엄만 청소업체 비정규직이고, 기동이 아빠 몇 년 전에 공사장에서 일을 하다가 다리를 다쳤는데 산재 처리를 받지 못했어. 병원비로 계속 돈이 들어가고 있는 거지."

작정을 한 듯 지수가 기동의 이야기를 꺼낸 것이다. 3학년 교실 쪽은 아직 불빛이 훤했지만 1, 2학년 교실은 세상과 차단이라도 된 듯 착착 불이 꺼지고 있었다. 세 사람은 아직도 쌀쌀한 3월의 교정 화단에 앉았다.

"음식이 있으면 그걸 빨리 먹어야 한다는 강박 같은 게 있어서……, 습관이 잘못 길러진 걸 자기도 잘 알아. 특히 남들과 같이 밥을 먹을 땐 아무리 자제하려고 해도 그게 잘 안 된다더라고."

"아무리 해도 안 되는 일이 어딨냐?"

현제가 쏘아붙이자 지수가 할아버지처럼 너그럽게 웃으며 현제의 어깨에 팔을 둘렀다.

"기동이는 중학교 3학년 때 만났거든. 우리 반은 아니었는데 내 친한 친구와 같은 반이었어. 근데 복학생이라고 하더라고. 집단 왕따로 휴학을 했는데, 이전에 괴롭히던 아이들이 모두 졸업하고 난 뒤에 복학을 한 거였어."

"그럼 형이네."

"형은 무슨, 같은 학년이면 친구지."

"왕따를 당했다고?"

제현이 깜짝 놀랐다는 표정으로 지수를 보았다.

"뭐 그런 거 있잖냐, 양아치들이 하는 거, 그런 걸 당했다더라고…… 소문은 우리도 들었는데, 그렇게 심한 줄은 몰랐어."

지속적으로 괴롭히던 네 명의 동급생이 있었다고 했다. 기동이 주로 당한 곳은 화장실이었다. 화장실 구석에 세워두고 실내화를 던져서 맞추기도 하고, 옷을 벗겨놓고 화장실 대걸레로 몸을 닦거나 심지어 변기물에 얼굴을 억지로 집어넣기도 했다고 했다. 시간이 지날수록 아이들은 그것을 즐겼고, 괴롭힘은 게임을 하듯이 자연스러웠으며, 밥 먹듯이 지속되더라고 했다. 아이들은 기동을 때리지 않았다고 했다. 몸에는 상처가 없었기 때문에 어떤 증거도 없었다는 것이다.

"그런데 어떻게 알려진 거야."

"기동이가 학교를 가지 않겠다고 하니까 기동이 아버지가 꼬치꼬치 캐물었나 봐. 그때까지만 해도 아버지가 사고 나기 전이었고······."

기동이 아버지가 학교에 문제를 제기했지만 기동의 편에 서서 이야기해준 사람은 아무도 없었다. 기동이 지적한 가해자들은 모두 공부도 잘하고 운동도 잘하는 아이들이었다. 특히 남녀공학이던 학교에서 그들은 여자아이들에게 아이돌급 인기를 누리고 있었다. 며칠 동안 아이들을 대상으로 조사가 시작되었지만 수사는 모두 기동에게 불리하게 적용되었다. 담임은 기동이 평소 수업 시간에 주로 책상에 엎드려 있으며 공부에는 흥미가 없다고 지적을 했고, 여학생 몇 명은 기동이 교실에서 거칠게 책상과 의자를 다루는 걸 본 적이 있다고 말했다.

"기동인 휴학을 할 수밖에 없었대. 폭식증은 그때부터 생겼고······. 2년 만에 뚱뚱해져서 나타난 거야."

"넌 여자애가 어떻게 그런 기동이랑 친해졌는데?"

제현이 물었다.

"또 여자애!"

"그렇잖아, 여자애들은 보통 기동이처럼 뚱뚱한 남자 싫어하잖아."

"그건 맞아. 뚱뚱한 년들조차도 뚱뚱한 남자를 경멸한다고 대놓고 말해."

"웃겨."

현제가 입꼬리를 올리며 피식 웃었다. 비웃는 것 같다며 지수가 싫어하는 행동이었다.

"기동이가 그런 과거를 가지고 있다는 건 금방 소문이 났지. 그 당시 학교 일진들도 누가 쓰다 버린 물건은 주워서 쓰지 않는다는 듯이 복학생 정기동은 건드리지 않았고."

"그 당시 일진들에 너도 있었고?"

다시 현제가 이죽거리자 지수가 팔짱을 끼며 현제를 노려보았다. 가끔 현제는 자신이 먼저 지수에게 장난을 치고 있는 걸 발견하곤 했다.

"중딩 일진 맛 좀 볼래?"

제현이 그만하라고 손사래를 쳤다.

"계속해봐."

"아이들은 대부분 기동이에게 말도 잘 걸지 않았어. 나이가 많기도 했고, 워낙 지저분하게 구니까 애들이 싫어하기도 했고 말야."

"왜 스스로 고칠 생각을 안 하는 거지?"

"왜 안 하겠냐? 난 그게 상처라고 생각해. 아직 안 나은 상처. 그러다 습관이 되어버린 거지."

제현이 불쑥 큰 소리로 물었다.

"그래서 넌 어떻게 친해졌냐니까?"

"3학년 때 졸업여행을 갔을 때였어. 우리 학교에 별명이 추적자인 악질 괴물 선생이 하나 있었거든. 애들 담배 피우는 거, 도둑질하는 거, 폭력 쓰는 거 추적자한테 걸리면 완전 죽음이었어.

그때 나랑 친한 여자애들 서너 명이서 3반 골초 한 놈한테 처음으로 담배를 배우고 있었어. 숙소 뒤뜰에 무슨 큰 나무가 한 그루서 있더라고. 거기가 좀 어두컴컴했어. 한참을 피우면서 콜록거리고 있는데 저쪽 어두운 구석에서 누가 벌떡 일어나는 거야. 보니까 기동이었어. 초코파이를 상자째 들고 와서 먹고 있었어. 뭐우린 상관 안 했지. 놀리고 싶지도 않더라고. 기동인 그 당시 우리에게 그냥 뒤뜰에 버려진 깨진 화분 같은 존재였거든."

"초코파이를 왜 숨어서 먹냐?"

현제의 물음에 제현이 한마디 던졌다.

"외로웠겠지."

지수가 제현의 말에는 아무 대꾸 없이 말을 이었다.

추적자가 나타난 것은 바로 그때였다. 추적자는 신의 콧구멍이라는 다른 별명을 가지고 있었다. 100미터 밖에서도 담배 냄새를 귀신같이 맡는다고 하여 붙여진 별명이었다. 방방마다 점검을 마친 선생님들이 현관에서 제일 가까운 방에 술상 펴는 걸 보고 나온 참이었는데, 추적자를 너무 우습게 본 게 잘못이었다.

마당으로 나온 추적자의 입가에 비릿한 미소가 떠오르는 것을 나무 옆에 선 가로등 불빛이 또렷하게 보여주었다. 순간 3반 골초놈이 가지고 있던 담배와 라이터를 기동에게 휙 던졌다. 그러더니 마치 처음부터 나눠 먹을 생각이었다는 듯 기습적인 동작으로 기동 앞에 놓인 상자에 들어 있는 초코파이를 아이들에게 하나씩 나누어주었다. 모두 빠른 동작으로 약속이라도 한 듯 봉지를 찢어 한입에 털어 넣었다. 초코파이가 미어지게 목구멍으로 넘어가는 동안 추적자가 코앞으로 다가왔다. 그제야 추적자를 보았는지 기동은 넓은 허벅지 위에 떨어진 담배를 얼른 제 호주머니에 넣었다.

추적자의 몸수색이 시작되었다. 아이들은 초코가 묻은 입술을 닦지도 않고 히죽히죽 시커메진 이를 드러내며 추적자에게 몸을 맡겼다. 곧이어 기동은 한 번도 피우지 않은 담배가 주머니에서 나왔다.

"야, 이 새끼가, 복학생놈이 담배를 피워?"

니가 준 거 아니냐는 추적자의 채근에 골초는 대놓고 큰소리를 쳤다.

"우리는 기동이와 별개라고요, 냄새 맡아보라고요."

골초놈이 초코파이가 묻은 입술을 쫙 벌려 추적자 앞에 들이밀었다. 추적자가 인상을 찌푸렸고, 골초놈은 억울하다는 듯 씩씩거렸다.

"너, 너, 너하고 골초 너, 너희들 조합이 수상하잖아. 여기서 뭐하는 거야?"

"초코파이 먹었다고요."

지수가 툴툴거리자 추적자는 지수를 향해 주먹으로 때리는 시늉을 하고는 방으로 들어가! 라고 소리쳤다.

결국 벌은 기동 혼자서 받았다. 기동은 숙소의 마당 한가운데서 엎드려뻗친 자세로 한 시간 동안 있었다.

"그 뚱뚱한 몸이 부르르 떨렸어. 달빛이 그 애를 계속 비추었지. 신생대에서 21세기로 뚝 떨어진 거대한 매머드 같았어. 경이로운 모습이었어. 시간이 지나자 구경하던 애들도 방으로 들어갔고, 추적자도 자세를 조금만 흐트리면 한 시간을 처음부터 다시 재겠다는 협박을 하고는 방으로 들어갔어, 마당에는 기동이와 나뿐이었지. 물론 나는 어둠 속에 몸을 숨기고 그 모습을 지켜보았어."

"그런데 왜 기동이는 아무 말도 안 한 거지?"

"그게……, 기동이는 알았던 거지. 결국 어떤 증거도 없이 가해자가 피해자로 탈바꿈한 자신의 그 악몽 같은 과거가 되풀이될 것을 말야. 자신이 아니라고 아무리 이야기해도 바뀔 것은 없다는 걸 안 거야."

"그래서 홍길동의 선택은?"

"그래, 홍길동, 홍길동이 문제였지. 난 홍길동이거든. 나는, 어릴 때부터…… 정의롭게 살고 싶었다고, 비록 장난을 치더라도……. 그런데 그 행동들이 조금씩 지나쳐가기 시작했고, 점점 엇나갔고, 엇나간 행동들은 가끔 나쁜 행동으로 분류되기도 했어. 홍길동도 남의 물건을 훔쳐서 나눠줬잖아, 라고 합리화도 하고……."

"너 지금도 그러잖아. 왜 과거 시제로 말하냐?"

현제가 이죽댔다. 지수는 감상에 젖은 얼굴로 현제를 보더니 곧 질문을 던진 제현에게 얼굴을 돌렸다.

"내가 추적자에게 고백했냐고?"

제현이 고개를 저었다. 지수가 절대 고백하지 않았다는 데 내기라도 건다는 얼굴이었다.

"빙고, 난 고백하지 않았어. 내가 고백하면 나랑 같이 있던 아이들이 모두 딸려가잖아. 그럴 수는 없었지."

그리고 사건이 하나 더 터진 것은 졸업을 앞둔 2월이었다. 지수와 몰려다니던 여학생들 중 한 명인 서정이 성폭행을 당했다고 학교 성고충 상담소에 신고한 것이다. 지수를 비롯한 친구들은 성폭행이 아니라는 것을 모두 알고 있었다. 헤어진 남자친구에게 앙심을 품고 시작한 신고였으나 학교가 정식으로 학교폭력위원회를 열고 조사를 시작하자 서정은 덜컥 겁이 났다. 거기다 협박을 가미한 사과를 해오는 남자친구를 용서해줄 마음이 생겨버린 서정은 별다른 고민도 없이 성폭행범을 순식간에 바꿔버렸다. 바로 정기동이었다.

"그때도 기동이는 아무 말도 하지 않았어. 고개를 흔들며 눈물만 뚝뚝 흘렸지. 교무실에서 기동이를 봤어. 자기 힘으로는 도저히 어쩔 수 없는 세계가 있다는 것을 부정할 수 없는 사람처럼 보였어. 아 씨발, 진짜 그건 아니잖아. 서정이 그 기지배 정말 재수없었거든. 지만 아는 기지배, 애들이 맨날 지 똥구멍이나 핥아야 된다고 생각하는 애였어. 같이 다니긴 했지만 정말 끔찍하게 싫었어."

그 상황에서 정기동을 구한 사람은 지수였다. 지수는 그 대목에서 언제나 이렇게 말했다.

"왜? 나는 정의의 사도니까."

지수는 그 일로 서정에게 맞아서 일주일 동안 병원에 입원해야 했다. 팔뚝에 칼로 그은 흉터가 생겨서 여름에 반팔도 못 입고, 갈비뼈가 석 대나 나가서 가슴에 붕대를 칭칭 감는 바람에 가슴이 더 작아졌다고 자랑스럽게 떠들어댔으나 조용하게 한마디 덧붙이는 것도 잊지 않았다.

"나는 기동이 옆에 남았어. 상처가 치유될 때까지 옆에 있기로."

"니가 부려먹기 좋을 사람이 필요했던 건 아니고?"

"무슨 소리! 난 이래 봬도 홍길동이야. 누굴 이용하진 않아. 미래 정의의 경찰에게 그 무슨 말도 안 되는 소리냐?"

"정의의 경찰? 웃기시네. 너 요새도 곤란한 거 있음 은근슬쩍 기동이한테 미루잖아."

"야, 내가 언제? 그리고 설사 너희들 눈에 그런 오해될 만한 일이 있었다고 하더라도 그건 자연스러운 거야. 자연스럽지 않으면 그게 친구냐?"

현제가 콧방귀를 뀌자 제현이 킬킬거리고 웃었다.

언젠가 우연히 그런 이야기를 넷이서 하게 되었을 때 기동은 정말 자연스럽게 말했었다.

"담배 때문에 숙소 마당에서 벌을 설 때였어. 엎드려뻗쳐를 하고 있는데 내 몸에서 자꾸만 초코파이 냄새가 났어. 다 먹은 지 20분도 넘었는데 냄새가 계속 머물러 있더라고."

"역시 정기동답다. 음식이 벌 받는 일을 뛰어넘게 하는구만."

"이유가 뭘까 생각했는데……, 냄새뿐만 아니라 부스럭거리는 소리도 났어. 어둠 속에서 나를 지켜보며 지수가 내 초코파이를 먹고 있더라고."

"와, 대박!"

아이들이 탄성을 지르며 어이없는 웃음을 웃자 기동도 따라 웃으며 말했다.

"근데 이상하게 화가 나지 않더라. 그게 위로가 됐어."

"둘 다 비정상이라서 그런 거 아냐?"

"내 꿈이 만들어진 건 그때였어. 위로를 주는 달콤한 빵을 만드는 것."

"그건 더 대박이다 야."

감동적인 이야기야, 추임새까지 넣어가며 팔짱을 낀 채로 이야기를 듣고 있는 지수를 제외하고 모두 고개를 절절 흔들었다. 그때 제현이 겉모습에 속아서 지수를 여자로 좋아하는 거 아니냐고 물었다. 물론 기동에게는 그런 비슷한 낌새도 느껴지지 않았기에 장난으로 물어본 것이었다.

"야, 뚱뚱하다고 이상도 없는 줄 아냐? 비쩍 마르고 선머슴 같은 애 나는 관심없거든. 나도 섹시한 여자 좋아해. 왜 이래?"

으이그 그러셔? 나도 돼지는 싫거든. 왜 이래? 하며 지수가 맞받아치자 기동도 킬킬 웃더니 곧 진지한 얼굴로 덧붙였다.

"난 어떤 배려도 하지 않는 지수가 좋았어. 배려한다고 했다면 난 더 도망갔을 거야."

"너를 위해서 배려를 안 한 게 아냐. 원래 싸가지가 없잖아, 홍지수."

현제가 끝까지 물고 늘어지는데도 지수 표정은 여유롭기 짝이 없었다.

"끔찍한 중학교를 드디어 졸업했다는 안도감도 있었지만, 고등학교 올라와서 학교 다니기가 훨씬 편해진 건 사실 지수 덕분이야. 같이 다니다 보니 지수의 몰지각한 싸가지 때문에 내가 눈에 안 띄는 이중 효과도 분명히 있거든. 가끔 나를 동정하기도 해. 현제 너처럼."

칭찬인지 욕인지 모를 말에 지수가 손가락으로 브이자를 만들어 제 턱 밑에 대고 고개를 끄덕여댔다. 같은 고등학교로 온 것도 모자라 2학년에 올라와 같은 반까지 된 걸 보면 일부러 배려하지 않는 지수의 마음이 어딘가로 통한 것 같기도 했다.

여자아이

—누구?

현제는 제현의 문자에 다시 물음표를 찍었다.

—저번에 밤중에 니가 보고 놀라 자빠진 그 귀신.

—그런데?

—같이 한번 만나볼래? 애가 이상한 거 같기도 하고 멀쩡한 거 같기도 하고. 그런데 혼자 만나긴 좀 자신이 없네.

—밤에 만나자고?

독서실 간다고 하고 나와.

—니가 나를 타락시키는구나. ㅋㅋㅋ

—이번만 타락해라. 여행 깨진 대신에.

야자를 모두 마친 후 현제는 독서실로 자리를 옮겼다. 11시에 학교 앞 편의점에서 제현을 만나기로 했다.

현제가 내려갔을 때 제현은 컵라면 두 개를 사놓고 기다리고 있었다. 현제가 학교에서 있었던 소주 소동을 이야기하는 동안 제현은 낄낄거리지도 않고 듣고만 있었다.

"담탱이 몇 번 전화했더라. 문자도 하고. 계속 무단결석이면 대학 못 간다나."

"진짜?"

"전화 안 받아. 아직 자신이 없다. 차라리 내가 막 살았으면 좋겠다. 이러지도 못하고 저러지도 못하는 꼴이 정말 맘에 안 들어. 차라리 그 할머니가 부러워."

"그 할머니라니?"

"찜질방에서 좀 이상한 할머니를 만났는데 말야, 정말 자기 생각이 뚜렷했거든."

"할머니?"

"응, 자기가 어마어마한 신분의 사람이라는 망상에 빠진 할머니가 한 명 있어."

"어마어마한 신분이면 도대체 뭘 말하는 거냐? 대통령?"

"몰라. 정말 웃기지 않냐. 말로만 그러는 게 아냐. 아주 당당하다니까. 자기는 뭐든지 할 수 있다면서 통일도 자기 손이면 가능하단다."

"그 할머니 정신병원에서 도망친 거 아냐? 지금 시대에 무슨 통일이래?"

"무슨 소리야? 현제! 통일은 꼭 필요하지."

또 이야기가 핵심을 벗어나고 있었다. 늘 그랬다. 제현과 대화를 하다 보면 이야기의 처음이 어디였는지도 모르게 주제가 빙빙 돌곤 했다. 그렇게 빙빙 돌다가 결국 제현은 아주 심각해졌다. 어쩌면 자신을 둘러싸고 있는 삶이 너무 무겁다고 느끼기 때문인지 모른다고 현제는 생각했다.

"통일되면 얼마나 복잡해지겠냐? 북한 지지리도 못사는데 끊임없이 도와줘야 할 거고, 그러려면 우린 세금을 더 내야 할 거고, 사회는 혼란스러울 거고, 강력범죄는 늘어날 거고."

"그런 이기심으로 인간은 행복할 수 없어."

"내가 이기적이라고?"

"그럼 아니냐?"

"난 내가 살아가는 이 사회가 대혼란을 겪는 게 싫어. 그냥 분단된 채로 살아가는 게 나는 낫다고 생각해. 지금까지 그랬던 것처럼 말야. 혼란스러움, 통일 비용. 야, 생각만 해도 끔찍하다."

"통일 비용이라니까 말인데, 분단 비용이라는 것도 있잖아. 끊임없이 무기를 사들여야 하고, 남자는 군대도 가야 하고, 그리고 무엇보다 분단 비용은 끝이 없잖아. 죽을 때까지 계속되잖아. 돈이 문제라면 이게 더 심각하지 않냐?"

현제는 어깨를 으쓱해 보였다. 명절 때 큰아버지와 아버지가 정치 이야기를 나누다가 결국 큰소리를 내고 싸움이 나버리는 것과 같은 상황은 원치 않았다. 제현의 심각함을 적당한 선에서 끊어야 하는 것이 또 언제나 자신의 몫이었다.

"야, 젤 심각한 건 그 할머니 같은데? 그러다가 간첩으로 오인받아서 누가 신고하는 거 아니냐?"

"나만 신고하지 않으면 그럴 염려는 없을 것 같아. 겁나는 건 아는지 내 귀에다 대고 속삭이더라고."

"……그 할머니도 참 문제는 문제지만, 지금 젤 문제는……."

"뭔데?"

"너다……. 언제까지 이러고 다닐 수 있겠어? 밥 먹는 것도 그렇고, 잠자는 것도 그렇고, 학교도……."

"그래도 걱정해주는 사람은 너밖에 없다."

"무슨 소리야? 니 주변에 온통 너 걱정하는 사람뿐이야."

"니가 뭘 알아."

"제발 제현아, ……학교로 돌아와."

"아, 씨. 졸라 싫다. 씨발, 낳으면 다야. 부모가 해야 하는 일이란 것도 있잖아. 난 지금 부모라는 사람들한테 시위하는 중이야. 나를 어떻게 할 건지, 이렇게 무책임하게 버려둬도 아무렇지 않은 건지."

"그런데 그 시위가 너한테 이로운 거냐?"

"모르겠다."

현제는 묵묵하게 컵라면만 먹었다. 모르겠다는 제현의 대답이 가슴을 묵직하게 내리눌렀기 때문에 아무 말도 할 수 없었다.

"사흘 전엔 태현이가 다 찾아왔더라."

"태현이라니? 작년 우리 반 그 양아치?"

"응."

찜질방 앞으로 찾아온 태현은 제현에게 따라오라는 고갯짓을 하더니 인근 초등학교 운동장으로 들어갔다. 태현을 비롯해서 늘 몰려다니는 패거리가 세 명 더 있었다. 규호가 히죽히죽 웃으며 제현의 어깨를 툭툭 쳐댔다.

"야, 너 가출했다며? 너 같은 범생이마저 이러면 어떡하냐, 학교는."

태현이 규호 앞으로 손을 내밀며 제현 앞으로 다가섰다.

"내가 저번에 말한 건 생각해봤냐?"

태현은 너같이 똑똑한 놈이 필요하다, 2인자로 만들어주겠다는 유치한 입회조건을 제시하며 저희 조직인 이판사판에 들어오라고 했었다. 생각할 시간을 주겠다고 이야기한 게 일주일 전이었다.

"그때 이미 싫다고 했잖아."

"야, 찜질방 돌아다니며 사는 게 쉬운 줄 아냐? 니가 들어오기만 하면 바로 숙식도 제공해줄 수 있어."

"이판사판이 무슨 뜻인 줄이나 아냐? 더 이상 선택의 여지가 없을 때, 더 이상 방법이 없는 벼랑 끝에서 하는 말이야. 10대에 내 인생 포기하고 싶지 않아."

"하, 이 개새끼 하는 말 좀 봐라, 졸라 재수 없게 말하네. 그럼 우리가 인생 포기한 사람들이란 말이야?"

규호가 제현의 멱살을 움켜잡았다. 이번엔 태현이 말리지 않

았다. 얼굴이 일그러진 태현이 카악 가래를 끌어올리더니 운동
장 바닥에 탁 침을 뱉었다. 그와 동시에 규호의 주먹이 날아와 제
현의 턱에 꽂혔다.

"씨발, 말이 좀 통하는 새끼인 줄 알았더니……."

침을 뱉은 태현이 뒤돌아서 가자 둘러 서 있던 나머지 세 명이
쓰러진 제현의 몸뚱아리에 동시에 발길질을 해대기 시작했다.

"우리 눈에 띄면 확 묻어버린다. 잘 숨어 다녀라!"

제현은 그들이 간 후에도 오랫동안 몸을 일으키지 않았다. 전
신이 욱신욱신 쑤셔왔으나 오히려 마음은 편안했다.

현제가 어이가 없다는 얼굴로 목소리를 높였다.

"개새끼들, 미친 거 아냐? 그 뒤로는 괜찮았어?"

"안 찾아왔냐고?"

"응."

"당연히 안 왔지, 그 자존심에 오겠냐? 내가 걔들한테 더 맞을
이유도 없고……. 지금 그 양아치들이 중요한 게 아니고 그 애 말
야."

"그 귀신?"

"귀신 아니야. 사람이야. 우리 한번 만나보자고."

"꼭 우리가 만나야 되냐? 그 애 부모님한테 얘기해주는 게 먼
저 아닐까?"

"야, 김현제! 넌 부모라는 사람들을 믿는지 모르지만 난 안 믿
어. 어린 여자애가 밤에 그렇게 혼자 돌아다니는데도 내버려둔

부모라면 이미 그 앤 버림받은 거나 마찬가지 아니냐?"

"그럼, 경찰에 신고해야지."

"걔가 무슨 짓을 했다고 신고를 해? 그냥 걸어 다닌 게 죄야?"

"무단침입이잖아. 남의 학교에."

"무단침입은 나도 했어."

"넌 우리 학교 학생이고."

"걔도 우리 학교 학생일 수 있지. 키가 작은 아이들도 있으니까. 그리고 그 아인 도움이 필요해 보였다고."

"니가 그걸 어떻게 아냐?"

"비슷한 것 같아서…… 알아봤을 뿐이야."

가로등이 끊어지는 곳에 다다르자 사위는 깜깜했다. 달은 어린아이가 아무렇게나 짓이긴 물감처럼 뿌옇게 흐려 있었다. 나무는 가파르게 매달린 윗가지를 흔들며 스산하게 움직였고, 고양이가 많은 골목인지 여러 마리의 고양이 울음소리가 가까운 곳에서 들려왔다. 습기 짙은 바람이 불어와 두 사람의 뺨을 가볍게 스치고 지나갔다. 여자아이가 학교 후문 문방구를 돌아 골목 끝에서 걸어 올라오고 있는 것이 보였다. 두 사람은 가벼운 숨을 내쉬며 나무 뒤로 몸을 숨겼다가 여자아이가 지나가자 조심조심 뒤따라 올랐다. 여자아이가 나타난 이후로 바람이 더 냉랭하다고 느끼는 것이 두 사람의 기분 탓만은 아니라는 생각이 들 정도로 공기는 아까보다 훨씬 차가워졌다.

학교 화장실 뒤편에 다다르자 여자아이는 익숙한 듯 창문을 열고 가볍게 화장실 창을 넘었다. 윽 소리를 내며 현제가 입을 벌렸다.

"야, 조용히 해."

"쟤 미친 거 아냐? 신고해야 할 것 같은데?"

"미쳤는지 아닌지 그러니까 한번 알아보자고."

"밤경비 아저씨한테 들키면 어쩌려고 저러는 거야?"

"나도 한 번도 안 들켰어. 우리 학교 밤경비 아저씨, 애들 야자 마치고 집에 가고 나면 학교 한 바퀴 도는데, 돌고 나면 너무 피곤해서 쓰러져 절대 안 일어나. 밤에는 12시 넘어야 집에 가는 애들 있지, 새벽 6시도 되기 전에 들이닥치는 애들 있지……. 경비 아저씨도 할 짓이 아니지."

현제는 제현을 보았다. 그러니까 제현은 새탈이 한두 번이 아니라는 이야기였다. 제현인 매일 학교에 왔는지도 몰랐다. 어쩌면 가장 학생다운 모습이 제현이 가장 간절하게 원하는 것인지도 모른다. 제현은 늘 그랬다. 선생님과 학교 흉을 보고, 교육과정에 대해 과감하게 비판하기를 좋아하며, 입시위주의 교육부 정책에도 불만을 토로했지만 학교생활에 언제나 진지했다.

어색한 침묵이 두 사람 사이를 감쌌다. 침묵은 무례한 아이처럼 불편했다. 제현이 운동을 하듯 팔을 획획 돌리고 제자리뛰기를 했다. 현제가 일어나 제현의 동작을 따라 하기 시작했다. 눈이 마주치자 둘은 소리 없이 웃었다.

건물 안으로 들어갔다가 소동이라도 벌어지면 정말 경비에게 들킬지도 몰랐다. 그래서 여자아이가 나올 때까지 밖에서 기다리기로 한 것인데 아이는 좀처럼 나오지 않았다. 한 시간도 훌쩍 지난 것 같았다. 바람의 색깔이 달라지는가 싶더니 날씨가 제법 쌀쌀해졌다. 바람이 나무를 한차례 휩쓸고 지나가니 그것이 신호라도 된 듯 화장실 창을 넘으며 여자아이가 갑자기 나타났다. 기다리다 지쳐 화장실 창문 앞에 쪼그리고 앉아 있던 두 사람은 자리에서 벌떡 일어났다.

"안녕?"

제현의 인사에 놀라는 표정도 없이 여자아이가 눈으로 현제를 가리켰다. 마치 누구냐고 묻는 것 같은 눈짓이었다. 현제가 먼저 말을 꺼냈다.

"너 왜 이 학교에 오는 거야? 이 밤중에?"

"또 같은 질문."

"이거 위험한 짓이야."

"그건 정확한 답을 측정할 수 있는 근거가 안 돼."

"니가 여자라서 더 위험하다는 말을 하는 거야."

"위험한 데 남자 여자가 어딨어?"

"무슨 소리야?"

"여자와 위험이 무슨 상관이야? 전쟁이 나면 남자가 더 많이 죽어."

제현은 현제의 어깨를 툭 쳤다. 아무래도, 아무래도 정상이 아닌 것 같았다. 제현이 물었다

"넌 여기서 뭐 하는 거야?"

"곧 끝낼 거야."

"뭘?"

"함수 같은 거지. x를 넣으면, 주어진 관계에 따라서 결과를 내놓지. 내가 일을 해결하면 분명히 y값이 나올 거야."

함수라니? 생각지도 못한 답변에 두 사람이 어리둥절해 있는 사이 여자아이가 몸을 휙 돌렸다. 더 이상 할 이야기가 없다는 몸짓이었다. 제현도 현제도 여자아이에게 말을 더 붙이지 못했다. 여자아이는 뒤도 돌아보지 않고 걸었다. 마치 유령처럼 발소리도 들리지 않았다.

"그렇다고 저 앨 혼자 보내냐?"

제현이 먼저 발걸음을 옮겼고, 현제가 뒤를 따랐다. 여자아이는 유령이 아니라 분명 사람이었고, 너무나 야위었고 가냘팠다. 누군가와 부딪히기라도 하면 풀썩 쓰러져 다시는 일어나지 못할 것 같았다. 여자아이가 골목으로 들어서자 이제 그만 가도 된다며 제현이 현제를 잡아끌었다.

"저기 막다른 골목 끝집이야."

여자아이의 집 앞에는 다른 날과 달리 아주머니와 아저씨가 초조한 얼굴로 발을 동동거리며 서 있었다. 아저씨는 여자아이가 다가가자 어깨를 더럭 잡아끌었다.

"오늘 왜 이리 늦은 거야?"

여자아이는 아저씨 품에 쓰러지듯 안겼다. 정신을 잃은 듯 눈을 감은 여자아이의 창백한 얼굴이 전등처럼 하얗게 빛났다. 아저씨가 여자아이를 안고 대문 안으로 들어갔다. 그들이 마당 안으로 사라지고 난 뒤 현제와 제현은 대문간까지 천천히 걸어갔다. 수런거리는 소리가 나고 곧이어 현관문이 닫히는 소리가 났다.

"야, 뭐냐. 쟤 돌아다니는 거 부모도 알고 있는 눈치잖아?"

"그러게, 오늘 왜 이리 늦었냐고 하는 걸 보면 집을 떠났다가 돌아오는 시간이 대체로 일정한가 봐."

"그래, 아까 우리랑 있느라 시간이 좀 지체되었지."

귀신에라도 홀린 듯 조용해진 마당을 건너다보며 두 사람이 이야기를 주고받을 때였다. 녹슨 경첩이 부딪히는 소리가 나더니 조심스럽게 대문이 열렸다. 금방 현관으로 들어갔다고 생각한 아주머니였다.

"혹시……."

"아, 네?"

"미안한데 혹시 우리 혜진이가……."

화들짝 놀란 현제가 제현의 팔을 쿡 찔렀다. 잘못하다간 무슨 범죄자나 성희롱범 취급을 받을지도 모른다는 생각이 들었다. 현제는 제현의 팔을 끌고 후다닥 골목을 빠져나왔다. 뒤에서 아주머니가 학생, 잠깐만 하고 부르는 소리가 들렸다.

두 사람은 빠른 걸음으로 골목을 벗어났다. 아주머니는 더 이상 따라오지 않았다. 뒤돌아본 골목 안쪽은 지나치게 조용했다. 적막 속으로 멀리 밤을 달리는 자동차 소리가 골목 안을 휘젓고 지나갔다.

요괴인간 베라

제현은 현제가 준 점퍼와 모자를 눌러쓰고 찜질방으로 향했다. 원래 가던 곳과는 두 블록이나 떨어진 찜질방이었다. 할머니도 보기 싫고 주인 눈치도 보여서 그 찜질방은 더 이상 갈 수가 없었다. 현제는 아빠 점퍼를 몰래 가지고 왔다며 헤어지기 전에 가방 안에서 구겨진 점퍼를 꺼내주었다. 모자도 제현의 것과는 전혀 다른 색깔이었다. 모자를 눌러쓰고 점퍼를 입으니 자신이 봐도 고등학생 같은 느낌은 없었다. 샤워를 한 후 찜질복으로 갈아입고 황토방으로 가서 누웠다. 곧 땀이 비 오듯 흘러내렸다. 하지만 평소처럼 숨이 막히거나 답답하지는 않았다. 아직까지 가슴이 두근거리고 있었다. 아저씨의 품에 쓰러지듯 안긴 여자아이 때문이었다. 자기 때문에 쓰러지기라도 한 듯 알 수 없는 죄책감이 밀려왔다. 괜한 계집애 때문에 시간만 낭비했다고 생각하려고 했다. 그랬는데 시간이 지날수록 종이처럼 얇고 하얀 여자 아이의 모습이 더 선명하게 떠올랐다. 아, 혜진이, 혜진이라고 했지.

눈을 감았는데도 잠은 오지 않아 핸드폰의 시계만 확인하고 있었다. 자리에 누운 지 벌써 한 시간이 지났다. 제현은 몸을 뒤척였다. 실내는 너무 고요해서 조금만 움직여도 몸에서 나는 소리가 습한 공기 속으로 퍼져나갔다. 밖에 나가서 텔레비전이나 볼까 하고 망설이고 있는데 바깥 휴게실에서 싸우는 것 같은 시끄러운 소리가 났다. 아무래도 이상했다. 목소리가 귀에 익었던 것이다. 제현은 문을 열고 바깥을 내다보았다.

"할머니가 무슨 상관이냐고요!"

"너거 둘이서 싸우고 지랄을 하니까 내가 말려준 거 아이가."

"누가 말려달래요? 상관하지 말라고! 아 진짜, 졸라 재수 없어."

얼굴 가득 당당함을 유지한 채 바락바락 악을 쓰고 있는 사람은 제현과 급속 조손 관계를 맺은 바로 그 할머니였다. 제현은 얼른 문을 닫았다. 이마가 벌겋게 달아오른 할머니와 눈이 마주친 것 같았기 때문이었다. 도대체 이 무슨 악연인가, 저쪽 찜질방을 피해서 옮겼는데 이곳에서 다시 만나다니.

"나도 손자 있어. 있다고!"

할머니의 말소리가 가깝게 들리는가 싶더니 제현이 있는 황토방 문이 벌컥 열렸다.

"저것들이 나를 뭘로 보고 말이야."

제현은 얼른 고개를 돌려버렸다. 씩씩거리며 다가온 할머니가 제현의 어깨를 와락 안았다.

"아휴 내 새끼, 흐흐, 내 니를 만날 줄 알았다 카이."

자신을 쫓아온 건가 싶어 화라도 내고 싶었으나 제현은 할머니의 팔을 세게 내치지 못했다. 젊은 남자의 욕설에도 아무 말 못하고 주눅이 든 할머니가 조금 불쌍했기 때문이었다.

"내가 진짜 언젠가 한 번은 혼날 줄 알았다. 으이그, 다른 사람일에 왜 끼어들어가지고."

"누워서 서로 만지고 생지랄을 해대더니 둘이서 또 막 싸우더라고. 여자가 토라져서는 말을 안 하니까 남자가 뭣 때문에 그러냐고 하고, 여자가 그걸 몰라서 묻느냐고 하고, 남자가 모르니까 묻는다고 하고, 여자가 어쩌면 오빠는 그렇게 관심이 없냐고 하고, 관심 없으면 내가 여기서 이러고 있느냐고 남자가 그러고, 자꾸 목소리는 높아지고 시끄럽고 그러니 내가 처음에 무슨 일로 싸웠냐고 물어봤다 아이가."

"그걸 왜 물어봐. 할머니가 무슨 재판관이야?"

"내가 옛날부터 남 송사는 잘 봐줬거든."

"으이그, 자기 앞가림도 못하면서 남 일에는 왜 끼어들어선……."

갑자기 할머니가 제현의 등짝을 찰싹 때렸다. 아, 왜 때려 하고 제현이 고함을 빽 질렀다.

"왜 날 피해 다녀 이눔아. 내가 오늘 하루 종일 찾아다녔다."

"피하기는 누가 뭘 피해? 똥이야, 피하게? 그리고 찾기는 뭘 찾아."

"손자 아이가."

할머니가 히죽 웃었다. 송곳니 자리가 텅 비어 있는 게 눈에 들어왔다. 텅 빈 자리로 뭔가 중요한 것이 쑥 빠져나간 것 같아 안쓰러운 느낌이 더해졌다.

"내가 여기 있는 건 어떻게 알고……."

제현의 목소리가 기어들어가듯이 작아졌다.

"이 근처에 있는 찜질방은 니보다야 내가 더 잘 알제. 뛰어봤자 내 손바닥 안이다. 이 근처에 찜질방이 몇 개나 되는 것도 아니고. 옛날에는 제법 많았는데, 지금은 이거 두 개뿐 아이가. 그라고 내가 모르는 게 없거든. 니 내가 누군 줄 아나?"

또 무슨 헛소리를 하려고 이러나 싶은 생각이 들었지만 이상하게도 지난번처럼 미운 감정은 들지 않았다. 심지어 맞장구도 쳐주고 싶었다. 잠은 오지 않을 게 뻔했고, 혼자는 너무나 심심했고, 혜진은 자꾸만 눈앞을 어지럽히며 나타나 걱정을 시켰다.

"이건 비밀인데……."

"뭔데?"

"내가, ……요괴인간 베라다."

엥?

"그게 뭔데요?"

"뱀, 베라, 베로. 손가락이 세 개뿐인 요괴인간이지. 그중에 여자 요괴가 하나 있는데 그게 베라야. 인간이 아니지만 인간이 되고 싶어하제. 요괴인간은 오로지 인간을 위해 싸운다 카이."

진짜로 미친 노인네인가?

"우리 아들 어릴 때 그 만화를 젤로 좋아했다. 흐흐, 항상 내 무릎에 앉아 그 만화를 봤제. 노래도 나랑 함께 불렀고. 만화를 보면서 그랬다 아이가. 베라는 엄마처럼 못하는 게 없어. 엄마가 베라야……."

제현은 할머니의 눈을 들여다보았다. 할머니는 진심인 듯했다. 지금까지 마주한 할머니의 얼굴에서 이렇게 진지한 표정은 본 적이 없었다. 아들 이야기를 하는 이 순간의 할머니는 진짜가 아닐까, 이 할머니라면 정말 못하는 게 없을지도 모른다 하는 말도 안 되는 생각이 순간 제현을 사로잡았다.

"진짜 못하는 게 없어?"

"그라모."

"말만 하면 뭐든지 다 해준다 이거야?"

"맞다."

할머니가 속삭이듯 말했다.

"할머니 이 동네 좀 아나?"

"잘 알제, 이 동네면 구석구석 모르는 데가 없다. 동네 강아지 이름도 다 꿰고 있지."

"그럼 혹시 혜진이라고 알아?"

"그런 이름은 처음 듣는데?"

처음 듣는다 하면서도 할머니는 최선을 다해 생각하고 있었다. 머릿속으로 동네 사람들을 모두 소환해서 스캔이라도 하는

지 심각한 얼굴로 고개를 갸우뚱거렸다.

제현이 알기로 말만 하면 다 해주는 어른은 이 세상에 없다. 베라니 뭐니 말도 안 되는 저 이야기도 마찬가지 헛소리일 뿐이다. 헛소리이지만 이 할머니는 적어도 자신의 이야기를 들어줄 줄 것 같았다. 말을 하면 답답한 심정이 조금은 나아질 것이고, 아까부터 끊임없이 콩닥거리는 가슴의 진동도 훨씬 줄어들 것이고……, 그럴지도 모른다. 제현은 혜진이 이야기를 시작했다. 말 없이 이야기를 듣고 있던 할머니는 혜진네 집 이야기가 나오자 있어봐라, 하고 제현을 저지하더니 문득 반문했다.

"어디라고? 편의점 안쪽 골목? 회색 대문 집?"

"그 집을 알아?"

"편의점은 알지. 그 맞은편에 병원이 있다 아이가."

"무슨 병원?"

"있다. 효 요양병원이라고."

"효 요양병원? 몰라, 그건 모르겠고, 어쨌든 그 안쪽 막다른 골목 끝집이야."

"거긴 위험한데……."

"왜?"

잠시 입을 다문 할머니가 뭔가 결심이 섰다는 표정으로 다시 말을 이었다.

"그래서? 그 다음 날 집까지 데려다줬단 말이제?"

"데려다준 게 아니고 뒤를 따라갔다고."

"그게 그거지. 그 정신 나간 애를 보호해줬다는 말 아이가? 공짜로?"

혜진이 제 아버지 품에 쓰러진 것까지 이야기를 하고 제현은 입을 다물었다. 그 집 부모를 만나봤느냐, 세상에 공짜가 어딨느냐, 내가 한번 찾아가봐야겠다, 할머니가 쓸데없는 이야기를 시작했기 때문이었다. 물론 알고 있는 게 거기까지이기도 했다. 자신의 마음속에서 일어나고 있는 일을 모두 말해줄 수는 없었다. 혜진 때문에 신경 쓰이는 것까지는 말할 수 없었다. 이렇게 잠이 안 올 정도로 걱정이 된다는 사실도 차마 말하지 못했다.

이야기를 다 마쳤을 때 할머니는 자고 있었다. 제현 쪽으로 돌아누워 오른쪽 팔을 제현의 배에 걸쳐놓고 코까지 드렁드렁 골았다. 제현은 할머니 팔을 들어 바로 놓아주고 몸을 돌려 누웠다. 시간이 지날수록 정신은 말똥말똥했다. 혜진을 생각하면 아끼던 옷에 묻은 얼룩처럼 안타깝고 속이 상했다. 늘 남의 시선을 생각하며 타인을 향해 손을 내밀었는데, 혜진은 이상하게 손을 내밀기도 전에 가슴이 먼저 아파왔다.

날이 밝았을 때에야 잠이 들었다. 제현이 눈을 떴을 때 할머니는 보이지 않았다. 온몸이 땀투성이여서 옷까지 흠뻑 젖어 있었다. 제현은 엉거주춤 몸을 일으켰다. 황토방 문을 열고 밖으로 나오니 어깨가 먼저 서늘해져왔다. 마치 어젯밤의 일들이 사실이 아닌 것처럼 느껴져 제현은 알 수 없는 불안을 느꼈다. 핸드폰을 보니 부재중 전화가 세 통, 긴 문자가 다섯 통이나 와 있었다. 모두 아빠에게서 온 것이었다. 아무래도 엄마는 아들과의 연을 끊을 모양이었다.

　—같이 살아보자. 집으로 들어오너라.

　같이 살아보자? 같이 살자도 아니고, 살아보자? 이런 표현은 제현을 더 비참하게 만들 뿐이었다. 제현은 찜질방 담요 위로 핸드폰을 집어 던져버렸다.

파란 아이

정신이 오락가락하는 할머니에게서 뭘 바란 것은 아니었지만 그래도 이 동네에 대해서는 잘 아는 것 같아 제현은 할머니의 활약을 어느 정도 기대하고 있었다. 할머니가 나타난 것은 저녁 시간이 다 되어서였다. 제현이 피시방에 갔다가 게임도 시들해져 찜질방으로 들어왔을 때, 아주머니 한 사람을 대동하고 의기양양한 표정으로 나타난 것이다. 같이 온 아주머니는 아주 초췌한 모습이었다. 화장기 없는 얼굴에 머리카락은 빗질을 한 적이 언제였는지 알 수 없게 헝클어진 채로 대충 묶여 있었다. 아주머니는 입술의 거스러미를 연신 이로 물어뜯으며 목을 움츠리고 서 있었다. 불안한 아주머니와 달리 할머니는 조증에 걸린 사람처럼 들떠 있었다.

"이 아줌마 맞제? 니가 밤중에 봤다는 아줌마."

"누구 말하는 건데요?"

"그 오밤중에 싸돌아댕긴다는 그 미친……."

바싹 말라 물기 하나 없어 보이는 아주머니의 두 눈에 금방 눈물이 고였다. 한 손에 스프링 공책을 들고 있던 아주머니가 다른 손으로 덥석 제현의 손을 잡았다.

"그날 밤에 왔던 그 학생 맞지? 그렇지 않아도 꼭 만나보고 싶었어."

그러고 보니 그 아주머니가 맞는 것 같았다. 횡단보도 끝에서 스치듯 보았고, 가로등 아래에서 잠깐 보았던 얼굴이었다.

"고마워, 우리 애 지켜줘서 정말 고맙다."

지켜줘? 지켜주다니 누가 누굴 지켜줬단 말인가? 제현이 그게 아니라고 막 말하려는데 할머니가 제현을 향해 눈을 끔쩍끔쩍했다.

"그래, 야가 지 친구랑 일주일씩이나 지켜줬단다. 나올 때까지 지키고 있다가 집에 들어가는 거까지 보고 왔다네. 옆에서 보디가드 해준 거 아이가? 근데 부모가 돼가지고 가만있어서 되겠나. 야도 제 코가 석 자다. 지금 사정이 보통 힘든 게 아니거등."

제현이 진실을 말할 틈 따위는 주지 않았다. 할머니는 스스로의 성취에 신이 나서 정신을 못 차리는 것 같았다. 잘 아는 동네라서 혜진네 집을 금방 알아낼 수 있었으며, 그 집에 찾아가서 아주머니를 만나 이리로 데리고 왔다는 것이다. 제현은 할머니 팔을 잡아 한쪽 구석으로 데리고 갔다.

"그냥 알아만 봐달라고 했잖아요."

제현의 목소리에 가시가 잔뜩 돋아 있었다.

"시퍼렇기는, 한 대 치겠다."

"아주머니를 왜 여기까지 모시고 와요?"

"모시고 오기는 누가 모시고 와? 저 아주마이가 기어이 따라나선 기지. 내가 요래 요래 생긴 내 손주를 아느냐고 물어만 봤는데 어찌나 반색을 하던지……. 성질 고만 부리라. 다 니 좋으라고 한 긴데."

"왜 나한테 좋은 건데?"

"세상에 공짜가 어딨노."

할머니가 실실 웃으며 제현의 팔뚝을 꼬집었다.

"베라는 무슨 일이든 한다니깐. 니 돈 떨어질 때 된 거 내 다 안다."

"무슨 소리야! 내가 무슨 돈이 필요해!"

제현이 화를 내며 할머니의 팔을 뿌리치는데 어느새 가까이 다가온 아주머니가 제현을 붙잡았다.

"그게 아니야 학생, 내가 만나보겠다고 했어."

아주머니의 다리가 휘청하는가 싶더니 그 자리에 풀썩 주저앉았다. 할머니가 아이구 저런, 호들갑을 떨며 아주머니를 붙잡았다.

"미안해. 이런 모습 보여서. 혜진이가 밤새 앓는 바람에 내가 잠을 못자서……."

"아이고, 사람이 몸에 기운이라곤 없다."

제현이 할머니 말을 자르며 끼어들었다.

"저도 한번 뵙고 싶었어요."

처음엔 한밤중에 돌아다니는 여자아이라니, 부모는 관심도 없는 거라고 생각해서 아예 찾아볼 생각도 하지 않았다. 하지만 잠도 자지 않고 기다리는 부모가 있는 것을 보았다. 경비의 눈에 띄기 전에 혜진이 엄마를 한번 만나봐야겠다고 생각하던 참이었다.

"정말 만나고 싶었어. 학생."

아주머니가 아까부터 들고 있던 스프링 노트를 제현에게 내밀려다 말고 손을 멈추었다.

"할머니한테 들었어. 우리 애가 학생과 말을 나누었다고."

"네……."

"사실, 우리 혜진인 낯선 사람과는 어떤 말도 나누지 않아. 할머니한테 그 이야기를 듣고 깜짝 놀랐어. 근데 학생을 만나 보니 알겠다. 우리 혜진이가 왜 그랬는지……. 사진 속의 그 어린아이 눈망울과…… 어쩜 학생 눈이 꼭 닮았네."

왜? 왜? 뭔 일인데, 라며 걱정스러운 표정으로 할머니가 둘 사이에 끼어들었다.

"뭔 일인데 그라는교?"

"우리 아이를 만난 게……."

아주머니가 멈칫멈칫 이야기를 시작했다. 혜진을 입양한 것은 6년 전이라고 했다. 당시 혜진은 열한 살이었는데, 사회적으로도 큰 파장을 일으킨 친부모의 사건 때문에 상처가 많은 아이였다고 했다.

"입양이라며? 부모가 죽은 게 아니고?"

혜진의 부모는 살인죄로 복역 중이라고 했다. 뉴스를 통해 사건을 접했을 때, 아주머니는 그 비극의 지옥 속에서 여전히 남아 있는 아이에게 마음이 자꾸 가더라고 했다. 처음부터 입양을 생각한 것은 아니었다. 입양을 결심한 깃은 혜진을 보호하고 있는 기관으로 찾아갔을 때 처음 마주한 아이의 모습 때문이었다.

"세상에 혼자 남겨진 아이였어요. 친척도 다 외면하고, 고아원 말고는 갈 곳이 없었는데, 가보니 애가 밥도 안 먹고 말도 안 하고……."

"그런 애를 우찌 입양할 생각을 했노? 아주마이가 얼라가 없나?"

"전…… 애를 낳은 지 사흘 만에 잃었어요. 청색증이라 하더라고요. 마지막 아기 모습 때문에 오랫동안…… 너무 힘들었죠. 한동안 우울증 치료도 받고 했는데, 그 후론 다시 임신이 되지 않았어요."

"하이고, 쯧쯧……."

"그런데 처음 본 혜진이 얼굴이 파랬어요. 얼굴이 새파랗게 질린 채 방구석에서 벌벌 떨고 있는 혜진이가 꼭 그 아이인 것만 같아서…… 처음 본 그날은 그냥 집으로 돌아왔는데 잠이 오지 않더라고요. 꼭 혜진이를 입양해야만 할 것 같았어요."

"아이고, 쯧쯧……."

"우리 집에 온 혜진인 처음엔 아무것도 먹질 않았어요. 하루에

밥 서너 숟가락만 겨우 삼키고……. 학교도 안 갔어요. 그러던 애가 3개월쯤 지나자 저한테 조금씩 다가오더라고요."

"근데 그 에미 애비가 누구를 죽였는데?"

"……그 그건……."

아주머니가 머뭇거렸다. 말을 내뱉으면 어떤 무서운 결과가 생길 것을 염려하는 사람 같은 표정이었다. 제현이 얼른 말을 건넸다.

"그래서 제가 뭘 하면 되는데요?"

아주머니가 제현을 그윽하게 쳐다보았다. 할머니가 고개를 흔들며 또다시 혀를 찼다.

"여자아가 그리 싸돌아 댕기다가 무슨 못된 일을 당하면 우짤라꼬."

아주머니가 긴 한숨을 쉬었다. 한숨에는 오랫동안 견뎌온 고통 같은 것이 배어 있었다.

"첨엔 몰랐어요. 애가 그렇게 힘들어하는 줄 우리는 모르고 있었어요. 말을 안 하고 방구석에 쪼그리고 앉아 몸을 떨곤 했지만 따뜻하게 안아주고 어미닭처럼 품어주면 된다고만 생각했어요. 적응을 못 해서 그런가 보다 그렇게 단순하게 생각했죠. 시간이 지나면서 조금씩 우리 가족이라는 울타리 안에 들어온다고 느끼기도 했는데……. 속이 저렇게 시커멓게 망가져버린 걸 전혀 눈치채지 못한 거예요. 우리가 큰일 났구나 하고 생각했을 땐 이미 병원 치료가 힘들어져버린 즈음이었어요. 계속 뭔가 말을 중얼거리고, 숫자를 세고……. 밤에 나가기 시작한 것도 그즈음인데, 그걸 막자 발작을 일으켜요. 몰래 뒤따라가던 우리를 발견하고 눈을 까뒤집고 길바닥에 쓰러지고…… 구급차를 부르고……. 그 다음부터는 애가 무사히 귀가하기만을 기다리는 일이 계속됐어요. 밤 12시가 넘어 들어오는 아이의 발소리를 확인하는 일이 우리 부부에게 하루 중 가장 큰 일이 되어버렸어요."

"걔는 밤에 나가서 어디를 갔는데?"

아주머니가 잠깐 말을 멈추었다. 오랫동안 슬픔에 익숙해 있는 사람도 그 지겨운 울음을 어쩌지 못한다는 듯 눈에는 물기가 가득 고여 있었다. 몇 번 눈을 감았다 뜬 아주머니가 울음을 삼킨 눈으로 제현을 보았다.

"도와줘, 학생!"

"제가 뭘 어떻게……."

"혜진이가 거기서……."

아주머니의 눈동자가 바람을 맞은 나무처럼 흔들렸다. 제현은 자기도 모르게 그 눈동자를 향해 고개를 끄덕였다. 무엇이든 도와줄 수 있다고 말하고 싶었다. 아주머니는 말을 할 듯 하다가 입을 다물었다.

"거기서 뭘 어짜는데?"

아주머니를 보는 할머니의 얼굴에 돈을 뜯어내겠다는 의지는 이미 사라지고 없었다.

"이걸 가지고 왔어. 읽어보면 알 거야."

아주머니가 제현에게 스프링 공책을 내밀었다. 파란색 표지에 영어 몇 마디가 적힌 어디서나 흔하게 볼 수 있는 평범한 공책이었다. 그 평범한 공책이 손에 와 닿았을 때의 무게감에 제현은 불쑥 두려움이 느껴졌다.

길을 그리다

제현은 표지를 넘겼다. 그림은 지도를 축약한 약도처럼 보였다. 고개를 갸우뚱하며 한 장을 더 넘겼을 때, 그곳에도 길이 그려져 있었다. 중앙선과 차로가 그려진 도로였다. 다음 장은 도로가 여러 겹 겹쳐진 것으로 보아 고속도로 나들목을 그린 것 같았다. 그다음 장도 도로였다. 거기에는 도시 이름이 적힌 표지판이 있었다. 두툼한 스프링 공책에는 온통 고속도로와 국도가 그려져 있었다. 지방도로와 겹치는 곳의 페이지는 아주 복잡했지만 차가 나가는 길이나 들어오는 길이 아주 상세했다.

"이게 뭐지?"

혜진이 이걸 왜 그릴까? 아주머니 말로는 혜진이 이 길을 교실 바닥에도 그린다고 했다.

"이걸 교실 바닥에 그린다고요?"

"그래, 유성매직으로 그려놓으니 그걸 지우느라 또 한바탕 소동이 벌어지고…… 몇 차례 경찰에 불려가고…… 조사과정에 발작을 일으켜 119가 오고, 그게 또 반복되고……."

"경찰에 왜 불려가는데요?"

"학교에서는 그 의도를 알 수 없었을 테고, 자꾸 반복되니까 신고했겠지. 이사를 두 번이나 했어. 이 동네로 와서는 좀 잠잠하다 싶었는데, 다시 시작되었네."

"그런데 이걸 어떻게 다 그려요? 이 도로들을 다 다녀보지도 않았을 텐데요."

"경찰에서 왜 지도를 그렸냐고 하니까 혜진이가 함수 이야기를 했어. 지도가 x값인데 아직 x값을 다 대입시키지 못했다고……. 그러니 경찰들도 정신 나간 아이라고 생각한 거 같아."

아, 함수……. 제현이 혼잣말로 중얼거렸다.

"혜진인 자폐가 조금 있어. 아홉 살 때 2년을 같이 산 여섯 달 빠른 제 오빠하고의 기억만 머릿속에 남아 있다고 하더라고. 자신을 자신이라고 생각하지 않아. 그 오빠와 자신을 동일시해. 지금 학교를 다니지는 않아. 그래도 자기가 초등학교를 졸업하면 오빠도 졸업한다고 생각하고 자기가 중학교를 가면 오빠도 중학교에 입학한다고 생각해. 제 오빠의 영혼이 살아서 학교에 다닌다고 믿고 있는 거야. 이제 고등학교에 입학했다고 생각하는 것 같아……."

"그래서 우리 학교를……."

"평소에도 혜진이는 지도를 그려. 깜짝 놀랄 정도로 잘 그리지. 아주 꼼꼼하게 동네 길을 그리기도 하고, 어딘지 알 수 없는 길을 그리기도 해. 지도라고 할 수 없을 정도로 세세하게 아주 작은 골목까지…… 길, 길을 그렸어."

"학교도 안 다니는데 함수라는 개념은 어떻게 아는 거죠?"

"집에서 공부를 해. 검정고시라도 보게 하려고, 이비에스도 보고……. 언어 쪽은 형편없는데, 길 그리기나 수학은 놀랍게도 잘하는 편이야. 혼자서 중얼거린다든지 숫자를 센다든지 하는 증상들은 중학교에 진학하면서 많이 나아졌다 싶었는데, 친구들과의 관계는 도저히 안 되더라고……. 결국 졸업하지 못했지."

아주머니가 두 손으로 얼굴을 가렸다. 주름진 손등은 거칠고 손톱은 종잇장처럼 찢어져 살이 드러나 있었다. 눈물을 훔친 아주머니가 말을 이었다. 아랫입술에 선명한 윗니 자국이 흉터처럼 새겨졌다.

"이사를 온 후 첨엔 좀 잠잠했어. 방에 앉아서 공책에만 길을 그리고 있었어. 그런데 어느 날부터 다시 밤외출이 시작되었어. 발작을 일으킬까 봐 가까이 따라갈 수는 없었지만 혜진이가 어디로 가는지 먼발치에서 봤어. 너희 학교로 가더라. 그 가파른 길을 쉬지도 않고 가더라."

"그럼 우리 학교 교실 바닥에 그 길을 매일 그리고 있단 말씀이세요?"

"글쎄다, 내가 보지 않았으니 알 수 없지만 아마 그러고 있지 않겠니?"

"학교에선 아무 말도 없었는데요."

그런 게 발견되었다면 분명 범인을 찾네 마네 하면서 학교가 발칵 뒤집어졌을 것이다. 그렇게 큰 사건이라면 현제가 이야기하지 않았을 리가 없다.

"어딘가에 그렸을 거야. 지금은 그린 지가 얼마 안 돼서 드러나지 않았을 수도 있어. 하지만 금방 알아챌 거야. 그럼 또 경찰이 나설 테고, 다시 그 악몽 같은 시간들이 반복될 거야. 혜진인 또 상처를 받을 거고. 이 상태에서 더 나빠지면 어떻게 할지 정말 걱정이다. 그 앤 지금 사흘 만에 죽은 내 아기처럼 파랗게 질린 채 비명을 지르고 있는데, 내가 할 수 있는 일이 아무것도 없어. 그때처럼……."

"혜진이를 막아달라는 거예요?"

"금방은 안 될 거야. 그래도 너랑 이야기를 나누었다니 내가 너무 반가워서 이렇게 달려왔다."

"그게 될까요?"

"힘들겠지. 혜진인 하나에 집중하면 다른 걸 전혀 보지 않아. 힘들 거야. 하지만 지금 내 입장에선 너 말고는 믿을 사람이 없구나. 혜진이가 어디다 그림을 그렸는지 좀 찾아주면 안 될까?"

혜진이 1학년 교실이 있는 쪽으로 올라가던 기억이 났다. 1학년 교실을 다 뒤져보면 찾을 수도 있을 것이다.

"혜진이가 이 일을 그만둘 때까지 그게 발견되지 않으면 좋겠지만 그림은 점점 많아질 테니 그러기는 힘들 거야. 누가 제 뒤를 밟고 있다는 걸 알면 제가 지도를 못 그린다는 생각으로 조급증에 발작을 일으키니까, 그 애 뒤를 밟으면 오히려 큰 소동이 일어날 거고. 그러니 조심스럽게 찾아보는 수밖에 없어."

"찾아서요?"

"그걸 지워줘."

"그걸 지우면 혜진이가 가만히 있을까요? 한밤중에 학교에서 혼자 발작을 일으키면 어쩌시려고요."

"생각해봤어. 하지만 그건 안 되는 일이잖아. 그 길이 지워져서 제가 하는 일이 아무 소용 없는 일이라는 것을 깨달아야 해."

"저는…… 그게 아니라고 생각해요."

"아니라니?"

"지도가 무슨 의미인지는 모르지만요, 그냥 과거를 덮어버리면 뭐가 해결돼요? 혜진이가 가진 상처는 어쩌고요? 그게 덮는다고 치료가 되는 게 아니잖아요."

"니 말도 맞아. 하지만 지금은 선택의 여지가 없어. 의사는 강제입원이라도 시키라고 한다. 하지만 그 앤 정신병자가 아니야. 혜진인 조금 아팠고, 그리고 세상이, 어른들이 그렇게 만들었어……."

제현은 갑자기 심장이 쪼그라드는 것처럼 아파왔다. 아빠 엄마에게 버림받았다고 생각했을 때도 이런 통증은 아니었다. 그때도 고통스러웠지만 고통보다는 분노가 앞서 있었다.

"이 공책엔 길만 있는 게 아니야. 몇몇 페이지에 글이 있어. 읽어보면 그 애가 뭘 그리려고 했는지 알 거야. 제 오빠가 이야기한 것을 받아 적은 거라고 하더라."

"오빠가요?"

"이곳으로 내려온 후 매일 오빠가 왔대. 그래서 다시 지도 그리기를 안 할 수가 없다는 거야……."

공책은 생각보다 꽤 묵직했다. 어쩌면 그 속의 길들이 수월한 길은 아니기 때문일 거라고 제현은 생각했다.

"밤외출을 시작하면서 이 공책은 다시 펼치지 않지만, 혹시 모르니 보고 돌려줘."

저만큼 아주머니네 대문이 보였다. 제현은 더 이상 가지 않고 고양이가 담장 위에 앉아 있던 지점에서 발걸음을 멈추었다. 잠시 머뭇거리던 아주머니가 주춤주춤 다가와 제현을 안았다. 아주머니의 품속에서 제현은 잠깐 이유를 알 수 없는 부끄러움을 느꼈다. 그것이 자신의 방황과 아주 무관한 것은 아니라는 의식이 제현을 더 부끄럽게 했다. 아주머니가 대문 앞에 서더니 뒤를 돌아보았다. 그러고는 갑자기 제현을 향해 고개를 깊이 숙였다. 당황스러움에 놀라 제현도 얼른 고개를 숙였다. 끼익 하는 대문 닫는 소리에 고개를 들었을 때 아주머니는 이미 현관 안으로 들어간 뒤였다.

찜질방에 가야 했지만 지금은 할머니의 수다를 마주하고 싶지 않았다. 좀 전에 아주머니와 둘이 찜질방을 나올 때도 같이 가겠

다고 하는 걸 겨우 떼놓고 온 참이었다. 제현은 근처 카페로 들어
갔다. 공책을 몇 번 펼쳤다가 닫았다. 펼쳐 볼 용기가 나지 않았
다. 제현은 등받이에 몸을 기대고 눈을 감았다. 무엇보다 혜진이
그린 길을 찾기 위해 학교로 돌아가야 한다는 명백한 사실을 부
정할 수 없었다. 현제에게만 맡길 수 없었다. 학교로 돌아가야 했
다. 그러려면 아빠 집으로 들어가야 한다. 엄마한테서는 어제서
야 문자가 왔다. 그것도 긴 침묵에 비하면 아주 짧은 문자였다.

　—아들. 너도 이제 다 컸으니 엄마를 좀 이해해줘. 지금은 한
국에 돌아가고 싶지 않아. 여기 캐나다 이모네야. 다시 연락할게.

　지금까지 엄마를 기다리고 있었나, 어쩌면 그래, 어쩌면…….
새로운 여자와 살고 있는 아빠와는 도저히 함께 살 자신이 없었
다. 하지만 지금은 어떤 결정이든 내려야 할 때였다. 이런저런 불
평은 미래를 그냥 방치하는 것에 불과할지도 몰랐다.

기록하는 아이

물이 떨어졌다. 똑똑똑. 또 물이 떨어졌다. 똑똑똑.

세어봐, 건이야. 정신 차리고 세어봐. 물방울이 몇 번째야?

건이는 벌써 몇 번째 물방울인지 세던 것을 그만 잊어버리고 말았다는 사실을 깨달았다. 잊어버린 게 또 벌써 몇 번째였다. 정확하게 몇 번째인지는 모르지만 또 잊어먹었다는 것은 알고 있었다.

십삼까지 세었다, 아니 십오까지 세었다. 옛날에 우리 엄마가 가르쳐줬는데. 이십 다음엔 이십일, 삼십 다음엔 삼십일. 우리 엄마가 말했어. 와 우리 건이 똑똑하네.

그때 현관문이 열리는 소리가 들렸다. 화장실 바닥에 쪼그리고 있던 건이가 벌떡 일어섰다. 일어서다가 그만 바닥에 있는 물기에 발이 미끄러지면서 엉덩방아를 찧고 말았다. 쿵. 머리 부딪히는 소리가 타일 바닥이 부서질 듯 세게 울렸다. 그런데도 건이는 후다닥 몸을 일으켜 벽에 바싹 붙어 섰다. 건이는 저렇게 현관문 여는 소리만 들리면 온몸이 얼어붙어버렸다. 천천히 하면 좋을 텐데 건이는 철컥철컥 현관문 여는 소리만 나면 몸의 핏줄들이 바깥으로 튀어나올 것처럼 서둘렀다.

건이가 화장실 벽에 붙어 서는 것을 보고 진이는 얼른 현관 앞으로 달려갔다. 가슴이 콩닥콩닥 뛰었다. 화장실 바닥에 앉아 있는 걸 들키면 지난번처럼 변기솔로 맞을 수도 있었다. 딱딱하고 뻣뻣한 솔이 몸을 후려칠 때 건이의 피부가 다 벗겨져 피가 나는 걸 보았다. 마치 빨간 볼펜으로 빗금이 쳐진 것처럼 온몸에 붉은 비가 내렸다. 진이는 현관문이 철컥철컥 소리를 내며 열리는 것을 공포에 질려 쳐다보았다. 문이 열리고 엄마가 들어섰다.

아이고 우리 진이, 뭐 하고 놀았어? 숙제는 했어?

엄마는 진이의 머리를 한 번 쓰다듬고는 가방을 거실에 툭 던지고 화장실로 갔다. 엄마가 변기에 쪼그리고 앉았다. 변기 타일에 오줌이 부딪는 소리가 났다. 진이는 화장실 문 옆에 붙어 서서 찔끔 오줌을 지리고 말았다. 엄마가 진이를 힐끔 보더니 화장실 문을 탁 닫았다. 문 너머로 엄마가 플라스틱 바가지로 건이의 머리를 후려치는 소리가 들렸다.

이 지린내를 다 어쩔 거야? 아, 씨발 이게 뭐야? 너 똥 쌌니? 이 냄새가 다 뭐냐고!

샤워기로 바가지에 물을 받더니 엄마가 또 락스통을 열어 바가지에 콸콸 붓는 소리가 들렸다. 알싸한 락스 냄새가 문틈으로 새어나왔다. 락스 냄새가 진이의 숨을 갈라놓는 것 같았다. 숨을 쉴 수가 없었다. 악 하는 소리조차 나오지 않았다. 락스 냄새가 코를 막고 입을 막고 숨을 막고 말을 막아버렸다. 엄마가 락스와 세제를 섞은 물을 건이의 머리 위에 들이붓고 있을 것이다. 부르르 진저리를 친 건이가 그 자리에 푹 고꾸라지는 소리가 들렸다.

안 일어서? 하나, 둘, 셋!

건이가 무릎을 굽혔다. 건이가 바닥을 짚고 일어섰다. 진이는 보지 않아도 건이가 어떤 모습으로 있을지 알았다. 진이는 거실을 점점 채우고 있는 락스 냄새가 역해서 속이 뒤집어질 것만 같았다.

어디다 똥을 싸는 거야? 니가 지금 몇 살이니? 응? 우리 진이, 불쌍한 우리 진이, 이 집구석에 들어온 뒤론 애가 말을 못 해. 전부 너 때문이야. 알아? 너만 없어지면 다 행복해진다고, 내가 정말 너 때문에 못살겠다. 벗어, 이 똥을 어쩔 거야? 벗으라고!

엄마가 화장실 문을 휙 열고 문 앞에 있던 걸레를 집어 화장실 바닥에 던졌다. 그리고 건이의 옷을 벗기기 시작했다. 물에 젖어 옷이 잘 벗겨지지 않자 엄마가 청소용 솔을 집어 들고 건이를 때리기 시작했다. 안 된다고 말하고 싶었지만 입속의 말은 소독제 냄새로 다 녹아버리고 말았다. 엄마가 화장실 문을 쾅 하고 닫았다.

혼자 남게 되자 또다시 거실의 벽들이 점점 좁혀오기 시작했다. 천장이 조금씩 내려앉았다. 숨을 못 쉴 것 같았다. 심장이 풍선처럼 뻥 터져버리는 것 같아 진이는 몇 번이나 크게 숨을 몰아쉬었다. 하지만 아무 소용이 없었다. 진이는 콩콩 화장실 문을 두드리다가 그

앞에 쓰러지고 말았다. 엄마가 문을 열었다. 화장실에 갇혀 있던 락스 냄새가 진이를 눈사태처럼 덮쳐버렸다. 가물가물한 진이의 눈 속에 건이가 보였다. 화장실에서 얼음 같은 바람이 휘휙 건너왔다. 벌거벗은 건이의 몸에서 또 눈물 같은 피가 흘렀다. 건이의 몸이 덜덜 떨리고 있었다. 유리창에 허옇게 성에가 낀 날이었다. 투닥투닥, 창밖에서는 바람이 벌거벗은 나무를 흔들고 있었다.

아침이면 엄마 아빠와 함께 집을 나섰다. 출근길 차 안에서 엄마는 언제나 아빠에게 건이 욕을 했다. 건이는 학교에서 매일 선생님한테 야단을 들었다. 친구들을 때리고 물건을 집어던졌다. 미술 시간에 가위로 여학생의 머리카락을 자르고 물감 물통을 일부러 엎어버리기도 했다. 엄마는 건이 때문에 학교에서 몇 번이나 전화가 왔는지 모른다고 아빠에게 늘 화를 냈다. 난 정말 참을 만큼 참았어. 앨제 엄마한테 보내든지, 할머니한테 보내든지 해, 제발. 난 미칠 것 같아. 이게 내 한계라고. 그러면 아빠가 말했다. 위자료 주는 대신 애 받은 거잖아. 좀만 참아라. 애 보내면 양육비도 보내야 되는데 위자료에, 양육비에 돈이 어딨냐. 그러면서 아빠는 건이를 때렸다. 건이는 아빠의 매를 피해서 이리저리 뛰었으나 소용없었다. 건이는 맞고 또 맞았다. 아빠는 팔에 힘이 다 빠질 때까지 건이를 때렸다. 어느 추운 날 건이는 운동장에서 놀다가 친구의 눈을 다치게 했다. 구름사다리에서 놀고 있는 아이의 다리를 잡아당겼다고 했다. 그때부터 건이는 화장실에 갇혔다. 학원에만 가면 진이는 머리가 아프고 배가 아프고 가슴이 두근거렸다. 학교에서도 그랬다. 가끔 교실 천장이 진이의 머리로 쏟아질 때도 있었다. 어떨 때는 심장이 벌건 피를 뿜으며 터져버리기도 했다. 얼굴의 실핏줄이 다 터져버리는 것 같았다. 한번은 거울을 보는데 얼굴에 청소솔로 그린 것 같은 피가 줄줄 흘러내렸다. 진이는 악악 비명을 질렀다. 한 달에 몇 번씩 병원에 실려 갔다. 그 뒤로 엄마는 학원을 끊게 해주었다. 학교는 그만둘 수 없다고 했다. 아프면 조퇴하고 집으로 오면 된다고 했다. 거울 속에는 여전히 청소솔로 그은 상처가 있었다. 엄마는 아니라고 했지만 거울 속에는 있었다. 진이는 손수건으로 얼굴을 가리기 시작했다. 아침마다 엄마와 실랑이가 벌어졌다.

너 땜에 속상해 죽겠다. 얼굴을 왜 가려? 이 예쁜 얼굴을, 왜애!

문방구에서 파는 검은 마스크가 있었다. 눈을 빼고 모두 가릴 수 있어서 좋았다. 마스크를 쥔 손으로 마스크를 뺏기지 않으려고 엄마랑 씨름하다가 엄마의 손톱이 진이의 얼굴을 할퀴었다. 약을 발라주며 엄마는 눈물을 흘렸다. 그리고 더 이상 마스크에 대해서는 뭐라고 하지 않았다.

어쩌면 엄마는 그때부터 건이에게 락스물을 들이붓기 시작한 건지도 몰랐다. 나쁜 전염균이 진이에게 옮아서 자꾸 저 착한 애가 이상해지는 거야, 라고 엄마는 아빠에게 말했다. 엄마는 건이가 나쁜 전염균 환자라고 생각했다. 화장실에 은박지로 싼 김밥 한 줄을 던져놓고 우리는 집을 나섰다. 건이 흉을 안 보는 날은 자동차 안에서 웃음소리가 났다. 자동차 안에서 엄마와 아빠는 가끔 서로를 만지며 장난을 쳤다.

진이는 학교를 마치면 집으로 달려갔다. 점심 급식으로 나온 비엔나소시지를 하나도 먹지 않고 수저통에 넣어두었다. 진이가 문을 여는데도 건이는 화장실 벽에 붙어 서서 벌벌 떨었다.

건이야, 건이 오빠, 걱정 마. 나야……. 이거 먹어.

바깥으로 나오는 자신의 말을 듣는 것은 이상한 경험이었다. 건이 앞에서만 말이 나왔다.

화장실에 쓰러진 건이가 일어나지 못한 것은 1인당 두 개씩 배식된 만두를 진이가 수저통에 넣어 온 날이었다. 그날 아침 건이는 배가 고프다고 울었다. 엄마는 김밥을 안 사왔다고 하며 오늘은 굶으라고 했다. 건이가 울음을 그치지 않자 출근복 차림으로 화장실에 간 엄마는 청소솔로 건이를 때렸다. 아빠가 혀를 쯧 차며 밖으로 나가버리자 엄마는 더 세게 건이를 때렸다. 순간 건이는 세제가 묻은 바닥으로 미끄러지면서 변기에 머리를 부딪히고 그 자리에 쓰러져버렸다. 건이의 머리에서 피가 줄줄 나왔지만 엄마는 태연한 얼굴로 세면대에서 손을 씻고 수건으로 손을 닦은 다음 현관으로 나와 진이에게 '가자'라고 했다. 숨을 몰아쉬느라 검은 마스크가 눈을 반쯤 덮고 있었다. 진이는 어헉어헉 숨을 몰아쉬었다. 아빠가 운전하는 차에 계속 앉아 있다가는 죽을 것만 같아서 견딜 수가 없었다. 죽을 것 같아, 죽을 것 같아, 차가 나를 눌러서 죽을 것 같아. 진이는 자동차 문을 쾅쾅쾅 두드렸다. 아빠가 차를 세웠고, 엄마가 진이의 손을 잡고 내렸다.

얘, 또 아픈가 봐. 내가 걸어서 데려다줄 테니까 당신 먼저 출근해.

비가 왔다. 앞이 보이지 않게 비가 쏟아졌다. 진이는 몸을 아프게 때리는 비를 그대로 맞고 집으로 돌아왔다. 거실로 올라오자 몸에서 물이 두두둑 떨어졌다. 진이는 화장실 문으로 다가가서 문을 열었다. 건이가 바닥에 누워 있었다. 진이는 문 앞에 앉아 꼼짝도 하지 않고 건이를 보았다.

진이는 만두가 든 수저통을 책상 서랍 속에 넣었다. 다행히 엄마는 그날 수저통을 내라고 말하지 않았다. 퇴근해서 돌아온 엄마는 무척 바빴기 때문이다. 건이는 아무리 흔들어도 화장실 바닥에 누운 채 일어나지 않았다. 머리에서 흐른 피는 말라 있었지만 화장실 바닥은 핏물이 번져 검붉은 물감을 쏟은 것처럼 지저분했다. 엄마는 아빠에게 전화를 했고, 곧 아빠가 왔다. 엄마는 진이를 안방에 들어가게 하더니 절대로 밖으로 나오면 안 된다고 했다.

진이는 다음 날부터 건이를 볼 수 없었다.

제현은 도서관에 가서 6년 전의 신문들을 검색해보았다. 워낙 이슈가 되었던지 인터넷으로도 그 사건 기록은 꽤 남아 있었다. 국과수 부검 결과 건이의 사인은 굶주림, 다발성 피하출혈, 저체온증 등 복합적인 요인인 것으로 추정되었다고 적혀 있었다. 아주 가끔 아이를 봤다는 이웃들은 아이가 열한 살이었지만 몸집은 1학년처럼 작았다고 말했다. 토막 난 시체는 여러 곳에 나누어 버려졌다. 아파트 뒤뜰의 화단과 인근 산에서 시신 일부가 발견되었지만 팔과 다리 등은 찾을 수 없었다고 했다. 처절하고도 짧은 생을 견딘 열한 살 난 아이는 아직도 어딘가에서 집을 찾지 못하고 헤매고 있었다.

함수 x값 대입하기

현제는 핸드폰을 확인했다. 교문 앞에서 기다린 지 30분이 지난 시각이었다.

제현의 카톡이 온 건 어젯밤 늦게였다.

—내일부터 등교한다.

정말? 정말 잘했다, 내일 아침 일찍 교문 앞에서 기다릴게. 교실에 같이 들어가자, 라고 카톡을 보냈지만 답장은 오지 않았다. 5분만 지나면 지각이었다. 현제는 고개를 있는 대로 빼서 저 아래 버스정류장에서 뛰어오는 아이가 없나 살폈다. 현제가 막 교문을 들어서려는 찰나 마치 지각할 시간에 맞춰 오려는 것처럼 버스에서 내린 제현이 터덜터덜 걸어오는 것이 보였다. 현제를 본 제현이 손을 획 들어 아는 체를 했다.

"야, 좀 빨리 오면 안 되냐?"

"누가 너보고 기다리랬냐?"

말은 그렇게 하면서도 제현은 반가운 웃음을 웃었다. 분명 혼자 들어가기 쑥스러워 그랬을 것이다.

"어디서 잤냐?"

"아빠 집……."

"아빠가 뭐라셔?"

"뭘 뭐라셔? 잘 생각했다고 그러지. 그동안 계속 그랬거든. 학교로 돌아가라고, 올바른 시위 방법이 못 된다고."

"시위?"

"응, 아빠 내가 자기 재혼에 반대시위 한다고 생각했나 봐."

"어른들은 원래 자기가 생각하고 싶은 대로 생각하잖아."

"니가 그런 말도 할 줄 아냐? 다 컸다!"

제현이 현제의 등을 툭 치며 웃었다. 야, 내가 뭐? 현제가 제현의 목에 팔을 감으며 장난으로 조르는 시늉을 했다.

"그런데 마음을 바꾼 이유는 뭐야?"

"숨고 싶지 않다는 생각이 들었어."

"숨고 싶지 않다?"

"비겁해지고 싶지 않았어."

"왜 갑자기 그런 생각이 든 건데?"

"나도 몰라. 나도 모르지만 확실한 건 이런 방식의 징징거림은 하고 싶지 않다는 거야."

"며칠 가출하더니 철들었네. 다 컸다!"

"이게 형님한테!"

제현이 현제의 등을 팔꿈치로 쿡 쳤다. 숨이 막힐 것처럼 아팠으나 현제는 맞받아치지 않았다. 제현의 가출이 이 정도에서 끝난 것이 너무 좋았기 때문이었다.

제현이 교실로 들어가자 여자아이들이 박수를 치며 환호를 질렀다. 남자아이들은 제현의 어깨를 감싸며 등을 퐁퐁 때렸다. 지수가 제현의 어깨를 쥐어흔들며 목을 조르자 아이들이 우 소리를 내며 야유를 보냈다. 곧 드르륵 문이 열리며 담임이 들어왔다.

"지각한 놈 나와!"

현제가 엉거주춤 자리에서 일어나자 제현이 앞으로 성큼성큼 걸어 나가서 오리걸음 자세를 했다. 담임이 말했다.

"이 자식, 이거 지 맘대로……, 누가 니 맘대로 벌서래? 무단결석한 놈이…….”

담임이 몽둥이 끝으로 제현의 등을 쿡 찔렀다.

"나도 이제부터 체벌금지법 좀 지켜보자. 좋은 선생님 좀 돼보려니까 제발 말 좀 잘 들어라."

키득키득 여기저기서 아이들이 웃는 소리가 들렸다.

"상담실로 와."

"네."

제현이 담임을 따라 나가자마자 지수가 큰 소리로 말했다.

"야, 담임이 웬일이냐? 지각했는데 넘어갈 때가 다 있네."

웅성거리는 아이들의 소리는 곧이어 들어온 물리 선생의 고함

소리에 묻히고 말았다. 야, 야, 조용히 해, 아침부터 이눔의 새끼들이 빠져가지고 말야! 20분쯤 뒤 담임과 상담을 마쳤는지 제현이 들어왔지만 물리는 아무 말도 하지 않았다. 아마 담임이 미리 말을 해둔 모양이었다. 제현의 표정은 생각보다 어둡지 않았다. 현제는 책을 펼치며 수업에 열중한 제현을 보았다. 문득 제현의 얼굴이 좀 나이 들어 보인다는 느낌이 들었다. 늙어 보인다는 게 아니었다. 제현은 가출했다 막 돌아온 형 같았다. 1교시를 마친 후 화장실에 다녀온 제현을 현제가 건물 밖으로 잡아끌었다.

"담임이 뭐래?"

"뭘 뭐래. 대학 안 갈 거냐고. 지금부터 열심히 하라고 하지 뭐. 부모 인생에 끼어들지 말고 니 인생 살아 인마, 다 큰 놈이. 이러더라."

"우리가 다 컸냐? 자기들 불리할 때만 다 큰 놈이래."

"맞아, 꼰대들 말에 이제 더 이상 신경 쓰지 않기로 했어. 그게 중요한 게 아냐. 정말 중요한 일이 생겼어."

"뭔데?"

"사실은 뭘 좀 찾아야 해."

"뭘 찾아?"

제현이 혜진에 대한 이야기를 해주었다. 혜진이 그린 길을 찾아야 한다고 했다.

"그러니까 니가 학교로 돌아온 건 순전히 혜진이 때문이라는 거냐?"

"너 목소리가 시비조다?"

"친구가 오랜만에 학교에 오셨는데, 한 가지 일에 꽂혀서 놀랄 만한 집중력을 보여주시니 안 그러겠냐?"

"너 진짜 이럴래?"

"혜진이 이야기뿐이잖아 지금."

현제는 발밑의 돌을 휙 차서 운동장으로 날려버렸다. 스스로가 생각해도 좀스럽다는 생각이 들었다. 어제만 해도 제현이 학교에 오기만 하면 소원이 없겠다고 생각했는데……. 그때 언제 왔는지 뒤쪽에서 지수가 둘 사이로 몸을 내밀었다.

"혜진이? 뭐야? 새로운 여자가 등장한 거야? 나는 어쩌고."

"니가 여자냐?"

"그럼 내가 남자냐? 혜진이가 누구냐니까?"

현제는 지수가 뭐라고 하건 상관하지 않고 서운한 표정으로 제현을 보며 말을 이었다.

"내가 그렇게 애원을 할 때는 들은 척도 안 하더니."

"야, 꼭 혜진이 때문은 아냐. 집에 들어간다는 게, 지금 내 입장에서……, 그게 그렇게 마음대로 되겠냐. 어젯밤에…… 죽고 싶더라."

"됐다, 됐어. 알았다. 그래 뭘 찾을 건데?"

"지도,"

"지도?"

지수가 되물었다.

"정확하게 말하면 길이야."

"길?"

"응, 혜진이가 그린 길. 이사 오기 전의 경험으로 봐선 교실 바닥에 그린다고 했어. 그게 발각되기 전에 지워달라고 했어."

"지워야 한다?"

그때 궁금증을 못 참겠다는 듯 지수가 제현의 등을 퍽 쳤다.

"그 지도가 뭔데? 왜 길을 그리는 건데?"

"점심시간에 말해줄게. 이야기가 좀 길어."

지수가 눈을 흘겼다.

"이것들은 꼭 지들끼리만 쿵닥쿵닥, 기동이랑 나는 빼놓고 자꾸 이럴 거야?"

"삐치기는, 좀 있다 이야기하려고 했어."

점심시간에 네 사람이 모인 곳은 건물 뒤편의 은행나무가 있는 화단이었다. 혜진의 이야기를 아무 말 없이 한참 동안 듣고 있던 지수는 금방이라도 눈물이 터질 것 같은 아슬아슬한 눈을 껌벅거렸다. 기동은 손바닥으로 얼굴을 파묻더니 기어이 습기 찬 코를 팽 풀었다. 가라앉은 분위기를 수습해보려는 듯 현제가 먼저 말문을 열었다.

"그 길을 무작정 지워도 될까?"

"그게 아주머니가 원하는 거야. 혜진이가 마음을 돌리게 만들어야 한다고."

"무슨 마음을 돌려야 한다는 거야?"

"그 길이, 그게 앞으로 혜진이에게 무엇을 주겠느냐고, 그게 희망이 되겠느냐고 혜진이 엄마는 그걸 걱정하시더라고. 그리고 무엇보다 그게 발각되면 어떡하나 제일 걱정하셨어. 학교 측에선 경찰에 신고할 수도 있지. 그럼 CCTV 확인할 거고. 잡히는 건 시간문제니까."

"내 생각도 같은데? 지우는 게 맞다고 봐."

"나도 지우는 게 맞다고 봐."

기동이 처음으로 의견을 말했다. 제현은 고개를 흔들었다.

"일단 찾아야지. 그리고 지우는 건 그다음 문제야. 난 생각이 좀 달라."

"니 생각은 뭔데? 신고할 것도 아니고, 그 지도를 완성하는 것도 안 되고, 지도를 찾으면 뭘 어쩌겠다는 거야?"

현제가 말하자 기동이 맞아, 라고 맞장구를 쳤다.

"지도를 지우고 사태를 덮어버리는 것으로는 어떤 문제도 해결되지 않아. 혜진이가 그걸 마주 보게 해야 된다고 생각해 나는."

"마주 본다고? 그렇게 심신이 미약한 애한테 상처를 마주 보게 한다고? 그래서 문제가 더 커지면?"

"마주 보게 하면 문제가 더 커질지도 모르지. 그런데 겁이 난다고 덮어버리면? 문제는 전혀 해결되지 않아. 그러면 결국 오해, 불신, 이런 것들이 끝도 없이 쌓이게 될 거야. 그럼 혜진인 지금보다 더 나빠질 거고."

"그래, 니 말도 맞아. 하지만 니 생각이 지금 혜진이에게 딱 맞는 해결책이라고 어떻게 장담해?"

"어젯밤에 생각해보니까 내 문제의 해결책은 간단한 거였어. 내가 학교를 나간 이유는 가족에게서 버림받았다는 생각 때문이었어. 그걸 치료하면 난 원상태로 돌아갈 수 있겠지."

"그걸 어떻게 치료하는데?"

"엄마나 아빠, 혹은 내가 그 치료법의 비밀을 알고 있지 않겠냐? 당사자들이니까. 혜진이도 마찬가지야. 지금의 상처가 생긴 이유를 찾으면 돼. 완전히 치유될 수 없다면 노력이라도 해야 한다고. 지금 혜진이 모습만 보고 멋대로 판단하면 안 된다고 생각해 나는."

"걔 엄마는 그걸 몰라서 지금까지 놔뒀겠냐. 과거를 마주하는 게 그 애한테는 너무나 큰 고통이니까 덮고 살았겠지."

"두렵다고 과거를 덮어버리면 그때부터 상처는 곪기 시작할 거야."

침묵한 채 둘 사이의 이야기를 듣고 있던 지수가 장난기 뺀 얼굴로 말을 시작했다.

"과거를 바로잡지 않으면 미래는 잘못된 현재를 되풀이할 뿐이야. 과거라는 시간의 살얼음을 현재에서도 계속 걸어야 한다면, 미래가 어떻게 될 것 같아? 살얼음은 금방 녹을 텐데……."

"오~ 지수, 어디서 그런……."

지수의 진지한 표정은 마치 부쩍 성장한 어린 사촌을 보는 것처럼 낯설었다.

"지수 말에 동의한다. 우리가 시작하자."

제현의 말에 기동이 얼른 나도 지수 말에 동의한다, 라고 했다. 넌 왜 이랬다 저랬다, 박쥐냐? 라는 말이 지수 입에서 튀어나올 것 같았지만 지수는 아무 말도 하지 않았다. 현제는 지수를 묵묵히 바라보았다. 지수의 눈이 물기로 가득한 것을 보고 현제는 얼른 고개를 돌렸다. 그 모습을 보는데 이상하게 또 가슴이 지릿해졌다. 이게 무슨 현상인지 알 수 없다고 현제는 생각했다. 제현이 말을 이었다.

"내가 고민을 했는데 말이지……, 지도를 찾으려면 학교가 비워져야 하잖아."

"학교가 무슨 물통이냐, 비워지게."

평소의 날라리 이미지를 회복한 듯 지수가 이죽거렸다. 지수의 말에 건성으로 웃던 기동이 고개를 갸우뚱하며 물었다.

"아까부터 궁금했던 건데, 그런데 어떻게 길을 그리기 시작한 거지?"

맞아 맞아, 아이들 역시 궁금했다는 눈빛으로 제현을 보았다.

"초등학교 사회 시간에 동네 약도 그리기 시간이 있었대."

"나도 그런 것 같아. 그때 엄마랑 동네를 한 바퀴 돌면서 그렸던 기억이 나."

"그러냐? 난 대충 그려 갔는지 기억도 없다."

"그래서 혜진인 그때부터 그리기 시작한 거야?"

"그때 수업 시간에 수학 외에 어떤 공부에도 반응을 안 하던 혜진이가 약도를 그렸는데, 열한 살짜리가 그렸다고는 도저히 믿을 수 없을 정도로 자세하게 잘 그렸더래. 엄마 도움이 전혀 없었다는 걸 나중에 선생님도 확인하고는 혜진이에게 그랬다는 거야. 와, 혜진이 지도 그리는 솜씨가 보통이 아니구나. 길 잃은 영혼이라도 찾아오겠는걸."

"그 한마디에 애가 꽂혀버렸구나."

"그런 것 같더래. 나중에 선생님과 상담하면서 그런 사실들을 알고 혜진이 엄마가 나름 추측한 건데, 아마 그 말은 무당의 주술 같은 게 아니었겠냐고 말야."

현제가 제현의 어깨를 잡으며 툭툭 쳤다. 마음이 바람을 맞은 듯 선득해졌다.

"그래, 말해봐. 계획을 들어보자. 학교가 비워져야 하는데?"

기다렸다는 듯이 제현이 손바닥을 딱 마주쳤다.

"선생님도 학생도 없어야 찾을 수 있는데, 훤한 대낮에 1학년 교실마다 뒤지고 돌아다닐 수도 없고. 분명 지도가 그려진 마법의 장소가 있을 거란 말야."

"그래서?"

"일단은 토요일, 일요일까지는 기다려야 할 것 같아. 적어도 교실을 돌아보려면. 3학년 교실 말고는 자습하는 애들이 그렇게 많지 않으니까, 샅샅이 뒤지기는 어렵겠지만 슬쩍 둘러볼 수는 있을 거 아냐. 만약 찾는다면 지울지 어쩔지, 지운다면 어떻게 지울지는 그다음 일이고."

"그래, 일단 찾기부터 해야지."

수업 예비종이 쳤다. 하지만 아무도 움직이지 않았다.

"학교로 돌아오고 싶었어. 하루에도 수십 번 수백 번. 학교로 돌아올 계기가 생겼으면 하고 기도한 적도 있어. 내 의사를 표현할 수 있는 방법이 겨우 이 따위 가출뿐이라는 사실이 정말 싫었거든. 내가 한없이 찌질해 보였어."

현제가 묵묵히 고개를 끄덕였다.

"찜질방 돌아다니는 것도 지치고, 갈 곳도 없고. 그런데 혜진이를 만났어. 엄마, 아빠…… 그런 거 다 잊어버리고 몰두하고 싶은 일이 생긴 거야."

"몰두하고 싶은 일이 아니고 몰두하고 싶은 사람이 생긴 거 아냐?"

지수의 장난말에 기동이 킥킥댔다. 우울했던 분위기가 펄쩍 뛰어올랐다.

"야!"

제현이 벌떡 몸을 일으키더니 지수의 등을 철썩 때렸다. 지수도 가만있지 않고 제현의 등에 주먹을 날렸지만 제현이 아, 간지러워 하며 킬킬 웃음을 지었다. 수업 시작 종소리를 듣고서야 네 사람은 걸음을 옮겼다. 제현이 다시 이야기를 이었다.

"그동안 난 나에게 온 고통을 피하려고만 했는데……, 나보다 어리고, 키도 작고, 야위고 아픈 그 앤 절대 포기하지 않았어. 해결할 수 있을 거라고, 함수 x값을 대입하고 있는 거야."

"혜진이가 말하는 함수 x값은 도대체 뭐냐?"

기동이 물었다.

"걔 오빠 시신을 다 못 찾았대. 시신 일부는 쓰레기봉투에 넣어서 이쪽저쪽 산에 버리기도 하고, 일부는 바다에 버리기도 했는데……, 그래서 혜진인 아직도 오빠가 완전히 죽었다는 걸 믿지 않는대. 오빠가 돌아오길 기다린다는 거야. 흩어져 있는 시신들이 집을 찾기를 기다리는 건지도 몰라. 길을 그리면 그 영혼이 찾아올 수 있다고 믿는 거야. 길을 그리는 게 바로 함수값 x인 거지."

그때 지수가 흑 소리를 내었다. 빨갛게 변한 눈을 들어 습기 먹은 목소리로 말했다.

"우리가 길을 찾아주자……."

바람이 불었다. 그 바람에 노란 은행나무 이파리가 아기 손처럼 팔랑거렸다. 눈부시게 노란 빛은 그 화려한 겉모습과는 달리 농축된 슬픔 같은 것이 녹아 있는 것처럼 느껴졌다. 은행잎 사이로 비친 조각난 햇살이 와 닿는 곳도 더 이상 따뜻하지 않았다. 곧 겨울이 시작될 것만 같은 가을 날씨였다.

오시리스와 이시스

내가 그 책을 읽은 것은 초등학교 4학년 때였다. 나는 읽고 또 읽었다. 눈을 감고 외울 수도 있을 정도였다. 그것은 오빠와 나의 이야기다.

첫째 날 태어난 오시리스는 이집트의 왕이 되었습니다.

그는 여동생인 이시스와 결혼하여 호루스라는 아들을 낳았습니다.

그런데 동생 세트는 단지 형이라는 이유만으로 이집트의 지도자가 된 오시리스가 미웠습니다.

어느 날 세트는 아주 좋은 관을 가져와 이렇게 말했습니다.

"이 관이 몸에 꼭 맞는 사람에게 관을 주겠다."

다른 사람은 모두 관 크기와 몸이 맞지 않았는데, 오시리스가 그 관에 들어가자 크기가 딱 맞았습니다.

세트는 얼른 오시리스가 들어간 관의 뚜껑을 닫았습니다.

그리고 그 관을 나일강에 던져버렸습니다.

관은 흘러 흘러 지중해 북쪽으로 사라져버렸습니다.

백성들은 오시리스의 죽음에 슬퍼했고, 세트의 잔인함을 원망했습니다.

이시스는 관을 찾기 위해 정령들에게 묻고 물어 북쪽으로 여행을 떠났습니다.

그녀는 뷔블로스에서 오시리스의 관을 찾았습니다.

이시스는 이집트로 돌아와 오시리스의 관을 아들 호루스가 있는 영지에 숨겨놓았습니다.

세트는 이것을 알고 관을 열어서 오시리스의 몸을 열네 조각으로 나눠 잘게 썰어버렸습니다.

그러고는 다시는 찾지 못하게 온 나라에 시체를 흩어놓았습니다.

이시스는 다시 남편의 시체를 찾으러 다녔습니다.

결국 그녀는 모든 시체를 찾았습니다.

그녀는 토막 난 시체를 찾을 때마다 장례를 치르고 이집트 곳곳에 오시리스 무덤을 남겨놓았습니다.

이시스의 끊임없는 노력으로 오시리스는 부활하였습니다.

이시스는 오시리스의 시체를 모아 신비로운 마법을 걸어 남편을 원래 모습으로 부활시켰습니다.

그 책을 처음 읽었을 때 나는 가슴이 두근거려 잠을 자지 못했다. 그때부터 나는 믿었다. 흩어진 살들을 모아 장례를 치르면 오빠는 다시 살아난다. 이시스가 오시리스를 부활시킨 것처럼 오빠도 다시 살아날 수 있다. 이곳저곳에 흩어진 오빠의 살들을 돌아오게 하면 된다.

나는 길을 그린다.

오빠랑 동네 길 그리기 놀이를 할 때 오빠가 그린 길은 뒤죽박죽이었다. 우리 집과 학교가 바로 옆에 붙어 있기도 하고 편의점이 산에 올라가 있기도 했다. 그걸 보고 나는 소리 높여 웃었다.

내가 그린 길을 보고 오빠는 말했다.

네가 그린 길을 보면 누구나 길을 찾을 거야.

너는 새 같아. 새는 멀리서 길을 보니까 길을 잃지 않을 거야.

나는 길을 그린다.

우와, 혜진아, 길 잃은 영혼도 찾아오겠는걸? 선생님이 말했다.

나는 길을 그린다.

헤진아, 너는 새 같아.

나는 길을 그린다.

새는 멀리서 보니까 길을 잃지 않을 거야.

나는 길을 그린다.

똥물 넘치다

토요일까지 기다릴 필요가 없게 생겼다. 다음 날 학교에 일이 생겨버린 것이다. 3교시 후 매점에 가서 컵라면을 먹고 나면 화장실에 가서 똥을 한 판 누고 4교시 수업에는 항상 5분 지각을 하는 한수가 손바닥에 코를 대고 킁킁거리며 교실에 들어섰다. 웬일로 4교시 수학이 아직 교실에 들어오지 않은 상태였다.

"아, 졸라 찝찝해."

"왜?"

"화장실에 물이 안 나와서 손을 못 씻었어."

"니가 평소에 그렇게 깨끗한 아이였냐?"

"나도 평소라면 안 씻지, 휴지로 닦다가 똥 묻혔다 왜."

으악, 비명을 지르며 옆 짝인 기태가 벌떡 일어섰다. 몇몇 아이들이 코를 싸쥐고 인상을 찌푸렸다. 그때 기동이 버럭 소리를 질렀다.

"야, 한수, 그럼 니가 싼 똥은 그대로 있겠네."

한수가 미소를 지으며 천천히 고개를 끄덕였다. 아이들이 우
웩 우웩 구역질하는 시늉을 했다. 기동이 히죽히죽 웃으며 엉거
주춤 쭈그리고 앉아 뿌직뿌직 똥 싸는 시늉을 했다. 아이들이 와
르르 웃었다. 야, 그럼 화장실 전부 다 물 안 나오는 거 아냐? 우
씨, 나 똥 누고 싶은데. 아이들이 여기저기서 장난 섞인 불만을
터뜨렸다. 사실 집에서는 똥 눌 시간도 없었다. 아침 일찍 나와서
밤늦게 들어가는데 당연히 똥은 학교에서 해결해야 하는 것이다.

"여러분! 밥 먹고 똥 누고 잠자는 곳이 학교인데, 그중 가장 중
요한 일 한 가지를 해결하지 못하게 되었으니 우리는 귀가해야
하지 않겠습니까!"

옳소! 옳소! 홍시수의 선동에 아이들이 주먹을 높이 들고 대동
단결된 힘을 보여주었다.

"입시 교육에 발맞추어 꿋꿋이 공부하여 좋은 대학 가야 하는
데, 똥을 못 누게 하다니 부당합니다 여러분!"

야 야, 그만해라, 그만해. 복도를 걸어오는 수학의 반짝이는 머
리가 보이자 아이들이 얼른 입을 닫고 제자리에 앉았다. 어쨌든
무서운 사람 말은 잘 듣는 게 인생을 살아가는 가장 현명한 지혜다.

"회의가 있어서 조금 늦었다. 어제 저녁부터 급수 모터가 고장
났다. 저장고에 있던 물은 급식과 화장실 사용 때문에 오전 중에
다 썼다고 한다. 지금부터 화장실 큰일은 금지다. 수돗물도 일체

안 나오니까 그리 알도록! 금방 교체가 어렵다고 한다. 급수 모터가 너무 낡아서 터져버렸대."

똥에 대한 아이들의 불만이 툭툭 불거져 나왔지만 수학은 들은 척도 하지 않고 책부터 펼쳤다. 수학이 책을 펼치면 그때부터 이이들은 긴장 모드로 들어선다. 수학은 '하나도 못 알아듣겠는데 의욕이 충만해 있는 선생님'이기 때문이다. 의욕이 충만해서 문제를 풀어보라고 시키기까지 한다.

현제는 선생님의 유형이 여섯 가지 정도라고 본다. 첫째 유형이 바로 수학 같은 선생님이다. 둘째가 정말 못 알아듣겠는데 의욕조차 없는 선생님이다. 세 번째는 알아먹긴 하겠지만 수업방식이 매우 지루한 분들, 네 번째는 다 아는 건데 열변을 토하는 분들, 다섯째, 내가 공부하고 싶은 의욕이 전혀 없는 과목의 선생님들, 그리고 아주 가끔 몰입이 되는 수업을 하시는 분들. 대체로 마지막 분들을 제외하고는 한 시간이 너무 너무 너무 길다. 참을 만큼 참았다고 생각해서 이제 수업이 끝났겠지? 하고 시계를 보면 20분도 안 지나 있는 것이다. 그 이후엔 2분마다 시계를 본다. 잠까지 겹치면 정말 죽을 맛이다. 5분이 10년 같다고 할까. 5분만 푹 잤으면 하고 바랄 때는 거대한 시조새가 손톱만 한 빈틈도 없이 자신을 덮치는 것 같은 기면상태에 빠지기도 한다.

현제는 슬쩍 제현을 보았다. 제현은 아예 수학을 보고 있지도 않았다. 제현의 시선은 창밖을 향하고 있었다. 불안하고 긴장되어 보였지만 분노의 기운은 보이지 않았다. 현제는 어렵게만 설

명하는 수학의 열정에 차라리 어떤 안도감을 느꼈다. 제현을 따라 현제에게도 긴장감이 스멀스멀 진군해오는 느낌이었다. 창밖의 가을 햇살이 마치 꼬물꼬물하는 올챙이처럼 움직이고 있었다. 햇살이 톡톡 창을 두드리는 소리가 들렸다. 그 햇살 속으로 여위고 윤기 없고 마른 여자아이가 걸어오고 있었다.

점심을 먹고 났는데 정수기의 물이 나오지 않았다. 학교 전체에 물이 나오지 않는 모양이었다. 변비가 걸린 아이들은 당장 똥이 나올 것 같다며 화장실로 달려갔다. 참 이상한 일이었다. 평소라면 방귀나 뚱뚱 뀌고 있었을 아이들이 화장실을 쓸 수 없다니까 왜 똥이 당장 나올 것처럼 방방거리는지 모를 일이었다. 3층 화장실 변기 하나가 똥물로 넘쳤다며 한수가 달려온 건 5교시가 막 시작된 시각이었다. 똥을 눌 장소를 찾지 못한 아이들이 전수조사에 나서기 시작했다. 지금까지 남자 화장실에서 대변을 누기 위한 전쟁은 없었다. 시간대만 다르게 누면 되기 때문에 화장실 문 앞에서 줄을 서는 일은 없었던 것이다. 하지만 오늘은 문제가 좀 달랐다. 안 된다고 하자 아이들의 배변활동은 비정상적일 정도로 활발하게 움직이기 시작했다. 여자 화장실은 더 문제였다. 그나마 똥이 없는 변기에 소변을 보기 위한 줄이 화장실 바깥 복도까지 이어져 있었다. 심지어 지저분한 변기에 앉지 않기 위해 신발을 신은 채로 올라가서 소변을 보는 아이들이 생겨났다. 변기 위에 화장지를 깔고 앉거나 오물 튀는 것을 방지하기 위해 변기 안에 화장지를 집어넣는 바람에 여자 화장실 화장지는 금방 동이 나고 말았다.

"야, 넘쳤어. 3층 완전 똥판이야."

6교시가 시작되자 화장실로부터 시작된 고약한 냄새가 학교 전체로 퍼졌다. 누군가는 3층 화장실 바닥에서 미끄러져 옷에 똥을 묻히고 집으로 돌아갔다는 둥, 나무 밑에서 사람의 것이 틀림없는 화장지가 놓인 똥무더기가 발견됐다는 둥, 학교는 순식간에 똥 이야기로 가득 찼다. 사실 현제도 소변이 누고 싶어 화장실에 갔지만 두 번이나 그냥 돌아서 나와야 했다. 소변기 가득 노란 거품오줌이 들어차서 거기에 눴다간 바지와 발에 다 튈 것 같았기 때문이다. 그래도 할 수 없어서 세 번째에는 소변을 보고 나왔다. 누적돼 있던 오줌이 끊임없이 나와서 당황스럽기까지 했다. 화장실에 다녀온 여학생들은 비명을 질러댔다. 지수는 지금 상황으로는 노상방뇨 말고 해결책이 없는데, 여자는 불리한 정도가 아니라 아예 불가능하니 분노가 폭발할 지경이라고 했다.

"니네 남자들처럼 아무 데서나 소변을 볼 수 있는 것도 아니잖아. 정말 어떻게 해줘야 하는 거 아냐?"

"남자들이라고 아무 데나 오줌 누냐? 우리도 상식이 있는 사람들이라고!"

담임이 교실에 들어선 것은 6교시가 끝나고 보충수업이 시작되기 전이었다.

"점심 먹은 식판 설거지를 못했다. 저녁 급식을 할 수가 없어. 먹는 것도 그렇지만 사실 화장실이 문제다. 화장실은 지금 완전

포화상태다. 자습도 금지다. 모두 전원 귀가 조치한다. 단 한 사람도 학교에 남아 있지 않도록! 개교 이래 처음 있는 위급상황이니만큼 집으로 바로 돌아가서 불미스러운 일이 생기지 않도록 해라. 그리고 이런 학교 상황을 부모님께 잘 말씀드리도록. 가정통신문도 드리고."

담임이 나눠준 가정통신문을 들고 아이들은 마치 탈옥한 죄수처럼 고함을 지르고 환호했다. 대한민국 인문계 고등학교 학생이 해 있을 때 집에 가는 것은 모의고사 치는 날이 아니고는 불가능하다. 그런데 무료한 공포가 영혼 속속들이 파고들어가는 시간인 평일 오후에 집으로 가라니, 〈세상에 이런 일이〉에 나올 법한 사건이었다.

"야, 이제현, 니가 학교에 오니까 이런 일도 다 생긴다."

지수가 제현을 껴안으려고 하자 제현이 기겁을 하며 불러났다. 꿀밤이라도 날아올 줄 알았는데 제현은 지수 손을 덥석 잡더니 현제와 기동을 손짓으로 불렀다.

"왜?"

"잠깐 남아. 할 얘기가 있어."

학교의 불행이 아이들에게 전원 귀가라는 행복을 가져다주었다. 물론 급수 모터실의 물을 빼고 녹이 슨 급수 모터를 교체하고 내일 아침 일찍부터 청소 용역 인원을 더 불러서 화장실을 청소해야겠지만, 그것은 아이들과는 아무 상관 없는 일이었다.

수색작전

"와, 진짜 재밌겠다."

지수의 눈이 반짝반짝 빛났다. 마치 율도국을 발견한 홍길동의 눈이라도 되는 것 같았다. 얼굴에 주체할 수 없는 호기심과 환희가 넘쳐났다.

학교 건물 뒤편 아름드리 은행나무가 있는 화단이었다. 이곳이 아지트가 된 것은 CCTV가 없는 장소라는 제현의 확신 때문이었다. 가끔 담배 피울 곳을 찾아 이쪽으로 오는 아이들이 있는지 화단에는 담배꽁초가 서너 개씩 들어 있는 종이컵이 화분처럼 심겨져 있었다.

"야, 듣기만 해도 신난다. 보물지도 찾으러 가는 기분인데?"

기동이 지수의 의견에 동의한다는 듯 과장되게 고개를 끄덕였다.

"그렇게 신나서 할 일은 아니지만, 뭐 어쨌든 좋아. 그런 적극적인 태도!"

바람이 불자 어디선가 소국 향이 날아와 네 사람을 휘어 감았다. 소국 향은 감기약을 먹은 것처럼 현제를 몽롱하게 만들었다. 야위고 깡마른 소녀의 농축된 슬픔이 향기와 바람 사이로 전이되어오는 느낌이었다. 그래서 꽃향기지만 순간 슬펐다.

"현제 넌 왜? 싫어? 표정이 왜 그래?"

"무슨 소리야, 싫긴. 가자, 어디부터 갈까?"

"일단 1학년 교실부터 가자. 혜진이가 그리로 올라가는 걸 봤어."

"들킬 염려는 없겠지?"

"야, 학교에 아무도 없어. 인간의 1차적 욕망이 불가능한데 누가 남아 있을 수 있겠냐?"

"1차적 욕망?"

"먹는 것과 싸는 거지. 그게 지금 여기선 불가능하잖아."

"그럼 경비아저씨의 눈만 잘 피하면 되겠네."

"경비아저씨는 어쩌냐, 밥은 싸온다고 하더라도 그 냄새랑 윽……."

경비아저씨의 피할 수 없는 불행에 대해 신이 나서 떠들어대던 지수는 건물 안으로 들어가자 긴장이 되는지 흡 신음 소리와 함께 입을 다물었다.

아이들이 순식간에 빠져나간 학교는 괴괴한 느낌마저 들었다. 바깥의 도도한 가을 냄새와는 다른 고약한 냄새가 바이러스처럼 복도를 떠돌았다. 현제는 제현과 지수의 뒤를 따라가면서도 힐끔힐끔 뒤를 돌아보았다. 도서실은 물론이고 교무실도 텅 비어 있었다. 정지된 세계에서 길을 찾고 있는 네 사람만이 살아 있는 것처럼 느껴졌다.

1학년 교실 문은 대부분 열려 있었다. 자물쇠가 달려 있는 곳도 그냥 형식적으로 걸어놓은 게 대부분이었다. 문을 열고 들어가자 훅 짠내가 풍겼다. 화장실을 못 쓰게 되면 아이들에게서 이런 냄새가 나나 생각될 정도로 유쾌하지 않은 냄새였다.

1반부터 8반까지 들어가서 바닥과 벽, 복도, 책상까지 샅샅이 뒤졌다. 혹시 유성매직이 아니라 연필이나 볼펜을 사용했을 수도 있겠다 싶어서 후미진 곳은 핸드폰 플래시를 이용해 유심히 살펴보았다. 2학년과 3학년 교실까지 모두 뒤지는 데 꼬박 두 시간이 걸렸다. 바닥과 벽뿐 아니라 그럴 리는 없겠지만 천장까지 꼼꼼하게 살피다 보니 생각보다 시간이 많이 걸린 셈이었다. 학교에는 정말 아무도 없었다. 학교가 텅 비었다는 확신이 들자 지수는 아예 노래를 부르며 어슬렁거리기 시작했다.

'하 참, 기지배. 저렇게 노래까지 부를 일은 아닌데.'

시간이 지나자 지수의 노래는 정적 속에 파묻힌 듯 들려오지 않았다. 아무것도 발견하지 못하자 다들 빠르게 지쳐갔다. 제현의 얼굴은 급격하게 어두워졌고, 현제는 목이 바싹바싹 타들어가는 것 같았다. 과학실, 도서실, 생물실, 상담실, 음악실, 미술실, 심지어 교무실과 교장실, 행정실까지 들어가보았으나 그 어디에도 지도나 길에 대한 흔적은 없었다. 교장실과 행정실, 교무실은 평소에 잠가두었으나 잠그기에는 아직 이른 시각이라는 듯 자물쇠가 걸려 있지 않았다. 주요 사무실이 모두 비어 있는 것으로 보아 경비아저씨와 행정실 직원까지 급수 모터를 고치는 곳에 모여 있는 것 같았다.

"남은 곳이 있냐?"

"없지."

다시 중앙 현관으로 돌아왔을 때 제현이 물었다. 없다는 현제의 대답이 끝나자마자 기동이 고개를 흔들며 대답했다.

"한 군데 남았잖아."

기동이 쪼그리고 앉아 똥 누는 시늉을 했다. 네 사람의 눈이 마주쳤다. 사실 그럴 리는 없을 거라고 생각하면서 서로 그 장소에 대한 탐색을 미루고 있었던 것이다. 처음엔 전혀 아니라고 생각해서 아예 후보지에 올리지 않았으나 아무것도 발견하지 못한 지금 상황에서는 그곳을 생각하지 않을 수 없었다. 네 사람은 한숨을 쉬며 말했다.

"화장실!"

기동은 손을 내저으며 집으로 가겠다고 했다.

"야, 난 배가 고파서 도저히 안 되겠다."

기동은 배고픈 걸 못 참았다. 그걸 알면서도 순간 얄미웠는지 지수는 기동의 등을 힘껏 때렸다.

"배고픈데 화장실 냄새 맡으면 똥 싸고 싶어질 거 아냐? 배고픈데 똥 싸면 어떡해. 더 배고플 거야. 난 못 참아. 미안한데 난 집에 갈래."

"그게 핑계냐?"

지수가 다시 기동의 엉덩이를 무릎으로 쿡 차자 뿡 방구 소리가 새어나왔다. 아이들이 자동적으로 코를 틀어막았다. 야, 이거 성추행이야, 라며 기동이 잽싸게 가방을 들고 교문을 향해 뛰었다.

"미안, 나 간다."

"야, 가라 가."

기동의 뒷모습을 보며 지수가 고함을 질렀다. 1층부터 화장실 탐색이 시작되었다. 이미 냄새는 몸에 밸 정도로 익숙해져 있었다. 각오를 하고 있었던 터라 그런지 화장실 탐색도 그리 어렵지는 않았다. 그동안의 탐색 노하우도 더해져서 세 사람은 일사불란하게 움직였다. 화장실 문을 열 때마다 악취가 코를 찔렀으나 2층 화장실을 뒤질 때쯤엔 코를 막지 않고도 태연하게 칸칸마다 문을 열어볼 수 있게 되었다. 단, 악취가 진동하는데도 다른 교실이나 특별실을 탐색할 때와는 다르게 시간이 조금 더 걸렸다. 이유는 바로 화장실 벽에 그려진 음화와 낙서 때문이었다. 남자 화장실은 온통 음화나 음담패설, 야설로 가득 차 있었다. 지수는 신세계라도 발견한 듯 눈을 떼지 못하다가 몇 번 현제에게 뒤통수를 가격당했다. 여자 화장실은 비릿한 냄새가 더했다. 돌돌 말렸다 펼쳐진 생리대가 휴지통 위에 있어서 지수가 먼저 화장실 문을 쾅 하고 닫은 게 한두 번이 아니었다. 여자 화장실은 야한 글이나 그림들은 거의 없었지만, 그 대신 누가 생양아치니 누가 원조교제를 하니 하는 비방낙서들이 많았다.

그런 음란한 낙서들 속에서 새롭게 발견되는 것들이 있었다. 물론 예전부터 적혀 있었는데 자세히 읽어보지 않았던 것들이었다. 그것들은 대부분 벽의 모서리나 가장자리에 깨알같이 적혀 있었다. 낙서가 한번 눈에 들어오기 시작하자 그것을 읽고 감상하느라 아이들은 냄새 나는 화장실 문을 열고 자주 묵묵하게 서 있곤 했다. 물론 평소에도 그 낙서들을 훑어보긴 했지만 이렇게 신지하게 들여다본 적은 없었다. 그것들은 통제된 학교 안에서 활발하고 자유로운 언론 역할을 하고 있는 듯했다.

—친구 필요 없다. 고3은 전쟁이다. —1년만 고생해. —난 2년인데. —난 3년.

—단어장만 펴면 몸이 뒤틀리고 짜증이 치밀어 오른다. 해결법은? —단어 하나에 욕 하나씩 붙여서 외우면 됨.

—잠, 잠, 잠. 똥 누면서도 잠이 온다. —카페인 처먹어.

—슬럼프 완전 개절정. —너도 그러냐, 나도 그런데.

—재수는 없다. 우주의 진리.

—D-24 자살 말린다.

—믿는 대로 이루어진다. —좆같은 소리 하고 있네. 믿기만 하는 걸로는 진짜 아무것도 안 된다.

—맨날 하는 소리. 몸 안 좋다, 졸린다, 공부 안 된다, 찡찡찡 ㅋㅋㅋ

—니가 꾸는 꿈에 어울리는 사람이 되려면 지금 일어나라.

새로운 낙서를 읽는 일은 재미있었으나 화장실 칸 수가 더해질수록 까닭 없이 우울해졌다. 그래도 보물찾기를 하는 미로의 열쇠인 양 세 사람은 그 낙서를 빠짐없이 읽었다.

"우울한 청춘 보고서네."

장난기 뺀 지수의 한마디에 두 사람은 말을 잃은 듯 뚜벅뚜벅 걷기만 했다. 중앙 현관을 빠져나올 때까지 아무도 말을 하지 않았다.

다시 은행나무 벤치로 돌아왔을 때는 노란 석양이 나무 위로 길게 드러누워 있었다. 나뭇잎 사이로 붉은 햇살이 촘촘하게 들어찼다. 은행나무 이파리가 바람에 흔들리자 나무가 가로막고 선 건물들이 화장실 대란을 맞은 학교답지 않게 보석처럼 흔들렸다.

"다리도 아프고 배도 고프다."

"일단 내려가서 뭘 좀 먹자."

햄버거집에 들어가자마자 셋은 화장실부터 찾았다. 화장실의 낙서로 시작된 우울은 길에 대한 아무런 단서도 찾지 못했다는 절망감으로 절정에 이르고 있었다. 햄버거를 우적우적 씹으면서도 배가 고파 집어넣는 거지 아무런 맛도 느끼지 못할 지경이었다. 햄버거를 다 먹고 나자 지수의 핸드폰이 울렸다. 엄마인 모양이었다. 지수 엄마는 전화를 자주 했다. 또 중학교 때처럼 날라리 짓을 할까 봐 그런 가봐, 귀찮아 죽겠어. 지수는 엄마 전화를 받을 때마다 구차한 변명을 늘어놓았다.

"아, 귀찮아. 지금 당장 학원 안 가면 내 머리를 빡빡 밀어버린
대."

과장되게 손뽀뽀를 날리며 지수가 후다닥 출입문을 열고 나갔
다. 지수의 뒷모습을 보던 제현이 한숨을 길게 내쉬었다.

"아무것도 없어."

"그럼 혜진인 학교에서 도대체 뭘 한 거지?"

말을 마친 제현이 복잡한 표정으로 창밖을 응시했다. 현제는
고뇌에 사로잡힌 제현의 얼굴을 훔치듯 흘끔 보았다. 지금 자신
에게 닥친 일만으로도 고민거리가 넘칠 지경일 것이고, 곧 모의
고사도 코앞인데…….

"왜?"

현제의 시선이 느껴졌는지 제현이 퉁명스럽게 물었다. 제현의
얼굴 뒤로 막 켜지기 시작한 거리의 불빛이 드러났다. 불빛 때문
인지 제현의 얼굴은 더욱 어둡게 느껴졌다.

"이제 어쩔 수가 없는 거잖아."

"……못 찾았잖아."

"찾는다고 일이 해결되는 것도 아니고…….

"맞아, 찾아서 그 길을 지운다고 일이 해결되는 것도 아니
고…… 깜깜하기는 똑같아……. 우리 앞에 놓인 답답한 현실도
똑같고…….

"그러니까…… 그만하자. 우린 할 만큼 한 거야. 지금 니 등에

짊어진 것만으로도 너 충분히 무거워."

"맞아, 맞긴 한데……."

"한데?"

"난 이미 책임을 느껴. 착해지기 위해서 안간힘을 쓰고, 남들에게 잘 보이기 위해 이타적인 행동을 하던 그런 이제현이 아니라, 진짜 책임감을 느낀다고……."

"니가 왜?"

"모르겠어. 하지만…… 사람들이 꼭 자기가 한 일에 대해서만 책임이 있는 건 아니잖아."

"그럼 어떻게 하려고?"

"……적어도 친구는 될 수 있겠지."

"친구?"

"그래. 너 엄마랑 싸운 이유, 새탈한 이유가 뭐냐? 나 때문이잖아. 친구 때문이잖아."

"맞아. 하지만 혜진인, 설령 친구라고 해도 우리가 해줄 수 있는 일이 없어."

"그렇다고 그냥 있을 수는 없어."

"그래서 어쩔 건데? 학교를 뒤집어보기라도 하겠단 말야? 혜진이가 그런 길을 찾겠다고?"

할 수 있는 일이 없다는 말을 하는 현제의 심정도 답답하기는 마찬가지였다. 제현은 남아 있는 콜라 컵의 뚜껑을 열어 얼음을 입안에 집어넣고 뿌득뿌득 소리 나게 얼음덩어리를 깨어 씹었

다. 얼음을 다 씹어 삼킨 후 제현은 얼얼해진 입술을 잘근잘근 씹
으며 말했다.

"걔 오빠 나이도 먹지 못하고 어딘가에 흩어져 있어……. 나
같아도 견디기 힘들 거야."

제현은 한군데 집중하면 다른 일은 모두 뒤로 밀어내버리는
성격이었다. 부모의 이혼에 학교를 놓아버린 것처럼 지금 제현
의 마음자리에는 혜진이 들어차 있었다. 아니 제현뿐만이 아니
었다. 현제 역시 요 며칠 거칠고 무서운 바다에서 허우적대는 꿈
을 꾸다가 잠에서 깨곤 했다. 감지 못하는 눈을 시퍼렇게 뜬 채
눈앞의 고통과 공포를 되새기는 창백한 소녀가 밤 한가운데에
불쑥 떠오르면 현제는 부르르 몸을 떨며 진저리를 쳤다. 마음은
힘들지만 지금은 할 수 있는 일이 없었다. 어쩔 수 없을 때는 잠
깐이라도 물러나는 게 옳았다. 그런데 제현은 항상 그게 안 되었다.

오빠가 오는 길

오빠를 처음 봤을 때가 생각나.

현관 앞에 서 있던 오빠는 내가 신발을 벗고 거실에 들어서자 몸을 옆으로 비켜 섰어. 엄마랑 아빠가 이삿짐을 정리하는 동안 오빠랑 나는 소파에 앉아 있었어. 오빠가 나에게 장난감 자동차를 줬어. 나는 인형을 좋아하지만 그 자동차를 받았어. 자동차를 만지작거리고 있으니까 오빠가 내 손에서 자동차를 가지고 가서 그 차를 작동시켰어. 자동차가 거실 바닥을 달려가더니 베란다 유리에 부딪혀 저혼자 아기처럼 잉잉거렸어. 그 모습을 보고 내가 웃었지. 오빠는 내가 웃는 게 좋았는지 다시 자동차를 가지고 와서 내 앞에서 베란다 유리를 향해 돌진하게 했어. 나는 계속 웃었어. 오빠는 일어나서 또 가지고 오고 나는 또 웃었어. 한참이 지난 뒤에 자동차는 더 이상 돌진하지 않았어. 너무 여러 번 돌진한 탓에 배터리가 다 닳은 거야. 자동차는 기어가다가 멈추었어. 내가 더 이상 웃지 않자 오빠가 나를 봤어. 어떻게 하면 좋을지 모르겠다는 얼굴이었어. 그런데 오빠 그거 알아? 그때 오빠 눈이 너무 슬퍼 보여서 나는 그만 울음을 터뜨릴 뻔했어. 그런데 내가 울면 오빠가 더 슬퍼할 것 같아서 나는 눈물을 꾹꾹 참았어.

텔레비전에서 오빠 이야기를 했어.
오빠를 여러 개로 토막 내서 산 여기저기에 흩어서 묻었대. 그런데 거기가 어디인지 찾을 수가 없다고 했어.
결국 시신은 일부만 수습하였습니다, 라고 텔레비전 속의 아저씨가 이야기했어.
아저씨의 그 말이 자꾸만 생각나.
나머지는 어디에 있을까.
그건 이시스처럼 내가 찾아야 하는 거였어.

오빠를 생각하면 길이 떠올라.
이런저런 길이 마구 떠올라서 나도 모르게 손이 막 움직여. 참 이상하지?
나는 알아,
오빠가 내게 길을 알려주고 있다는 걸.
그래서 결국 나머지를 다 찾게 될 거라는 것도,
나는 알아…….

우산 쓴 남자

　제현은 독서실에 갔다가 밤 12시가 넘어서 현제와 다시 학교
로 돌아왔다. 교문 입구까지 퍼져 있던 지독한 분뇨 냄새는 많이
가셔 있었다. 급수 모터를 고친 후 밤늦게까지 각 층의 화장실을
청소한 모양이었다. 화장실 바닥도 금방 물청소가 끝났는지 물
기가 제법 남아 있었다. 두 사람은 1층 화장실 창문을 열고 안으
로 들어가 변기 위에 걸터앉아 있었다. 혜진이 창문을 넘는 소리
가 나면 뒤를 밟을 생각이었다. 혜진이 학교에서 뭘 하는지 밝혀
내는 방법은 혜진의 뒤를 밟는 방법밖에 없었다. 혜진에게 들키
지 않고 뒤를 밟을 수 있을지도 걱정이었다. 하지만 그날 혜진은
오지 않았다. 다음 날도 마찬가지였다.
　사흘째 되는 날 제현은 야자를 마치고 혜진네 집 앞으로 가보
았다. 한 시간을 서성거렸지만 사람이 살지 않는 집처럼 나오는

이가 없었다. 아무 사정도 모르고 벨을 눌러볼 수도 없었다. 나흘째 되는 날은 저녁 급식 시간에 급하게 달려가 혜진네 벨을 눌렀다. 그렇게 일주일이 지났다. 아니 일주일을 그렇게 보내려고 노력했다.

학교에 가기 위해 어쩔 수 없이 집에 들어왔지만 아빠의 여자와 함께하는 집은 상상할 수 없을 만큼 불편했다. 현관에 들어서면 몸에 와 닿는 냄새와 공기가 달랐다. 억지로라도 어색한 침묵을 견뎌야 하는 낯선 장소에 온 기분이었다. 하지만 지도를 찾지 못했다고 다시 집을 나가는 것도 이제는 우스운 일이 되어버렸다. 집을 나가 있는 동안 머물렀던 찜질방도 낯설고 끔찍하긴 마찬가지였다. 찜질방보다는 태현과 규호가 시비를 거는 학교가 더 편안하고 평화로웠다. 둘은 제현이 복도에만 나가도 히죽거리며 시비를 걸거나 일부러 발을 걸었다. 하지만 굳이 그들을 피하거나 맞서고 싶지 않았다. 제현은 혜진으로 인해 스스로의 마음가짐이 달라졌음을 느꼈다. 해결해야 할 중요한 일이 생겼고, 그 외에는 제현에게 모두 의미 없는 일이었다.

하지만 아빠 집은 제현에게 출구도 없고 비상구 역시 막혀 있는 지하창고나 마찬가지였다. 아빠는 젊은 여자와 새로운 결혼 생활을 시작했고, 엄마는 떠났다. 더 이상의 방황은 어리광에 불과했다. 지금 제현이 할 수 있는 일은 이곳에서 견디는 방법을 찾는 것뿐이었다.

아침에 일어나자마자 교복을 입고 집을 나섰다. 세수는 학교에 가서 했다. 사흘째 되는 날, 현관문을 여는데 아빠가 안방에서 나왔다. 금방 깬 건 아닌지 잠옷도 아닌 트레이닝복을 입은 아빠 눈동자가 말끔했다.

"밥은 어쩌고 다니냐?"

무슨 상관이냐 싶었다.

"엄만 아직도 연락이 없냐?"

제현이 눈을 치떠서 아빠를 보았다. 엄마 걱정을 하는 아빠라니 가식적으로 들렸다. 제현은 인사도 없이 문을 열고 문이 그대로 꽝 닫히도록 내버려둔 채 엘리베이터를 탔다.

늦은 시각까지 학교에서 자습을 하고 혜진이 화장실 담을 넘을 시각이면 그 집 앞을 서성이는 게 제현의 하루 일과가 되었다. 한 시간 정도 기다리다가 집으로 갔다. 집에 가면 거실까지 불이 모두 꺼져 있었다. 불 꺼진 집을 보면 아주머니와 부딪치지 않아서 다행이라는 안도감과 함께 까닭 모를 쓸쓸함이 밀려왔다. 제현은 자신과 같이 살고 싶지 않다고 한 아주머니와 최대한 부딪치지 않을 작정이었다. 방에 가면 세탁한 양말과 속옷들이 정갈하게 개켜진 채로 책상 위에 놓여 있었다. 그것들을 아무렇게나 뭉쳐서 옷장 서랍에 집어넣었다. 분노를 삭이는 것쯤은 아무것도 아니었다. 혜진이 떠오를 때마다 그런 생각이 들었다. 문제는 분노가 아니라 분노 후에 남는 상처였다. 상처는 흉터로 남고 흉터는 평생 나무에 남을 것이다. 어떤 흙은 여전히 흉터이며, 가끔 어떤 흙은 거름이 된다. 그리고 어떤 흙은 독이 되어 나무가 죽는다.

할머니를 생각한 것은 야자 시간에 맞추어 혜진네 집 골목을 터덜터덜 걸어 나오다가 본 효 요양병원이라는 건물 때문이었다. 제현은 아, 하는 신음을 흘렸다. 그래, 할머니, 어쩌면 그 간섭하기 좋아하는 할머니는 혜진이 엄마와 연락이 닿을지도 모른다는 생각이 든 것이다.

다음 날 저녁 시간에 찾아간 첫 번째 찜질방에서 할머니의 행방이 바로 잡혔다. 처음 할머니를 만났던 그 찜질방 아주머니는 할머니를 정확하게 기억하고 있었다.

"아이고, 왜 이제야 나타나? 며칠 동안 학생 찾아다니던데. 그 할머니 친할머니 아냐?"

"그건 아니고……."

"난리 났었는데, 학생. 몰랐구나."

"난리라뇨?"

"그 노인네 알고 보니 저 밑에 있는, 무슨 효돈가 효인가 하는 요양병원을 탈출한 노인이래. 그 사람들 말로는 3년 동안 다섯 번이 넘게 탈출했단다. 정신도 온전치 않고, 치매기도 있어서 왔다리 갔다리 한다더라고."

정신이 온전치 않다고? 그건 아니다. 자기도 모르게 울컥하는 심정이 되어 제현은 흐흡 숨을 내쉬었다. 정신 나간 할머니라고 제현 역시 투덜댔지만, 정작 다른 사람에게 그런 말을 들으니 까닭 모를 반발심이 생겨났다.

"그 사람들한테 잡혀가면서 얼마나 악다구니를 써대는지. 우리 제현이 곧 올 거라고……. 학생이 제현이 맞지?"

"가족은 없었어요?"

"가족이 있거나, 가족이 없다면 할매가 돈이 있거나 그렇겠지. 요양병원이 어디 공짜니? 복에 겨워서…… 그것도 못 얻어먹는 사람이 얼마나 많은데. 어쨌든 속이 다 시원하다. 아이고, 오지랖도 오지랖도, 몸서리가 쳐진다. 사람들한테 온갖 참견 다 하고, 여기저기 다니면서 청소가 되었네 안 되었네 얼마나 잔소리를 하던지……."

아주머니는 끝까지 할머니 흉을 봤다. 어찌나 조목조목 골라내서 흠을 잡는지 오랫동안 오로지 할머니 행적만 쫓아온 형사처럼 생각될 정도였다. 잠깐 아주머니가 말을 멈춘 사이 제현은 꾸벅 인사를 하고 얼른 찜질방을 나섰다.

'뭐야? 아들 며느리 어쩌고 한 것도 다 거짓말이야? 3년 동안 거기 있었다고?'

요양병원으로 걸어가면서 제현은 할머니 생각에 사로잡혔다. 건물의 창문들과 길가 주유소의 창들은 막 시작된 밤의 어스름을 휘저으며 서서히 일어나고 있었다. 그 빛들 속에서 아주 중요한 가치들이 마구 뒤섞이는 느낌이 들었다. 효 요양병원 입구에 제현은 멍하니 섰다. 할머니 이름을 몰랐다. 얼마 전에 가출한 노인을 찾아왔다고 말하면 병원에서 이상하게 생각할지도 몰랐다. 다른 방법을 생각해야 했다.

역시 반장이었다. 제현이 현제, 지수, 기동에게 둘러싸여 요양병원 들어가는 문제를 이야기하고 있을 때, 지수 뒷자리에 앉은 경은이 불쑥 고개를 내밀고 해결책을 내놓은 것이었다.

"노 프러브럼. 요양병원 들어가는 거야 누워서 떡 먹기다."

"어떻게?"

"봉사활동!"

"역시, 반장이야!"

"반장 아무나 되냐? 맨날 모자란 너희 네 명이서 몰려다니니까 문제 해결이 안 되는 거야. 이 몸이 가끔 게스트로 끼어 팀의 완성도를 높여줄 테니까 걱정 마셔."

봉사활동 날짜는 이번 주 토요일로 잡았다. 막상 날짜를 잡고 보니 제현은 괜히 신청했나 싶은 생각이 들었다. 할머니가 자신을 붙잡고 울거나 빠져나가게 해달라고 떼를 쓰면 어떡하지 싶어서였다. 하지만 꼭 혜진이 때문이 아니더라도 할머니를 한번 만나봐야 했다. 혼자라는 게 얼마나 끔찍한지 충분히 경험하지 않았나. 그런데 3년이라니……. 소리를 지르고 농담을 하고 이상한 말들을 늘어놓고 야단을 치면서도 언뜻언뜻 얼굴에 비쳤던 외로움이 오지랖 넓은 할머니의 본모습인 것 같아 제현은 마음이 우울해졌다.

주말 봉사활동을 신청해놓고도 제현은 매일 밤마다 혜진을 기다렸다. 여전히 혜진네 집 불은 꺼져 있었고, 혜진은 나타나지 않았다. 금요일 밤에는 비가 내렸다. 제현은 골목의 외등 아래 사선을 그으며 떨어지는 빗방울을 보았다. 외등 속에 갇힌 빗방울은 두려워 보였다. 소식이 없는 혜진과 새집에서 아직 한 번도 얼굴을 마주친 적이 없는 새엄마라고 불러야 하는 여자, 그리고 요양병원의 철제 침대에 쇠사슬로 칭칭 묶여 있을 것만 같은 할머니. 알 수 없는 두려움이 제현의 몸속으로 파고들었다. 툭툭 머리를 때리던 비가 제현의 어깨를 적시고 머리카락을 적셨다. 두려움은 결국 이렇게 온몸을 적시게 되겠지. 그때의 당혹감과 무서움을 어떻게 감당할 수 있을까.

그때 골목 끝에서 검은 우산을 깊이 눌러쓰고 누가 걸어오고 있었다. 우산을 쓴 이는 목적이 있어서 그러는 사람처럼 제현을 향해 곧장 걸어왔다. 제현은 자기도 모르게 허헉 소리를 질렀다. 싸늘하고 축축한 밤공기에도 이마에 땀이 솟아났다. 제현은 뒷걸음질을 치며 한 손으로 벽을 짚고 던질 돌멩이 같은 것이 없나 바닥을 살폈다. 순간 검고 넓은 우산이 제현의 머리 위에 장막처럼 드리워졌다. 우산 아래에서 현제가 방긋 웃고 있었다. 제현은 현제가 눈치채지 않게 후 숨을 내쉬며 퉁명스럽게 말을 뱉었다.

"놀랐잖아."

"무서웠던 건 아니고?"

"무슨 소리야? 내가 애냐?"

너스레를 떨면서도 제현은 좀 전의 공포를 현제가 눈치챘을까 봐 시선을 돌렸다.

"어쩐 일이냐?"

"니가 여기 있을 것 같아서 왔지."

"공부나 하지, 뭐 하러 왔냐?"

"니 걱정이나 하시지."

"야자 중간에 나온 거 아냐?"

"빗소리 땜에 공부가 안 되더라고."

"빗소리 좋아하시네. 핑계도 좀 그럴싸한 걸로 대라."

"너는 이 꼴이 뭐냐? 비를 다 맞고. 날씨도 추운데……."

제현의 머리에서 아직까지도 물이 뚝뚝 떨어지고 있었다. 그제야 추위를 느낀다는 듯 제현이 몸을 부르르 떨었다. 검은 우산 위로 툭툭 떨어지는 빗방울 소리가 아까보다 더 거세졌다. 타악기로 마구 두드려대는 것 같았다.

"여기서 비 맞고 있으면 혜진이가 오냐?"

"아픔과 고통만으로 머릿속이 가득 차버린 아이잖아. 그 기억이 흐릿해질 수 있다면 내가 기억을 좀 가져가려고……."

"비 맞고 기다려야 기억을 공유하냐? 내일 할머니한테 가면 뭔가 새로운 사실을 알게 될 거라고 했잖아. 가자."

현제는 제현의 어깨를 돌려세웠다. 제현이 가능한 한 집에 늦게 들어가려고 한다는 것을 현제는 알고 있었다. 가족이면서도 서로의 숨소리를 외면한 채 불편하게 한 공간을 견뎌야 하는 제현이 안타까웠다. 제현의 집 가까이 오자 비가 그쳤다. 현제가 우산을 접자 제현이 고개를 들어 아파트를 올려다보았다. 따라서 고개를 들고 올려다보던 현제가 어깨를 치며 "야, 너네 아빠 아냐?"라고 했을 때 제현은 5층 베란다에 기대선 아빠를 보았다.
담배를 피우는 것인지 아빠의 손끝에서 빨간 불씨가 반짝 하고
빛났다. 아빠는 10년 전에 담배를 끊었다. 그걸 언제나 자랑스럽
게 이야기했다. 제현은 고개를 푹 수그렸다. 자신이 아파트 안의
작은 섬이라고 생각했는데, 오늘은 왠지 아빠가 홀로 떠 있는 섬
처럼 보였다. 현제가 가고 난 뒤에도 제현은 한참 동안 엘리베이
터를 타지 않았다.

봉사활동

기동, 지수, 경은과 제현, 현제까지 다섯 명이 모였다. 제현은 아이들 폰으로 할머니와 함께 찍은 사진을 모두 보내주었다.

"발견하면 즉시 나한테 톡 하기다."

병원 복도에는 보조기를 끼고 걷거나 벽에 붙은 손잡이를 잡고 걷는 노인들이 보였다. 열린 병실 속의 노인들은 침대에 눕거나 멍하니 앉아서 텔레비전을 보고 있었다. 일반 병원과는 다른 냄새가 입구부터 퍼져 있었다. 어디서도 맡아보지 못한 냄새라고 제현은 생각했다. 노인들의 움직임은 느렸다. 아니 움직이지 않는다고 생각될 정도로 고요했다. 벽에 붙은 바를 잡고 선 할머니의 굽은 등이 정지된 것처럼 보여서 제현은 한참동안 눈을 떼지 못했다. 같은 층을 맡은 경은이 뭐 하냐며 제현을 쳤을 때에야 할머니가 겨우 발을 떼고 움직였다.

한 시간 동안 쓰레기통을 비우고, 간단한 청소를 하고 빨래를 갰다. 제현이 경은과 함께 2층에서 할머니 할아버지 다리를 주물러드리고 있는데 기동에게서 톡이 왔다.

—발견. 조금 전에 화장실에서 나와서 3층 맨 끝방으로 들어가는 걸 봤음.

제현은 비상구 계단을 통해 3층으로 올라갔다. 맨 끝방 문을 열자 퀴퀴한 냄새가 코를 찔렀다. 침대는 모두 여덟 개였는데 그중 두 개는 비어 있었다. 제현이 인기척을 내는데도 할머니들은 전혀 움직임이 없었다. 마치 무덤 속에 들어온 듯했다. 그때였다. 이쪽으로 등을 보인 채 돌아누워 있던 할머니가 벌떡 일어나더니 버럭 고함을 질렀다.

"냄새 나서 못살겠다, 못살겠어. 치매도 아닌데 내가 왜 이 방에 갇혀 살아야 되노, 응! 내 방 바꿔달란 말이다!"

할머니는 다짜고짜 이쪽을 향해 고함을 질렀다. 아마 제현을 직원이라고 생각한 모양이었다. 제현이 침대 옆으로 다가갔다. 침대에 안경옥이라는 이름표가 걸려 있었다. 할머니가 제현을 보고 눈을 한 번 감았다가 크게 뜨더니 꿈을 꾸듯 제 얼굴을 손바닥으로 탁탁 두드렸다.

"내가 잘못 본 거가? 내가 진짜로 치매에 걸렸나?"

"할머니는 여기서도 시끄럽네."

농담처럼 던지려고 했는데 제현은 그만 목이 꽉 메었다. 화장은 못 해도 늘 단정했던 할머니의 머리는 주방용 철수세미처럼 헝클어져 있었다. 못 본 사이 검버섯이 더 늘어난 듯 얼굴이 갈색 반점으로 울긋불긋했다.

"아이고 우리 손자, 제현아, 아이고 내 새끼!"

"내가 할머니 새끼는 아니지. 오버는……."

할머니 눈에서 굵은 눈물이 후드득 떨어졌다. 세상에서 제일 뻔뻔스럽던 사람의 눈물이라니…….

"니가 올 줄 알았다, 니가 올 줄 알았어."

눈물이 뚝뚝 떨어지던 눈이 어느새 말끔해졌다. 할머니는 다른 침대에 누운 할머니들을 가소롭다는 시선으로 둘러보았다. 정신의 문을 꽉 걸어 잠근 멍한 표정의 할머니들이 제현을 멀뚱멀뚱 쳐다보고 있었다.

"제현아, 여기는 전부 치매 할매들이다. 나는 치매가 아니다. 니도 알잖아. 근데 병원 한 번 탈출했다고 나를 이 방에 처넣어버렸다. 나를 좀 꺼내다고."

"방 바꿔달라고 아들한테 말하세요. 내가 할머니 아들한테 전화 걸어줄 테니까 전화번호 줘봐요."

할머니가 눈을 세모꼴로 만들어서 제현을 노려보았다.

"니도 저놈들하고 한 패지?"

"아, 또 뭔 소리야. 내가 할머닐 어떻게 꺼내? 진짜 가족도 아닌데. 할머니 물 많이 쓴다고 샴푸 숨겨놓는 며느리한테 말해. 나는 할머니 여기서 못 꺼낸다고요."

"……그 며느리는 내 며느리 아니다."

"그럼 누군데?"

"저번에 같은 방 썼던 할마시 며느린데, 그 할마시는 지난달에 죽었다."

"나한테 한 말, 전부 거짓말이지?"

"전부 다는 아니지."

"어쨌든 내가 할머니를 여기서 꺼내줄 순 없다고. 여기 3년 동안 있었다며? 그럼 다 알 거 아냐."

할머니의 얼굴이 급속도로 우울해졌다.

"알지, 알아. 하지만……."

"하지만 뭐? 왜? 왜 아들한테 연락을 못 하는데?"

그때 갑자기 머리를 짧게 커트한 할머니 한 분이 제현의 옆에 와서 섰다. 커트 머리 할머니가 사과 한 쪽을 들고 막 제현의 입에 넣어주려는 참이었다. 제현은 저도 모르게 고개를 획 돌렸다.

"아이고, 이 할망구가 미쳤나. 더럽구로. 저리 안 가나!"

커트 머리 할머니가 어깨를 흠칫 떨며 자기 자리로 돌아가자 할머니는 예의 다시 급슬픔 모드로 진입했다.

"아들한테는 연락 못 한다."

"왜?"

"미국 살고 있다. 하는 일도 바쁜데 어미가 해준 게 뭐 있다고……. 나는 말 못 한다."

할머니의 다문 입이 고집스러워 보였다. 눈물을 보이며 신세한탄이나 하면 어쩌나 걱정하던 참이었는데, 제현은 잘됐다 싶은 생각이 들었다. 하지만 할머니의 딱딱한 얼굴은 좀 이상한 기분이 들게 했다. 찜질방에서처럼 막 대할 수가 없었다. 진지해지는 일이 어색한 사람들이 그러듯이 할머니의 표정은 물이 모자란 반죽처럼 굳어가기 시작했다. 창밖을 지나가는 자동차의 엔진 소리가 그런 할머니의 얼굴을 간단하게 훑고 지나갔다. 아들하고 사이에 말 못할 사정이 있는 게 틀림없는 것 같았다.

"여기서 나가서 뭐 하려고? 밥도 주고, 잠도 재워주는데."

제현이 입을 뗐으나 할머니는 무슨 말인가 하려다 말고 다시 입을 다물었다. 마치 오랜 시간 수감되어 삶의 기쁨과 힘듦을 모두 잊어버린 사람 같았다. 한참을 그러더니 갑자기 원래 모습으로 돌아온 듯 할머니가 씨익 웃으며 박수를 짝 쳤다.

"찜질방도 가고, 맛있는 것도 먹고. 나 나가게 해주라, 응."

"그건 내가 할 수 있는 일이 아니라니까."

"여기 병원 밥이 얼마나 싱거운지 니 모르지. 간을 안 해, 간을. 주방 아줌마가 비쩍 말라가지고, 평생 맛있는 음식이라고는 혀끝에도 못 대본 사람 같다니까. 생긴 게 꼭…… 그 있잖아, 그 애, 밤중에 돌아댕기는 애, 혜진이, 그 애 엄마랑 똑같다니까."

할머니의 수다가 시작되고야 제현은 혜진이! 하고 마음속으로 비명을 질렀다. 할머니의 신세한탄에 넘어가 중요한 일을 잊을 뻔했다.

"참, 혜진이 엄마 전화번호 알아?"

"와?"

"할머닌 누구든지 만나기만 하면 꼭 번호를 알려달라고 하니까 있을 것 같아서."

"당연히 있지."

할머니가 핸드폰을 뒤져 번호를 보여주었다. 자신의 핸드폰에 번호를 저장하면서 제현은 혹시나 싶어 물어보았다.

"이 아줌마랑 연락해?"

"내 요새 낙이 그 아짐씨랑 전화하는 기다. 내 말을 들어주는 사람이 그 아짐씨뿐이야."

"아줌마 힘들게……."

"아이고 뭔 소리고, 내가 전화하면 얼마나 반갑다 카는데. 근데 그 아짐씨 요새 정신없어."

"왜?"

"그 딸내미가 입원했잖아. 쓰러져서."

"왜 쓰러진 건데?"

"밥도 안 묵고 돌아댕기니, 아픈 기 당연하지. 그 아짐씨도 딸 땜에 정신 차리고 있는 기지, 모녀가 둘 다 거의 죽은 목숨이다."

그때 제현의 핸드폰으로 전화가 왔다. 현제였다.

"야, 지금 사무실로 와야겠다."

제현은 자기도 모르게 할머니 손을 잡았다. 할머니의 손은 오래된 가죽처럼 두껍고 쭈글쭈글했다. 할머니가 와락 제현을 안았다. 오래 씻지 않은 몸에서 나는 시큼한 냄새 때문에 숨이 막힐

것 같았으나 제현은 흡 하고 숨을 참으며 할머니를 천천히 떼어
냈다.

"또 올게요, 사무실에서 불러. 나 봉사활동 왔다고요."

"언제 올 긴데, 응? 언제? 나 나가게 해줄 거제, 응?"

"나가서 할 일도 없으면서……."

"꼭 할 게 있다."

"그게 뭔데?"

"……."

할머니가 뭐라고 웅얼거렸으나 무슨 말인지 알아들을 수 없었
다. 무슨 말이냐고 채근을 하자 할머니가 조금 더 크게 말을 했다.

"내가…… 미안하다고……. 아들한테 그 말을 한 번도 못했거
든……."

"그 말 하려고 미국 가려고?"

제현은 어깨가 축 처지도록 한숨을 내쉬었다. 할머니가 불쌍
한 건지 한심한 건지 종잡을 수가 없었다.

"시험 끝나고 올게. 이 달 말에 모의고사 있어."

"아이고 내 새끼, 집으로 들어갔구나. 그럴 줄 알았다, 그럴 줄
알았어. 뭐니 뭐니 해도 부모 밑에서 커야지. 암."

"됐거든. 내 새끼는 무슨. 나 간다."

복도 끝까지 쫓아 나오던 할머니는 입구에 서 있던 간호사를
보자 얼른 방으로 들어갔다. 복도를 막 벗어나기도 전에 할머니
가 들어간 방에서 아이고 이게 뭐야, 내가 못살아, 하는 할머니의

고함 소리가 들렸다. 아마 다른 치매 할머니가 또 일을 저지른 모양이었다.

식사 도우미 활동까지 모두 마치고 봉사활동 사인을 받아 병원을 나오다가 제현은 다시 사무실로 들어갔다.

"안경옥 할머니요. 그 할머니 가족분들은 어디 계세요?"

"네가 그 할머닐 어떻게 아니?"

계속 웃는 얼굴로 제현 일행을 맞이해주었던 친절한 누나였다. 단발머리 아래 반달눈이 제현을 향해 생글생글 웃고 있었다.

"할머니가 탈출했을 때, 찜질방에서 만난 적이 있어요."

"혹시 네가 제현이니?"

"네."

"할머니 찾느라고 그렇게 애를 먹었는데, 너 덕분에 쉽게 찾았다."

"제 덕분에요?"

"그래, 너 찾느라고 할머니가 찜질방에서 소동을 벌였어. 여기 모시고 와서야 너하고 어떻게 지냈는지 이야기를 들었지. 널 못 본 지 일주일이나 지났는데, 아무 데도 없다고 찜질방에서 소동을 벌였나 봐. 그러다가 저 아래 찜질방 주인이 경찰에 신고를 해서 이리로 모시고 올 수 있었어."

"할머닌 여기 오기 싫어하신 거 아니에요?"

"그럴지도 모르지. 하지만 할머닌 갈 곳이 없으신걸."

"어린애도 아니잖아요. 어른도 자기 마음대로 못 해요?"

"아이와 마찬가지로 노인도 우리 사회가 보호해야 할 약자니까. 마음대로 하지 못하게 하는 거 하고는 좀 다른 거 아닐까? 혹시 다음에도 그런 일이 생기면 꼭 병원으로 연락해줘. 사고라도 날까 봐 그러는 거야. 작년에 한 번 병원 나가셨다가 교통사고가 난 적이 있었거든."

"근데 할머닌 괜찮은 거예요? 정상으로 보이지 않는 때도 있었어요."

"치매 증세가 있긴 한데 약만 꾸준히 잘 드시면 괜찮아."

"가족은요?"

"가족?"

"네, 아들 이야기를 하셨어요. 미국에 있다고……."

"늘 그렇게 말씀하시긴 하는데, 그게…… 사실이 아니야."

"그럼요?"

"……여기 처음 들어오실 때 상태가 많이 안 좋았어. 이미 치매가 상당부분 진행되고 있었고, 그것을 본인도 알고 있었어. 지금은 나가고 싶어 안달이지만, 처음엔 당신 발로 직접 요양병원에 들어온 거야."

"그땐 어땠는데요?"

"3년 전 처음 오셨을 때 할머니는 1972년 10월 29일만 기억하고 있었어. 상담을 하는 내내 그 숫자에만 집착하는 거야."

"10월 29일, 그날 무슨 일이 있었는데요?"

"그날…… 직장에서 돌아온 안경옥 씨는 아들이 연탄가스를 마시고 쓰러진 것을 부엌 바닥에서 발견했어. 어린 아들이 감기에 걸려서 아침 일찍 연탄불을 넣고 갔는데, 그날 비가 왔고 환기가 안 되었나 봐. 그걸 평생 자기 탓이라고 생각하며 살고 있었어⋯⋯."

"그런 얘기, 저한테는 없었는데⋯⋯."

"할머닌 치매 증세가 있을 때만 그걸 기억해. 처음에 할머니의 기억은 주로 그 과거에 머물러 있었어. 그러다가 약을 먹고 치매가 호전되면 그 기억을 잊어. 평소에는 전혀 다른 사람 같거든. 끊임없이 자기부정을 한 결과라고 의사 선생님이 그러시더라. 그래서 정신이 멀쩡할 땐 아예 다른 사람이 된다고. 고통을 마주하는 방법은 사람마다 다 다르니까."

단발머리 누나가 신경 써줘서 고맙다며 제현의 어깨를 도닥도닥 두드렸다. 누나 앞에서 눈물을 와락 쏟을 것만 같아 제현은 얼른 인사를 하고 병원을 나섰다. 친구들이 병원 입구에서 장난을 치며 제현을 기다리고 있었다.

요양병원 앞 화단엔 초록잎이 반들거리는 금목서가 가득했다. 딱딱한 침대 위에서 겨울나무처럼 시들어가고 있는 노인들을 본 다음이라 그런지 서늘한 날씨에도 제 빛을 잃지 않는 상록수 잎이 이곳과 어울리지 않는다는 생각이 들었다. 제현은 병원을 돌아보았다. 유리창은 창살로 막혀 있었다. 어느 층은 모든 창에 커튼이 드리워져 있었다. 노인들의 목소리는 병원 깊숙이 파묻혀 있어 복도도 입원실도 지나치게 조용했던 기억이 났다. 제현은 요양병원 입구에 서서 할머니가 계신 창문 쪽을 바라보았다. 높아서 잘 보이지는 않았지만 누군가가 손을 흔들고 있었다. 제현은 팔을 높이 쳐들고 창문을 향해 마구 손을 흔들어댔다.

사람마다 고통의 무게는 달라

요양병원 앞에 분식집이 있었다. 아이들은 누가 먼저랄 것도 없이 분식집 문을 열고 안으로 들어갔다.

봉사활동을 처음 한 것도 아닌데 요양병원에서 보낸 오전 시간은 생각보다 힘들었다. 어느 정도 허기가 채워지자 지수가 뭔가 생각났다는 얼굴로 가방을 뒤지더니 화장지 뭉치를 꺼내 분식집 쓰레기통에 버렸다.

"그게 뭐냐?"

현제의 질문에 지수가 코를 싸쥐고 인상을 찌푸렸다.

"아뇨, 어떤 할머니가 자기 베개 밑에서 삶은 고구마를 꺼내주는 거야. 다 쉬어터진 걸. 완전 냄새 쩔고. 그 자리에서 바로 토할 지경인데 자꾸 자기 앞에서 먹으라길래 나중에 먹는다고 가방에 넣어둔 거야. 거기서 버릴 순 없잖아. 하마터면 깜빡 잊고 집에 가져갈 뻔했네."

지수는 가방을 털면서 수선을 떨었다. 기동은 옆에서 우웩 하고 토하는 시늉을 했다. 지수가 경은을 쿡 찌르며 말했다.

"나 뭐 살 거 있어서 팬시점 갈 건데 같이 갈래?"

기동이 손을 내저으며 노노노노 소리를 쳤다.

"야, 팬시점이 뭐야. 피시방 가자. 이런 스트레스는 게임으로 풀어야지."

나는 어디든 콜, 경은이 콜을 외치자 제현이 지수를 보며 말했다.

"우린 좀 있다 갈게. 먼저들 가 있어."

"맨날 둘이 무슨 비밀이 그리 많냐? 사귀는 건 아니지?"

"몰랐나?"

지수가 경은을 끌어안는 시늉을 하며 낄낄거리자 주변에 있던 학생들이 눈을 흘기며 쳐다보았다. 셋이 나가고 나자 분식집이 어색할 정도로 조용해졌다. 생각에 잠긴 듯 묵묵히 앉아 있는 제현의 눈빛이 병원에 가기 전보다 조금 깊어진 것 같다고 현제는 생각했다. 현제의 시선을 피하기라도 하듯 제현이 창밖으로 눈길을 돌렸다. 안경점 앞에서 방금 나간 세 사람이 실랑이를 하고 있었다. 잠시 후 아이들은 안경점 2층의 피시방으로 들어갔다. 현제도 고개를 내밀어 창밖을 보았다. 그들이 앉은 곳에서는 창밖으로 피시방뿐 아니라 골목 입구 편의점도 잘 보였다. 편의점에는 사람들이 끊임없이 들락거리고 있었다. 왠지 편의점 끝 골목에 가로등 아래서 가늘게 떨던 하얀 얼굴의 혜진도 있을 것 같왔다. 곧 분식집에 한 무리의 여학생들이 들어왔다. 현제가 가방을 들고 일어나며 말했다.

"일어나, 병원 가자."

둘은 어깨를 나란히 하고 걸었다. 할머니가 말해준 병원은 버스를 타고 20분은 가야 했으나 누구도 버스 타자는 말을 하지 않았다. 침울한 표정으로 걷던 제현이 긴 한숨을 내쉬며 이야기를 시작했다.

"혜진이가 죽음과 맞서 싸우고 있을까 봐 겁이 나. 아니 죽음을 두려워하고 있지 않을까 봐 그게 무서워. 현제야, 난 왜 혜진이가 그렸다는 길을 그렇게 열심히 찾은 걸까? 혜진이 때문에? 혜진이 엄마 때문에? 아님 혜진이 오빠 때문에?"

"혜진이 때문이었잖아."

"맞아, 혜진이 때문이었지. 바닥에 그려진 흐릿한 그림이라도 있을까 봐 핸드폰 플래시를 켜서 눈이 아프도록 흔적을 찾는데 자꾸 눈이 시리더라. 첨엔 너무 눈을 혹사시켜서 그런 줄 알았는데…… 그게 눈물이더라. 걔가 너무 불쌍했어. 그런데 갑자기 그때 엄마 생각이 나더라. 난 한 번도 엄마 아빠를 이해하려고 노력한 적이 없더라고."

"이해하기에는 상황이 너무 안 좋았잖아."

"원래 두 사람, 사이가 안 좋았어. 사랑해서 한 결혼이 아니래. 친구였는데, 둘 다 사랑하는 사람이 따로 있었고, 또 각각 헤어지는 바람에…… 외로움 때문에 같이 다니다가 실수로 내가 생긴 거래. 야, 진짜 웃기지 않냐. 나란 놈은 그렇게 태어난 거야. 실수로 말야. 이 이야기를 이혼 서류에 도장 찍는 날, 엄마가 해주더라. 엄만 나까지 미웠던 거야. 그게 얼마나 자식한테 잔인한 짓인지 생각해보지도 않았더라고. 엄마한테 그 소리 듣는데 그동안 일부러라도 착하게 살려고 했던 내가 정말 바보같이 생각되더라. 그런데 서럽거나 기분이 나쁘다는 생각보다 은근한 쾌감이 몰려오는 거야. 뭔가로 칭칭 압박되어 있던 몸이 풀려나는 느낌? 가출, 그거 아무것도 아니라는 생각도 들고, 타락해도 괜찮을 것같고……. 그랬는데 엄마는 나한테 귀띔도 안 하고 외국으로 날아버렸어. 와, 그때 그 더러운 기분 말로 다 못 한다. 이혼한 지 얼마 되지도 않았는데 나랑 열다섯 살 차이밖에 안 나는 여자랑 결혼하는 아빠나, 자식새끼 안중에도 없이 자기 외로움만 파는 엄마나 도긴개긴이야. 그걸 나보고 이해하라고? 야, 더 웃기는 건 뭔 줄 아냐? 지금 그 여잔 더 웃겨. 좋은 엄마가 되겠다나? 첨엔 나랑 같은 공간에 있기 싫어서 시간을 달라고 했던 여자였어. 더군다나 지금까지 나랑 눈 한 번 마주친 적이 없는데……."

"니가 눈을 안 마주친 거겠지."

"……아빠는 우리 모두에게 가해자라 생각했고, 엄마는 피해자 코스프레를 하고 있다고 생각했어. 원인 제공을 한 그 여자를 내가 피하는 건 너무나 당연한 일이었고……."

"그런데 생각이 바뀌셨다?"

"혜진이가 그렇게 위험과 비난을 무릅쓰고 뭔가를 찾으려고 애쓸 때, 솔직히 난 뭐 했나 하는 생각이 들었어. 내가 유치하다는 생각이 들더라."

"사람마다 고통의 무게는 달라. 그걸 같은 저울에다 놓고 달 수는 없지."

"같은 저울?"

"사실이 그렇잖아. 너랑 혜진이 문제를 같이 비교할 수는 없어."

제현은 잠깐 침묵하다가 말을 이었다.

"어제는 새벽에 화장실 가다가 두 사람이 다투는 소리를 들었어. 여자가 울더라고."

"왜?"

"왜겠냐?"

"너랑 부딪친 적도 없다며?"

"그 여잔 차라리 나랑 싸우는 게 낫다고 생각했겠지."

"그래서 우는 소리를 들으니 마음이 아팠다고?"

"아니, 우는 소리 때문이 아니야."

"그럼?"

"시계 소리도 천둥처럼 들리는 그 고요한 밤에 두 사람 다투는 소리가 시계 소리보다 더 작았어. 엄마는 안 그랬거든. 엄마는 아빠랑 싸울 때 내가 잠이 들었든 깨어 있든 소리를 있는 대로 질렀거든. 비명을 지르기도 하고 악을 쓰며 울기도 했지. 그 여자는 숨을 삼키며 울었어."

"니가 들을까 봐 그랬겠지."

"그 여자 정말 싫었는데. 두 사람의 이혼이 오랜 불화 때문이며, 그 불화 끝에 그 여자로 인해 아빠가 사랑이란 걸 했다고 하더라도, 그런 어른들의 사랑 놀음 따위 이해하고 싶은 생각은 추호도 없었거든."

"그랬는데?"

"아까 병원에서도 그랬어. 그 할머니, 정말 지긋지긋하고 징글징글했거든. 이해가 다 뭐냐, 들으려고 하지도 않았지. 그런데 그 할머니도 그랬어. 정말 아픈 일이 있었더라고. 혜진이도 그렇고……. 그런데 난, 비난하고 원망하고 가출하고……. 아예 피해 버렸잖아."

"억지로 부모님을 이해하려고 하지 마. 시간이 필요한 일인 것 같아, 내가 보기엔."

침묵을 뚫고 현제가 다시 말을 이었다.

"지금 우리가 할 일을 하자. 그러니까 일단 병원에 가자고."

"우리가 혜진이한테 무슨 도움이 될까? 저번에 니가 한 말이 옳았는지도 몰라. 지금 혜진이한테 해줄 게 아무것도 없어."

"그땐 니가 너무 빠져 있어서 그랬던 거야. 네 주변도 좀 돌아보라는 뜻에서……."

"나도 모르겠다. 지금 뭘 해야 할지."

"그러니까 일단 병원에……."

"그 애가 혹시……."

"야, 그만해."

무슨 무서운 말이 나올까 봐 현제는 제현의 팔을 툭 쳤다. 바람 속에 간간이 묻어 있는 서늘한 습기가 뺨에 와 닿았다. 현제는 어깨를 움찔하며 제현의 팔을 끌고 버스에 올랐다.

버스 앞유리에 투명한 점이 툭툭 묻기 시작했다. 점은 점점 많아졌고, 운전기사가 와이퍼를 작동하자 큰 부채꼴 모양의 호가 그려졌다. 버스 창의 빗방울은 와이퍼의 운동 공간 속에서만 지워지고 있었다. 어쩌면 우리가 지도를 찾아다닌 곳도 버스 와이퍼의 공간 안인지 몰랐다. 누구나 눈앞의 공간만이 전부라고 생각하니까.

병원이 가까워져오니 비가 제법 많이 쏟아졌다. 그냥 맞고 갈 정도의 비는 아니었다. 버스에서 내리자마자 병원 앞 편의점까지 뛰었으나 티셔츠뿐 아니라 청바지까지 흠뻑 젖고 말았다. 편의점 바깥은 비의 커튼을 친 듯했다. 병원 입구는 뛰어가면 될 만큼 가까웠으나 현제는 우산을 하나 샀다. 여기서 더 젖은 채로 혜진을 봐서는 안 될 것 같았다.

혜진이 있는 병실은 3층이었다. 오혜진이라는 이름을 확인하고 병실 문을 열려는 순간 안쪽에서 들려오는 비명 때문에 둘은 잠깐 멈칫했다. 문을 열자 팔이 피투성이가 된 혜진이 보였다. 혜진은 엄마를 밀치고 바깥으로 나가려 하고 있었다. 제발, 제발 혜진아. 혜진이 엄마는 이 말만 되풀이하며 혜진의 손목을 붙잡고 있었다. 뼈만 남은 아이가 어떻게나 힘이 센지 엄마가 뒤로 밀릴 지경이었다. 제현이 얼른 달려가서 혜진의 어깨를 잡았다. 링거

바늘을 뽑고 팔을 휘둘러서 그런지 시트 여기저기에 피가 묻어 있었다. 현제와 제현 뒤로 간호사 두 명이 달려왔다. 간호사는 혜진을 침대에 눕히고 능숙하게 제압한 후 혜진의 팔에 주사를 놓았다.

"진정제예요. 어젯밤에 한숨도 못 잤으니 곧 잠이 들 거예요. 잠이 들면 혈관주사를 꽂을게요. 아주머니도 뭘 좀 드시고 힘을 내세요. 이러다 혜진이보다 먼저 쓰러지겠어요."

간호사가 혜진이 엄마의 팔을 가볍게 잡으며 걱정스러운 어조로 말하고는 방을 나갔다. 4인실이었지만 두 모녀의 싸움을 피해서 나갔는지 병실은 텅 비어 있었다. 혜진은 일어나려고 몸을 움찔거렸지만 기력이 다한 노인처럼 거칠게 숨만 쉴 뿐이었다. 오랫동안 물을 갈아주지 않아 산소가 부족한 수족관 금붕어처럼 혜진의 벌어진 입에서 힘든 숨이 뿜어져 나왔다. 덜덜 떨리는 두 손을 꽉 마주 쥐고 있던 혜진이 엄마가 그제야 정신을 차린 듯 현제와 제현을 올려다봤다.

제현의 얼굴이 빚진 사람처럼 움츠러들었다. 현제도 고개를 폭 숙였다. 진정제 기운이 퍼지는지 혜진은 곧 잠이 들었다. 침대의 난간을 꽉 쥐고 있던 혜진이 엄마가 문 쪽으로 눈짓을 했다. 복도로 나가자 혜진이 엄마가 한숨을 쉬며 말을 했다.

"비만 오면 저런다……. 오빠가 죽던 날, 비가 많이 왔었대."

"죄송해요, 아주머니. 아무것도 찾지 못했어요."

"차라리 다행이다. 교실에 뭘 그렸다고 경찰이 오지는 않겠구

나. 혜진이하고 이야기하려면 시간이 좀 걸리겠어. 지금은 혜진 이가 몸이 너무 안 좋아. 이야기할 정도로 몸이 회복되면 내가 연 락할게. 미안하다, 오늘은 이만 가는 게 좋겠다."

그렇게 말하는 혜진이 엄마도 금방 쓰러질 것 같았다. 눈은 움 푹 들어갔고, 혈관이 툭 불거져 나온 손등은 파르르 떨리고 있었 다. 인사를 하고 돌아 나오면서 제현은 혜진이 엄마의 시선에서 빨리 벗어나고 싶어서 현제의 팔을 끌고 비상구 계단으로 들어 갔다. 축축한 습기가 계단에 곰팡이처럼 퍼져 있었다. 눅눅한 공 기가 두 사람의 침묵을 더욱 무겁게 만들었다.

병원 밖은 아까보다 비가 더 세차게 쏟아지고 있었다. 옷이 이 미 젖기도 했지만 두 사람은 우산을 켜지도 않은 채 빗속으로 걸 어 나갔다.

보리찻물의 비밀

독서실에 갔다가 집에 들어갔을 때는 거실까지 불이 모두 꺼져 있었다. 평소 엄마는 현제가 집에 들어오기 전에는 집 안의 불을 끄지 않았다. 하지만 아빠는 엄마가 텔레비전을 보다가 소파에서 잠이 들면 거실 불과 텔레비전을 모두 꺼버렸다. 엄마를 깨운다고 해서 엄마가 방에 들어가서 자지는 않을 것을 알기 때문이었다. 현제가 들어오지 않았는데 불을 끄면 엄마는 아빠에게 화를 내곤 했다.

"당신 푹 자라고 그랬지. 그 잠깐이라도."

"애가 들어오면 얼마나 황당하겠어? 밤늦게 공부하고 들어왔는데 온 집이 캄캄하면."

"현제가 어린애야?"

그렇게 다투고는 다음번에 또 똑같은 문제로 싸웠다. 현제는 불이 꺼져 있으면 오히려 마음이 편했다. 간식을 먹는 일로 굳이 엄마를 보는 게 불편했기 때문이었다. 제현과 여행 약속을 지키지 못한 이후 지금까지 엄마와 편안한 관계를 유지하지 못했다. 중학교 때 있었던 가출 프로젝트까지 떠올라서 미운 마음이 불쑥불쑥 올라왔던 것이다. 엄마도 맘이 편하지 않았던지 현제가 오면 여전히 만두를 쪄주거나 라면을 끓여주면서도 늘 하던 잔소리를 메뉴에서 뺐다. 가끔 그런 엄마를 보면 마음이 무거웠다. 먹는 것으로 엄마를 협박하다니 정말 철부지 같다는 생각을 했으나, 그래도 자신의 진심을 너무나 몰라주는 엄마에 대한 원망이 완전하게 가시지는 않았다.

그때 사흘 동안 아침밥을 먹지 않고 등교했다. 제현처럼 집을 나가버릴 수도 없으니 어리석지만 그런 식으로 반항하는 수밖에 없다고 생각했다. 엄마는 이야기를 잘 듣지 않았고 상대방의 진심을 헤아리려고 하지 않았다. 거기다 아빠는 전적으로 엄마 편이었다.

굶는 것으로 대항하려 했던 일이 사흘을 넘기지 못한 것도 모두 아빠 때문이었다. 아침밥 보이콧 사흘째 되는 날, 현제는 아빠의 호출을 받았다. 야자를 하고 집으로 돌아오는 시간에 맞추어 아빠가 메시지를 보내온 것이다.

"아들, 얘기 좀 할까?"

아빠랑 같이 간 곳은 밤늦게까지 영업을 하는 분식집이었다. 현제는 아빠가 무슨 말을 할지 생각하느라 무슨 맛인지도 모르고 어묵과 떡볶이를 꾸역꾸역 삼키고만 있었다. 아빠는 어묵 하나를 먹고 냉수 한 잔을 시원한 맥주처럼 들이켰다.

"어, 시원하다. 아들, 맥주 한잔 하러 갈까?"

쿨한 척하기 좋아하는 건 아빠도 마찬가지다. 정작 맥주를 아빠 앞에서 벌컥대고 마신다면 기겁을 하고 잔을 뺏을 것이 틀림없었다. 현제는 입에 든 떡볶이를 얼른 삼키고 아빠를 보았다. 떡볶이 국물이 목구멍으로 넘어가면서 사레가 걸렸는지 기침이 났다.

"인마, 천천히 먹어."

기침을 하느라 눈물이 글썽해진 눈으로 현제가 아빠를 보았다.

"진짜 맥주 먹어도 돼?"

"니가 원한다면 얼마든지."

"엄마가 뭐라고 안 하실까?"

"뭐라고 하겠지. 하지만 아빠랑 같이 마시는 거니까 상관없을 것 같은데."

"치, 아빠는 엄마 못 이기잖아."

아빠가 껄껄 소리내어 웃었다.

"엄마가 좀 쿨한 척하긴 하지. 멋진 엄마이고 싶어 하고, 하지만 정작 닥치면 마음이 약해지는 아주 평범한 아줌마이기도 하고 말야."

현제는 여전히 자신의 눈치를 보는 엄마를 마주하는 것이 유쾌하지 않았다. 이런 어정쩡한 집안 분위기를 바란 것도 아니었다.

"아빠, 난 그런 게 문제가 아니라 가장 친한 친구가 어려울 때 아무런 도움이 못 되었다는 사실이 힘들었을 뿐이야."

"그래, 니 심정도 이해해. 하지만……."

"하지만 학교를 결석하는 건 곤란하다고?"

"엄마 아빠 같은 사람들에게는 좀 무리일지 몰라. 몇 십 년 동안 제도권 질서에 맞선 적이 없는 사람들에겐 더 그렇겠지."

"학교생활은 나한테도 중요해. 나는 사실 겁도 많고, 일탈이나 방황은 말만 그렇지 막상 주어진다고 해도 못 할 거야. 그래서 그 약속이 나에게는 더 중요했어."

아빠는 고개를 끄덕이며 아무 말 없이 물통의 물을 컵에 부어 또 한 번에 다 마셨다. 아빠가 고개를 저렇게 끄덕일 때는 상대방의 말에 동의를 한다는 뜻이 아니었다. 아빠는 지금 자신이 해야 할 말을 정리하고 있는 중일 터였다.

"니가 초등학교 4학년 때 반 친구와 싸웠던 거 기억나니?"

"민호 말이야?"

아주 사소한 싸움이었는데 민호가 현제를 먼저 한 대 치는 바람에 화가 난 현제가 민호를 밀쳤고, 뒤로 넘어진 민호가 책상 모서리에 머리를 박아 병원에 실려 간 적이 있었다. 그때 교실 바닥에 뚝뚝 흘러 떨어지던 민호의 피는 지금도 가끔 꿈속에 나타날 정도로 충격적이었다. 민호가 죽었을까 봐 그날 집에 돌아와 침대에서 이불을 뒤집어쓰고 벌벌 떨었던 기억이 생생했다. 엄마는 민호가 입원한 병원에 있다가 밤늦게야 돌아왔는데 방문을 열고 처음으로 현제에게 한 말이 '밥 먹어라'였다. 그 말을 듣고 현제는 민호의 피를 본 후 처음으로 엉엉 소리 내어 울었다. 밤늦게 와서 엄마가 후다닥 차린 밥상은 햄과 달걀프라이가 전부였다. 현제는 도저히 멈추지 않는 울음 끝을 앙 물고 밥을 먹었다. 밥을 먹으면서도 자꾸만 눈물이 흘렀는데, 엄마는 현제가 밥을 다 먹을 때까지 아무 말도 하지 않았다. 그다음 날 엄마는 현제를 데리고 민호가 누워 있는 병원으로 병문안을 갔다. 그때 버스 안에서 엄마는 처음으로 민호 이야기를 했다.

"실수라고 하더라도 남에게 피해를 준 일은 사과하고 용서를 빌어야 해. 고의가 아니더라도 분명히 그건 니가 책임져야 할 잘못이야. 민호 부모님과 민호에게 사과하고 용서를 빌어."

민호 엄마는 조금 쌀쌀해 보였지만 현제가 죄송하다고 고개를 숙이자 다음부터는 사이좋게 지내라고 말씀해주셨다. 민호는 일주일 뒤 머리에 붕대를 감고 등교했고, 붕대를 풀고 난 뒤에는 체육을 해도 좋을 만큼 회복되었다. 아빠는 그때 이야기를 하고 있는 거였다.

"그때, 엄마랑 아빠는 의견이 좀 달랐어. 물론 우리 아들이 밀어서 그렇게 됐고, 치료비도 전적으로 우리가 부담해야 하는 게 당연했지만, 원인을 제공한 쪽의 잘못도 있다, 우리가 죄인처럼 굴 필요는 없다고 했거든. 그때 너도 민호한테 맞아서 이가 흔들릴 정도였으니까. 다른 친구들 말로는 처음에 민호가 자꾸 너보고 어떤 여자애랑 사귄다고 놀렸고, 그 여자애가 울어서 니가 민호에게 따졌더니 그걸로 더 놀렸다고 하더라. 근데 성격이 급한 민호가 먼저 너를 때렸다고……. 아빤 그런 사정들을 다 무시하고 무조건 병원에 누워 있는 애만 보호 받는 상황이 이해되지 않았어."

아빠가 말하고 있는 당시의 일들은 사실이지만 현제는 민호의 피가 너무 선명했기 때문에 잘잘못을 따져야 한다고 생각하지 못했다.

"그런데 엄마는 달랐어. 아빠가 병원에 달려갔을 때, 민호 엄마 앞에 죄 지은 사람처럼 고개를 푹 수그리고 서 있더라. 수술실에서 나왔을 때부터 한밤중까지 그 자세를 풀지 않았어. 내가 집에 가자고 해도 막무가내였지. 그리고 그 애가 퇴원할 때까지 하루도 안 빠지고 병원에 출근하다시피 했어. 민호가 퇴원한 날, 엄마가 집에 와서 한 일이 뭐였는지 아니?"

현제는 묵묵히 떡볶이를 집어 먹었다. 아까와는 다른 이유로 무슨 맛인지 알 수가 없었다.

"보리찻물을 끓이더라. 늘 끓이는 물이긴 했지. 하지만 아빠는 생수를 좋아하잖아. 보리찻물은 니가 좋아했고……. 니가 입었을 마음의 상처를 치유해주고 싶다고 했어."

엄마는 현제가 아기 때 체해도 보리찻물을 먹이면 나았고, 설사를 해도 보리찻물을 먹이면 나았다고 늘 말하곤 했다. 이게 니 만병통치약이었어, 라고 하면서.

현제는 앞에 놓인 물을 마셨다. 분식집의 물은 생수였다. 보리찻물을 좋아했지만 생수를 싫어하는 것은 아니었다. 있으면 마시고 없으면 안 마셔도 그만이었다. 그런데 금방 마신 생수는 맛이 없었다. 갑자기 뭐가 걸린 것처럼 목이 꽉 메었기 때문이었다. 사흘간의 아침밥 단식투쟁은 다음 날로 끝이 났다. 그래도 밥은 밥이고 잘못은 잘못인지라 엄마를 선뜻 예전처럼 대하게 되지는 않았다. 엄마를 이해하지 못하는 것은 아니지만 그만큼 절박했던 자신의 마음을 몰라준 건 여전히 서운했다. 엄마도 마찬가지였다. 아빠한테 자초지종을 들었을 텐데도 엄마는 현제에게 먼저 말을 걸지 못했다. 아빠 말에 의하면 그랬다. 니네 엄마 아주 소심한 스몰 에이형이야. 그러면서 아빠는 뜸들이듯이 덧붙였다. 니가 먼저 손을 내밀었으면 좋겠다.

냉장고에는 보리찻물이 두 병 들어 있었다. 현제는 컵 가득 물을 따라 마셨다. 고소하고 시원한 물이 목구멍을 타고 흘러가자 병원에서 있었던 우울한 기분이 모두 씻겨 내려가는 듯했다. 뭘 좀 먹었으면 했으나 그리 배가 고픈 것도 아니어서 주방을 막 나오려는데 아주 고소한 냄새가 주방에 퍼져 있는 것을 알아차렸다. 아마도 현제가 오면 주려고 엄마가 준비한 모양이었다. 그러고 보니 가스레인지 위에 있는 냄비가 아직도 뜨거웠다. 뚜껑을 열자 구수한 냄새와 함께 뜨거운 김이 얼굴로 쏟아졌다. 전복죽이었다. 가끔 엄마는 현제가 아침밥을 잘 안 먹을 때면 밤에 전복죽을 미리 끓여놓곤 했다. 현제가 죽을 좋아하지 않는 것을 잘 알면서도 엄마는 꼭 비싼 전복이니 몸에 좋은 거라며 억지로 먹이려고 했다. 그럴 때마다 현제는 어린애처럼 화가 났다.

"내가 좋아하는 거 좀 먹으면 안 돼?"

물론 그럴 때마다 엄마도 가만있지 않았다.

"넌 엄마가 힘들게 해놨는데 그냥 좀 암말 않고 먹으면 안 되니?"

"한두 번도 아니고 내가 싫어하는 거 알면서 왜 꼭 이걸 먹으라고 하냐고!"

투닥투닥 실랑이 끝에 결국 현제는 전복죽을 먹었다. 그것은 대부분 엄마에게 꼬박꼬박 말대꾸하는 현제로 인해 화가 난 아빠의 비난을 피하기 위해서였다.

하지만 오늘 전복죽은 용도를 좀 달리해야겠다는 생각이 들었다. 현제는 교복 소매를 길게 늘어뜨려 전복죽 냄비 손잡이를 잡았다. 방으로 들어가 책상 위에 냄비를 올려두고 다시 부엌으로 나와 국자와 뚜껑이 있는 빈 통을 가지고 갔다.

전복죽을 보자마자 병원 침대에 파리한 얼굴로 누워 있던 혜진이 생각났던 것이다. 곧 쓰러질 것 같던 혜진이 엄마도 생각났다. 지금 담아서 책가방에 넣어놓았다가 내일 점심시간에 전해주면 될 것 같았다. 막 냄비뚜껑을 열고 통에 한 국자 담으려는 순간이었다. 소리도 없이 문이 열리는가 싶더니 눈이 휘둥그레진 엄마가 알 수 없다는 표정으로 현제를 보고 있었다.

"너 뭐 하니?"

"아, 배가 고파서……."

"니가 배가 고파서 전복죽을? 그것도 냄비째로?"

머리가 하얗게 된다는 것은 바로 이런 순간을 두고 하는 말일 것이다. 어떤 변명도 떠오르지 않았다. 어색했던 엄마와의 첫 대화가 이렇게 일방적으로 불리한 상황에서 이루어지다니!

"⋯⋯그건 빈 통이잖아."

현제는 들고 있던 국자와 통을 책상 위에 슬며시 내려놓았다. 그때까지 문 앞에 서 있던 엄마가 현제 옆으로 다가왔다.

"왜 전복죽을 거기다 담으려고 하는지 묻잖아."

"⋯⋯아픈 친구가 있어요."

"누구? 제현이가 아픈 거냐?"

"⋯⋯."

"제현인 지금 어디 있는데?"

"집에 들어갔어요. 아빠 집에."

"어디가 아픈데? 배탈 났니?"

"좀 아픈데⋯⋯ 새엄마하고는 말도 안 섞고, 밥도 안 먹고⋯⋯."

엄마가 말없이 고개를 끄덕였다. 잠시 후 엄마가 들릴 듯 말 듯 한 목소리로 말을 이었다.

"⋯⋯미안하다."

언뜻 엄마 눈가에 물기가 어린 것처럼 보였으나 현제는 아마 금방 잠에서 깨서 그럴 거라고 생각했다.

"엄마가 생각이 짧았어⋯⋯."

뭔가 말을 해야 한다고 생각했으나 아무 생각도 떠오르지 않왔다. 현제는 얼른 엄마의 시선을 피했다.

"죽이 아직 뜨거울 거야. 뜨거울 때 담으면 쉴 수도 있어. 엄마가 내일 아침에 담아줄게."

현제는 엄마를 보았다. 엄마의 얼굴이 벌겋게 달아올라 있었다. 현제의 여행을 쓰레기 취급하던 엄마가 엄마의 진짜 모습이라고 생각되던 때가 있었다. 그런데 지금 엄마는 그날과 같은 사람이 아닌 것처럼 보였다. 엄마는 뜨겁지도 않은지 맨손으로 냄비를 들고 냄비 위에 빈 통을 얹고 냄비 손잡이를 잡은 오른손으로 국자를 겹쳐 쥐고 현제의 방을 나갔다. 마치 슈퍼우먼 같은 모습이었다.

신의 계시가 오다

현제 엄마에게서 문자가 온 것은 학교 가는 버스에 막 올라 탄 무렵이었다. 모르는 번호였으나 문자 내용으로 봐서 현제 엄마가 틀림없어 보였다.

─제현아, 저번에는 아줌마가 많이 미안했다. 아프다는 말 들었어. 꼭 병원에 가고……, 죽은 넉넉하게 넣었으니까 저녁까지 나눠서 먹어라.

감사합니다. 답장을 하려다 말고 제현은 폰을 주머니 안에 넣었다. 죽이라니……, 속사정을 알 수 없었으나 학교에 가서 현제를 만나보면 알 일이었다. 궁금함이나 호기심 따위 숨기는 것쯤 아무것도 아니다. 매일 아침 서로에게 뭔가를 숨기는 일로 하루를 시작하는 공간에서 눈을 뜨다 보면 침묵이 얼마나 큰 역할을 하는지 알 수 있다. 화장실에 가고, 옷을 갈아입고 혼자 움직이는

새벽 공기 속에서 잠든 척 이쪽에 귀를 세우고 있을 15세 연상의
새엄마가 제현은 자꾸만 신경이 쓰였다. 오늘 아침에도 식탁 위
에는 랩으로 싼 수프 한 그릇이 놓여 있었다. 벌써 일주일째였다.
언제 끓였는지 수프는 식어 있었지만 완전히 차갑지는 않았다.
제현은 운동화를 신다가 말고 식탁 위에 놓인 그릇의 랩을 벗겨
내고 수프를 입에 대고 들이켜려다 그냥 두고 나왔다. 식어서 뻑
뻑한 수프는 입안에 잘 들어가지 않았고 식탁에 놓인 숟가락을
집기에는 귀찮았다. 아니 숟가락을 집기에는 너무 귀찮았다고
자신에게 말하고 싶었다. 다 먹은 빈 그릇으로 여자가 느낄 호의
가 싫었다.

교실에 가니 현제가 먼저 와 있었다. 현제의 얼굴은 계단을 걸
어 올라와서 그런 것과는 다르게 조금 흥분되어 보였다.

"야, 점심시간에 밥 빨리 먹고 병원에 가자. 이거만 주고 오게."

현제가 도시락을 들어 보였다. 아주머니의 문자 내용이 무슨
말인지 한눈에 파악되었다. 기동이 이게 뭐냐며 손을 뻗쳤지만
제현이 기동의 손을 꽉 잡았다.

"야, 이거 포이즌이야. 먹으면 죽어."

"그런 게 어딨어?"

"눈에 보이는 거 다 먹으려고? 이거 술이랑 비슷한 거거든. 너
이번에 또 이거 먹으면 끝이야."

"내가 술 먹은 걸 어떻게 알아? 그때 너 안 왔을 때잖아."

"내가 그걸 왜 몰라? 그 술도 내가 가져다 놓은 건데."

"헛소리하시네. 됐다, 됐어. 더러워서 안 먹는다."

옆에서 현제가 히죽히죽 웃었다. 현제는 사물함 안의 책을 모두 꺼낸 후 거기다 도시락을 넣었다. 기동이처럼 성가신 아이들의 질문을 피하려면 그 수밖에 없었다. 꺼낸 책을 제현의 사물함에 쑤셔넣고 나자 와글와글 한 무리의 아이들이 교실로 들이닥쳤다.

급식을 먼저 먹고 제현은 학교를 나섰다. 병원에 간다고 하자 담임은 순순히 다녀오라고 했다. 가끔은 일탈이 어른들을 긴장시키는지 아빠도 담임도 제현에게 예전보다 훨씬 관대해졌다. 도시락만 주고 얼른 온다고 해도 점심시간에 병원까지 갔다 오는 건 좀 무리다 싶었다. 담임한테 말을 하고 가야 5교시 수업에 늦더라도 뒤탈이 없을 것이었다.

"두 명이 똑같이 아프다고 하면 담임이 믿어주겠냐?"

"그건 그렇네. 그럼 어쩌지? 내가 갔다 올까?"

제현이 현제의 어깨를 툭 치며 말했다.

"죽은 니가 가져왔지만 생색은 내가 낸다. 내가 갔다 올게."

"왜?"

"누가 전해주든 무슨 상관이야."

제현은 도시락을 들고 뛰다시피 걸었다. 5교시 수업은 일어, 마녀 수업이었다. 현제는 수업 시간에 늦게 들어가서 야단맞는 일에 익숙한 아이가 아니었다. 가출 전력이 있는 제현이라면 설사 수업을 빼먹는다고 하더라도 신경 쓰지 않을 게 뻔했다. 더군다나 소주 사건 이후로 마녀는 교실 문을 들어서는 순간부터 쌀쌀맞고 무관심하게 아이들을 대했다. 어쨌든 제현이 가는 게 나았다.

혜진은 여전히 눈을 감고 있었다. 얼굴은 전날보다 더 파리해진 듯싶었다. 혜진이 엄마도 마찬가지였다. 푹 파인 볼 때문에 얼굴이 뾰족해져 보였다. 혜진이 엄마는 도시락을 받고 마른 얼굴에 눈물을 떨어뜨렸다.

"현제 어머니께서 싸주신 거예요. 꼭 드세요."

"어제는 지수도 왔다 갔어."

"지수가요?"

"응, 혜진이랑 한참을 이야기하다가 갔어."

"혜진이가 지수한테 말을 해요?"

"아니, 고맙게도 지수가 혼자서 말을 하는 동안 혜진이가 지수 눈을 쳐다보고 있었어."

지수 이야기가 나오자 혜진이 엄마 얼굴이 한층 밝아졌다.

"혜진이는 좀 어때요?"

"의사 선생님 말로는 기다리는 수밖에 없다고……. 그런데 현제 어머니께는 어떻게 감사의 말을 전해야 할지 모르겠네. 지수도 그렇고……. 정말 고맙다. 다들 이렇게 신경 써줘서."

"그냥, 끓이는 김에 조금 더 끓였다고 하셨어요."

혜진이 엄마가 제현의 손을 꼭 잡았다. 제현은 인사를 꾸벅 하고 병실을 나섰다. 혜진이 엄마의 등은 오늘따라 유난히 야위어 보였다. 오랫동안 견디고 억누른 감정이 늦은 가을의 낙엽 더미처럼 수북하게 쌓여 있는 것 같았다.

학교로 돌아왔을 때는 5교시 수업이 20분이나 지나 있었다. 마녀의 새된 목소리가 복도까지 카랑카랑하게 울려왔다. 제현이 뒷문을 열고 들어가 자리에 앉는데도 마녀는 눈길 한 번 주지 않았다. 현제가 뒤돌아보는 것을 보고 잠깐 말을 멈추기는 했지만 더 이상 이 반 아이들과 소모적인 시간을 보내지 않겠다는 듯 마녀는 수업을 계속했다.

저녁 급식을 하고 나자 반장이 긴급 전달이 있을 예정이라며 담임이 올 때까지 자리를 비우지 말라고 했다. 예체능계 학원 때문에 책가방을 메고 나가려던 몇몇 아이들이 투덜거리며 자리에 앉았다. 아이들이 경은을 보고 웅성거리기 시작했다.

"야, 무슨 일이야?"

"긴급회의래. 뭔 일인지는 나도 모르지."

기동이 환희에 찬 얼굴로 소리 질렀다.

"또 똥물 넘친 거 아냐?"

"와, 그럼 진짜 대박이겠다. 지금 집에 가는 거잖아."

집에 간다는 말에 아이들이 환호를 질렀다. 급기야 자리에서 일어나 서로를 잡으러 뛰어다니고 레슬링을 하는 아이들까지 생겨났다. 일과 시간 동안 태풍 속의 바다처럼 억눌려 있던 교실의 공기는 천장까지 올라가 뒤집혔다. 야자 시간이 시작될 무렵 앞문이 열리고 담임이 나타났다. 아이들이 빛의 속도보다 빠르게 제자리로 들어가 앉았다.

"사건이 터졌다. 사건이 아니라면 이건 신의 계시야."

담임의 첫 마디였다. 담임은 독실한 크리스천이었다. 교회에 간다고 하면 일요일 자습을 빼주는 유일한 교사이기도 했다. 담임은 신의 계시라는 말을 입시 준비에 허덕이는 아이들에게 곧잘 써먹곤 했기 때문에 그 말이 그리 놀랍지는 않았다. 하지만 그는 평소와 좀 달랐다. 아이들을 훈계할 때 나오는 그런 표정이 아니라 정말 신의 계시를 목격한 사람처럼 들뜬 얼굴을 하고 있었다.

너는 길 위에 꽃을 놓았어

초록색 옥상 바닥에 하얀 페인트로 그린 그림이 있다는 것, 그 것은 지도 같기도 하고 길 같기도 하지만 무수히 많은, 아주 정교한 선으로 이루어져 있다는 것, 이것은 신이 그린 어떤 지도일 수도 있고, 영화 「싸인」에서처럼 외계인이 만든 미스터리 서클인지도 모른다는 것.

"물론, 이것은 인간이 그린 그림이 틀림없다. 왜냐! 바로 하얀 페인트통과 붓이 옥상 구석에서 발견되었기 때문이다. 외계인이라면 페인트와 붓을 이용해서 그렸을 리 없겠지. 신이라면 더욱."

어디선가 킥킥거리는 아이들의 웃음소리가 들렸다. 담임도 자신의 농담이 재미있다고 생각했는지 피식 웃었다.

"자. 그렇다면 문제가 뭐겠나? 누가 이런 쓸데없는 짓을 했느

냐는 거겠지? 그것도 학교 옥상에다 말이다. 범인은 누굴까? 그
림은 언제 그렸을까? 무슨 목적, 무슨 의도로 그림을 그린 것일
까? 혹시 남침을 획책하는 북의 암호인가? 그림을 그린 자가 학
교 학생이라면? 외부자의 소행이라면? 무엇보다 만약 너희들 중
에 범인이 있다면 무단침입, 공공건물 훼손 외에 어떤 죄목을 추
가할 수 있겠나? 어쨌든 일단 범인을 밝혀야 하겠지? CCTV 등
자체 조사를 거친 후 처벌은 추후 결정할 거다. 지금 이 말을 하
는 이유는 조사 들어가면 곧 들통날 일이니 미리 신고하라는 거
다. 미리 신고하고 그저 단순한 낙서였다는 사실만 밝혀진다면
물론 경찰에 신고하지 않을 거고, 정상참작해서 가벼운 처벌만
내린다는 게 지금 학교의 방침이다. 알겠나?"

옥상 문은 자물쇠로 잠겨 있어서 아이들이 아예 올라갈 생각
도 못 하던 곳이었다. 아무도 자물쇠가 고장 난 채로 그냥 걸려
있는 거라고 생각하지 못했다. 옥상 그림은 3학년 영어 선생이
발견했다. 키가 크고 머리가 벗어진 그의 별명은 가로등이었다.
학생들 중에 그가 담배 피우는 모습을 보지 못한 아이가 없을 정
도로 그는 지독한 골초였다. 학교가 금연구역이 되고 나서 그는
늘 담배 피울 장소를 물색하고 다녔는데, 첫 번째 장소는 교정 한
쪽 구석의 지나치게 큰 느티나무 아래, 페인트가 다 벗겨져 누구
도 앉고 싶지 않게 생긴 낡은 벤치였다. 그의 손에는 늘 둥근 플
라스틱 껌통이 들려 있었는데, 아이들 말로는 그게 재떨이라고
했다. 그 벤치 주위에 둘러서서 시시껄렁한 농담을 나누던 아이

들은 간혹 가로등이 흘리고 간 니코틴 냄새를 음미하며 코를 쿵쿵거리곤 했다. 그랬던 그가 장소를 옮긴 것은 올봄이었다. 교정 전체가 금연구역이라는 한 학부모의 항의전화를 받은 후였다. 쉬는 시간 짧은 10분 동안 그는 헐레벌떡 교문 밖을 향해 뛰었고, 초조한 담배연기는 교문 밖 전봇대 옆에서 정신없이 피어올라야 했다. 하지만 교문 밖도 그를 그냥 내버려두지 않았다. 거기에는 여러 가지 이유가 있었는데, 무엇보다 쉬는 시간이 너무 짧았고, 건물과 교문 사이는 너무 멀었고, 금단증상보다는 호흡곤란으로 쓰러질 것을 염려해야 할 지경으로 그의 폐가 안 좋았기 때문이었다. 백방으로 탐색한 그가 알아낸 것은 옥상 문의 녹슨 자물쇠가 고장이라는 사실이었다. 직접 쭉 잡아 빼보지 않고 그럴싸하게 걸려 있는 모양새만 본다면 그 누구도 알아차릴 수 없는 사실이었다.

경비로부터 그 말을 듣고 그는 사람이 죽으라는 법은 없구나 하고 안도의 숨을 내쉬었다. 옥상도 물론 금연구역에 속했으므로 그는 혹시 아이들이 볼까 봐 사방을 둘러본 후 슬쩍 자물쇠를 벗겨내고 출입문을 열었다. 옥상에 첫 발을 내디딘 순간 그는 최초로 달에 발을 디딘 암스트롱처럼 엄청난 환희와 함께 이것이 인생의 어떤 도약의 조짐이 아닌가 하는 전율을 느꼈다고 했다. 그곳에서 그가 본 것은 초록색 바탕에 하얗게 그려진 무수한 실선이었다. 방수제 때문에 옥상 바닥이 초록색으로 칠해진다는 것은 이미 알고 있던 사실이었다. 처음에는 방수처리를 위해 금이 간 곳에 하얀 실선으로 페인트를 칠한 것인 줄 알았다고 했다. 그러나 그러기엔 지나치게 정교했고, 그림들 사이에는 흐르는 물줄기가 자연스럽게 연결되듯 뭔가 질서가 있어 보였다. 차마 벌어진 입을 다물지 못한 그는 결정적인 한마디를 내뱉었다.

"정말 아름답다."

그의 이 말은 전교로 빠르게 퍼져나갔다. 아이들은 그림에 대한 궁금증을 참지 못하고 옥상 주변을 기웃거리기 시작했다. 옥상으로 올라가는 계단 앞에는 무슨 사건 현장처럼 출입금지 라인이 쳐져 있었다. 아름다운 그림을 보고야 말겠다는 열망과 출입금지 테이프까지 등장한 사건 현장이라는 사실이 모의고사 시험지가 보관된 교무실 철제 캐비닛보다 더한 자극으로 아이들을 유혹했다. 새로 채운 자물쇠는 호기심 강한 누군가에 의해 절단기로 잘려졌다. 자물쇠 절단기는 아이들에게 그리 생소한 물건이 아니었다. 누군가가 훔쳐간 내 문제집이 들어 있을 사물함을 열기 위해 아이들은 문제집 값보다 비싼 절단기를 샀다.

CCTV에는 증거가 될 만한 영상이 정확하게 남아 있지 않았다. 사실 CCTV가 너무 오래된 나머지 화질이 좋지 않아 성별조차 식별되지 않았다. 학교는 범인이 잡힐 때까지는 옥상 그림을 해체하지 않는다는 방침을 세운 모양이었다. 해체하는 방법이야 너무나 간단했다. 다시 초록색 페인트를 칠해서 옥상 바닥을 덮어버리면 된다. 길은 덮고, 의혹은 묻어버리면 되니까.

일주일쯤 지나자 옥상 근처에라도 가면 가만두지 않을 것처럼 험상궂은 얼굴을 하던 교사들의 태도도 느슨해지기 시작했다. 그 그림이 북한의 지령이라거나 무슨 암호도 아니고, 외계인의 사인은 더더욱 아니며, 정교하게 그려진 도로 그림이라는 사실을 알아냈기 때문이었다. 도로와 도로가 만나고 이어지며 갈라지고 합쳐지는 지점을 그려놓은 지도는 누군가에게 꼭 필요한 것처럼 상세하고 구체적이어서 아름답다는 말이 나올 법하다고 아이들은 수군거렸다.

"아름답다, 나도 그 말에 공감한다. 처음 보는데 소름이 확 끼치더라니까. 와, 인간의 솜씨가 아니었어."

"맞아, 좀 비장해 보였지."

"난 좀 갑갑하더라. 숨이 막힐 것 같더라고."

"나는, 왜 길이 꽉 차 있는데, 텅 빈 것 같냐?"

"맞지? 나도 좀 슬퍼 보이더라."

아이들의 의견은 다양했지만 옥상 그림을 말하는 표정은 진지했다. 그 진지함은 간혹 점심식사 후의 오수를 물리칠 만큼 아이들에게 강렬한 것이었다.

담임은 일주일 동안 옥상 그림을 두고 협박을 쏟아냈지만 그 시간은 점점 짧아졌고, 급기야 오늘은 옥상에 대해서 아무 말도 하지 않았다. 교무회의까지 해가며 난리를 떨었던 일주일 전에 비하면 너무나 싱거운 결말이었다. 학교 측은 별다른 피해가 없으니, 괜히 경찰을 끌어들여 학교를 시끄럽게 만들 필요가 없다는 결론을 낸 모양이었다. 종례를 하고 나가면서 담임은 마치 까

먹은 게 이제 생각났다는 얼굴로 다음 주 중으로 옥상 바닥에 페인트칠을 하기로 했다고 말하고는 교실을 나갔다.

지수가 현제와 제현이 앉아 있는 자리로 건너와 낮은 목소리로 이야기했다.

"지워지면 안 되는 거잖아."

"그동안 우리가 상상도 못한 장소에서, 상상도 못한 대형 지도가 하루아침에 사라지는 거야?"

기동이 한마디 했지만 제현도 현제도 입을 다물었다.

지도를 지켜내야 한다, 옥상 그림을 지킬 수 있는 길은 없다, 우리는 힘이 너무 약하다, 누군가에게 도움을 청하자, 아니다 사실을 있는 그대로 털어놓을 수는 없다, 혜진이가 다시 상처 입을지도 모른다. 지난 일주일동안 현제와 제현이 나눈 이야기는 늘 같은 내용을 맴돌았다. 학교 측이 페인트 도색과 옥상 입구 CCTV 설치라는 결론을 내렸을 때, 그들에게는 어떤 해결책도 없는 상태였다.

옥상 문제가 새로운 국면으로 접어든 것은 절단기로 잘려진 자물쇠를 본 경비 아저씨가 잠그지 않은 자물쇠를 다시 걸어두기만 할 정도로 옥상 그림이 학교의 주목에서 벗어난 즈음이었다.

꽃을 발견한 사람은 지수였다. 지수는 혜진을 알게 된 후 틈만 나면 병실에 들르고 있었다. 어떤 반응도 보이지 않는 혜진에게 지수는 끊임없이 수다를 떨고 온다고 했다. 제현과 현제가 같이 가자고 하자 지수는 고개를 흔들며 말했다.

"여자들만의 비밀을 너무 깊게 알려고 하지 마."

"맨날 여자, 여자 하는 거 싫어하더니 웬일이냐, 여자들만의 비밀을 다 찾고."

"생리도 한번 안 해본 것들 입에서 여자, 여자 소리가 나오니 문제라는 거야. 알겠냐?"

지수는 병실뿐 아니라 매일 아침 옥상을 찾았다. 그날도 아침 일찍 학교에 와서 옥상부터 올라가보았는데, 그곳 길 위에 누군가가 놓아둔 하얀 국화꽃 한 송이가 있었다고 했다. 국화꽃 이야기는 점심시간이 되기도 전에 학교 전체로 퍼져나갔다. 별말이 없는 것으로 보아 교사들은 모르는 것 같았고, 아이들은 얼굴을 보면 꽃 이야기부터 했다. 그 꽃을 누가 가져다 놓았나가 아니었다. 하얀 국화가 의미하는 바를 아이들은 알고 있었다. 길은 그렇다면 추모의 의미인 거냐? 누가 그 길 위에서 죽었다는 말인가? 혹은 어떤 영혼이 그 길로 걸어온다는 말인 건가? 그렇다면 학교가 그 길을 지워도 되나? 여전히 아이들은 진지했고, 길은 마치 모두가 지켜내야 할 마지막 보루처럼 느껴지기도 했다.

다음 날 다섯 송이의 국화꽃이 길 위에 놓였다. 그다음 날은 전날보다 국화꽃이 더 많아졌다. 누군가 작은 화분을 가져다 놓은 것은 사흘째 되는 날이었다. 아이들은 그 화분을 놓고 간 사람이 분명 일어 마녀였다고 이야기했다. 옥상에서부터 흘러넘친 국화 향기가 학교 전체를 감싸기 시작했다. 교정에 만연한 향기는 아름다움과 슬픔이라는 모순된 감정을 불러일으켰다. 골초 가로등이 플라스틱 의자를 옥상에 가져다 놓았고, 가끔 그곳에 키 작은 나무처럼 앉아 있는 것이 눈에 띄었다.

그리고 페인트칠을 하기로 한 바로 그날, 아침부터 비가 내리기 시작했다. 늦가을 비였다. 가을비는 좀처럼 멈출 기미가 없었고, 마치 누군가의 눈물처럼 같은 속도, 같은 줄기로 지루하게 내리고 있었다.

국화꽃은 빗물에 젖어갔지만 그럴수록 더 생생하게 살아났다. 제현은 그 모습을 지켜보았다. 하루 종일 내린 비로 옥상은 아무도 찾지 않는 공간으로 변해버렸지만, 꽃들은 살아서 수런거리고 있었다. 제현이 제일 처음 꽃을 두었던 그 자리에 콘크리트를 뚫고 뿌리를 내린 것 같은 국화 한 송이가 세수를 한 아이의 뺨처럼 반들거리고 있었다.

비는 일주일 동안 내렸다. 그러는 사이 옥상은 학교 측뿐 아니라 아이들의 관심사에서도 멀어졌다. 입시가 보름 앞으로 다가와 있었고, 날씨는 유난스럽게 추워졌다. 영어 가로등 외에는 아무도 옥상을 찾지 않았고, 어느새 옥상 입구 출입금지 라인도 치워졌다.

이제, 길 잃지 마

제현은 시든 국화꽃을 담은 비닐봉지를 들고 집으로 갔다. 벌써 며칠째 아주머니는 제현이 들고 온 국화꽃에 대해 묻는 법 없이 처리해주었다. 아빠와 결혼했다는 이유로, 나이가 어리다는 이유로, 아니 그 어떤 이유도 없이 미워한 여자였다. 노력한다는 말도, 기다려달라는 말도 얼마나 서운했던가. 그 서운함은 여전히 가시지 않는다. 식탁 위에 차려놓은 빵과 수프를 먹고 과일을 몇 조각 씹으며 집을 나서면 상한 음식이라도 삼킨 것 같은 기분 나쁜 느낌이 하루 종일 가시지 않았다. 피할 수 없으면 즐기라는 말을 곱씹지만 즐기기는커녕 피할 곳이 없다는 사실에 절망할 뿐이었다. 밤에는 방으로 들어가 책상 위에 놓인 우유를 마시고 간식을 먹었다. 부딪치지 않기 위해서였다. 부딪치지 않기 위해 애쓰는 이런 행동들이 일상이 되어 익숙해진다면 여자와 같은 공간 속에 있다는 사실도 더 이상 낯설지 않게 되는 날이 올까, 그러다 가족이 되는 것일까, 라는 생각을 하다가 제현은 흠칫 놀랐다. 엄마가 생각나서였다. 엄마는 일주일에 한 번 정도 메일을 보내왔다. 원망과 자책과 후회와 또 가끔 분노를 느끼지만 조금씩 나아지고 있다는 내용이었다. 그리고 엄마는 항상 마지막을 이렇게 맺었다. 제현아, 사랑해. 우리 같이 살자. 제현은 한 번도 답장하지 않았다. 답장할 마음이 생기지 않았기 때문이었다. 아빠의 여자에게는 제현이 돌려받을 사과가 없었지만 엄마는 달랐다. '제현아, 사랑해'가 아니라 '미안해'라고 했어야 했다.

밤 11시가 넘어서야 집에 도착했다. 금요일이라 마음의 여유가 생겼는지 현제가 먼저 병원에 가보자고 했고, 보충수업과 야간자율학습까지 마친 뒤에 혜진에게 다녀오는 길이었다. 목이 부어오르고 감기 기운이 있어 쉬고 싶었지만 현제가 먼저 마음을 내준 것이 고마워서 아무 내색도 하지 않았다. 안방은 불이 꺼져 있었지만 거실에는 작은 불이 켜져 있었다. 거실을 채운 부연 불빛 속에 아주머니에게서 나던 로션 냄새가 배어 있었다. 처음엔 그 생소한 냄새가 역겨워 화장실에서 일부러 목구멍 안으로 손가락을 집어넣어 토하기도 했다. 이렇게 익숙해져가는 냄새가 두려웠다. 정수기에서 물을 한 잔 받아 먹는데 제현이 왔니? 하는 아빠 목소리가 들렸다.

"네."

그동안 거의 대답을 하지 않았다. 아빠 역시 한동안 제현의 기척에 대해 모른 척했다. 저 안방에서 두 사람은 제현의 대답을 듣고 오늘 밤 깊고 편안한 잠을 이룰지도 모른다. 화장실에 갔다가 방으로 들어가 전등 스위치를 누른 제현은 잠깐 방문 앞에 얼어붙은 듯 서 있었다. 깔끔하게 치워진 책상 위에 놓인 국화 한 다발 때문이었다. 하얀색이 아니라 노란색 국화였다. 몸에서 아지랑이 같은 미열이 올라왔다. 촘촘하게 채워진 가늘고 긴 꽃잎들이 제현의 뭔가를 건드린 게 틀림없었다. 원인을 알 수 없는 따뜻한 물기가 코끝으로 몰려들었다. 하루에 많게는 서너 개, 적게는 한 송이씩 시든 꽃들을 집으로 들고 왔다. 차마 쓰레기통에 버릴 수가 없어서였다. 식탁 위나 신발장 위에 놓아둔 꽃은 그다음 날 아침이면 어디로 사라졌는지 보이지 않았다. 그것을 태웠는지, 버렸는지 알 수 없으나 굳이 알아야겠다는 생각을 하지도 않았다. 제현이 매일 어딘가에서 시든 꽃을 가지고 온다는 사실이 저 노란 국화를 준비하게 했을까. 씻고 자리에 누웠지만 잠을 이룰 수 없었다. 제현은 불면의 이유가 죄책감이나 미안함은 아니길 바랐다. 아무래도 국화 향기 때문인 것 같았다.

제현이 눈을 뜬 것은 전화벨 때문이었다. 밤늦게까지 뒤척이다가 새벽녘에야 잠이 든 탓인지 시계는 벌써 11시가 넘어 있었다. 토요일이라도 자율학습이 있어 등교해야 했지만 가출에서 돌아온 후 담임은 제현에게 그야말로 자율성을 보장해주었다. 강요는 하지 않겠지만 그래도 너무 눈에 띄지는 않도록 해라. 빨리 니 마음이 제자리로 돌아오길 바란다, 생각지도 못한 배려인 것 같았지만 그건 배려가 아니라 타협처럼 보였다. 다시 가출하면 담임이 제일 골치 아파질 테니 말이다.

어찌 되었건 너무 늦게 일어났다고 생각하며 전화기를 찾는데 손이 저절로 침대 아래로 툭 떨어졌다. 온몸에 열이 오르고 힘이 없었다. 어제 혜진의 병실에 다녀올 때부터 열이 나긴 했는데 이 정도로 아프진 않았다. 몸이 침대 매트 아래로 녹아들어가는 기분이었다. 다시 전화벨이 울리기 시작했다. 제현은 무거운 몸을 일으켜 베개 밑에 있는 전화기를 꺼내 들었다. 현제인 줄 알았는데, 화면을 보니 모르는 번호였다. 목이 꽉 잠겨서 목소리도 제대로 나오지 않았다. 큼큼 목청을 가다듬으며 제현은 전화를 받았다.

"거기 이제현 학생 전화인가요?"

"네, 그런데요."

"여기 효 요양병원이에요. 학생한테 연락은 해야 할 것 같아서……."

직원은 어제 안경옥 할머니가 돌아가셨다고 했다. 목소리로 봐서 병원 사무실에서 만난 단발머리 누나인 것 같았다.

"돌아가셨다고요? 아니, 정말 돌아가셨다고요?"

"지난 토요일에 병원에 유난히 방문자가 많았거든. 옷을 갈아입고 있다가 방문자들 틈에 끼어 나가신 것 같아."

몰래 비상구로 내려가던 할머니는 뒤에서 쫓아오는 직원들 소리를 듣고 허겁지겁 내려가다가 그만 계단에서 굴렀다고 했다. 계단 모서리에 머리를 부딪치는 바람에 피를 많이 쏟았고, 병원에 옮겼지만 의식이 없는 상태로 일주일을 앓다가 숨졌다는 것이다. 전화는 끊어졌지만 제현은 여전히 전화기를 들여다보고 있었다. 전화가 오는 동안 세상에 엄청나게 큰 일이 벌어져서 제현은 도저히 그 일을 감당할 수 없는 지경에 이른 것 같았다.

"다시 찾아가겠다고 했는데."

제현은 신음하듯 읊조렸다. 할머니를 기어이 제 손으로 묻어버린 것 같은 참담한 기분이었다. 그곳에서 꺼내달라고 애원하던 할머니 모습이 떠올랐다. 으흐흑, 저도 모르게 울음이 터져 나왔다. 벽에 등을 기대고 앉았던 제현은 얼른 몸을 일으켰다. 빨리 할머니에게 가봐야 할 것 같았다. 방바닥에 발을 딛고 일어서려는 순간, 갑자기 눈앞이 부옇게 흐려지더니 벽이 핑그르르 돌았다. 쿵 소리를 내며 제현은 그 자리에 주저앉았다. 그때 방문이 열리고 아주머니가 들어왔다.

"괜찮니? 어디 아프니?"

정신이 혼미해지며 몸이 저절로 옆으로 쓰러졌다. 아주머니가 제현의 어깨를 잡았다. 겨우 눈을 떴는데 천장의 자잘한 꽃무늬들이 마구 바닥으로 쏟아지는 것 같았다. 제현아, 제현아, 이름을 부르는 소리가 멀리서 들렸다. 엄마가 보고 싶었다.

"엄마."

눈을 떴을 때는 병원 응급실이었다. 팔에는 링거가 꽂혀 있고, 아주머니가 옆에 앉아 핸드폰을 들여다보고 있었다. 제현은 이불 바깥으로 드러난 옷차림을 보고 화들짝 놀랐다. 어젯밤에 잠

자리에 들면서 분명히 티셔츠에 운동복 바지를 입고 있었는데 티셔츠도 바뀌었고 청바지에 양말까지 신겨져 있었다. 창피하고 부끄럽다는 생각에 눈을 질끈 감았으나 아주머니가 자신을 깨우고 병원에 가자며 자동차 키를 가지러 간 사이 있는 힘을 다해 옷을 갈아입었던 기억이 났다. 아픈 건 둘째고 순간적이었지만 아주머니가 옷을 갈아입혔다고 상상하니 정말 죽고 싶은 심정이었다. 엄마라면 그러지 않았을 텐데, 라고 생각하다가 제현은 입술을 깨물었다. 초등학생도 아니고 아직까지 엄마 타령이라니…….

"괜찮니? 정신이 들어?"

아주머니가 걱정이 가득한 눈으로 제현을 보며 말했다.

"몸이 안 좋으면 안 좋다고 말을 하지, 왜 말을 안 해……."

아주머니의 눈에 물기가 가득 차올랐다. 왜 나한테 저런 눈빛을, 이라고 생각하는 순간 당황스럽게도 저도 모르게 눈가가 촉촉해져와 제현은 얼른 눈을 감아버렸다.

아주머니는 집으로 가자고 했지만 제현은 장례식장에 가야겠다고 고집을 부렸다. 바쁜 해는 벌써 기울기 시작했고 바람은 제법 쌀쌀했다. 병원 주차장에서 지는 해를 잠깐 일별하던 아주머니가 제현의 겉옷 지퍼를 올려주며 고개를 끄덕였다. 제현은 흠칫 뒤로 한 발 물러섰다. 지퍼를 올려주는 그 행동이 너무나 자연스러워서 순간 당황한 것이었다.

"그래, 장례식장에 가자."

운전하면서 아주머니는 아무 말도 하지 않았다. 음악도 틀지 않고, 라디오를 켜지도 않았다. 제현에게 말을 걸지도 않았고, 무엇보다 할머니가 누구냐고 묻지도 않았다. 앞차가 늦게 출발해도 경적을 누르지 않았고, 신호가 바뀌어도 금방 출발하지 않았고, 과속방지턱을 지날 때도 천천히 지났다. 아주머니는 뒷좌석에 앉은 제현을 지나치게 배려하고 있었다. 장례식장 주차장에 들어가 주차를 했을 때에야 아주머니는 뒤를 돌아보며 말했다.

"기다리고 있을게. 갔다 와."

"아뇨, 그냥 가세요. 이제 열도 내리고 괜찮아요. 저는 그냥 버스 타고 갈게요."

"아냐, 오늘은, 오늘은 내가 기다릴게."

제현은 아무 대답 없이 차에서 내려 장례식장으로 들어갔다.

할머니의 빈소에는 요양병원 직원으로 보이는 두 사람이 방바닥에 앉아 있었다. 향내도 가신 빈소에 할머니의 사진만이 유령처럼 둥실 떠 있었다. 할머니 사진은 요양병원에서 찍은 사진을 확대한 것인지 눈 코 입이 뭉개진 듯 흐릿해 보였다. 그래도 할머니는 웃고 있었다.

제현은 두 사람에게 눈인사를 한 뒤 향을 피우고 절을 두 번 올렸다. 막상 할머니 얼굴을 보니 아까 전화를 받았을 때보다 슬프지 않았다. 흐릿한 얼굴로 웃고 있는 할머니 때문인지도 몰랐다.

"제현이지?"

요양병원 사무실에서 만났던 단발머리 누나였다.

"네……, 할머니가 실족하신 게 지난 토요일이라고 하셨죠."

"그래."

"그날이……."

지난 토요일은 10월 29일이었다. 제현은 할머니의 영정을 보고 다시 단발머리 누나를 보았다. 할머니의 어린 아들이 죽은 날짜가 10월 29일이라고 하지 않았나? 그날 할머니는 다시 과거의 시간으로 돌아갔고, 아들을 구하기 위해 달려갔던 것일까. 누나도 같은 짐작을 했는지 제현이 잇지 못하는 다음 말을 채근하지 않았다.

"오후에 먼 친척 되는 사람이 오기로 했어."

묵묵히 할머니 얼굴을 보던 제현은 핸드폰 케이스에 달려 있는 나침반을 빼서 영정 앞에 놓았다. 목구멍 안쪽이 뜨듯해지며 다시 미열이 올라왔다.

"아들 잘 찾아가……."

제현은 요양병원 직원들에게 인사를 하고 장례식장을 나왔다. 날씨는 차가웠지만 금빛 석양은 눈이 부셨다. 죽음의 강을 건너는 사람들과 어울리지 않는 화려한 차림을 한 여자 둘이 깔깔거리며 자동차에서 내렸다. 여자들은 왠지 이승의 사람들이 아닌 것처럼 비현실적으로 느껴졌다. 이곳이 정말 내가 사는 세상이 맞는 걸까, 문득 밀려드는 외로움에 제현은 추운 듯 어깨를 떨었다. 그때 회색 카디건을 걸친 키가 작은 여자가 천천히 제현을 향해 다가오는 것이 보였다.

"가자."

제현은 아주머니의 얼굴을 보았다. 아주머니의 정수리 쪽 머리카락에 실밥 같은 것이 묻어 있었다. 언젠가는 저런 것을 아무렇지도 않게 떼어줄 날이 올까.

"제현아, 아무래도 이 말을 해야 할 것 같아."

망설이는 아주머니에게서 노란 국화 향기가 났다. 고개를 숙인 채 툭툭 땅바닥을 발로 차는 아주머니의 이마가 붉게 변했다.

"나…… 임신했어. 미안해."

제현의 목구멍 안쪽에서 헉 하는 소리가 튀어나왔다. 아주머니는 정말 미안한 표정이었다. 그 미안한 표정이 미안하면서도 보기 싫었다. 바다 한가운데서 오로지 혼자 표류하고 있는 것처럼 막막한 기분이었다. 이제는 돌이킬 수 없는 일인가, 온갖 생각이 머릿속을 빠르게 휘저었다. 순간 제현은 자신의 어처구니없는 생각에 헛웃음이 나왔다. 예전처럼 싸우더라도 엄마 아빠가 함께 살 수 있을 거라는 희망을 품고 있었단 말인가. 어린애 같고 바보 같고 멍청하고 어리석은 생각이었다. 좀 전에 자기도 모르게 튀어나온 헉 소리가 미안해서 제현은 고개를 끄덕였다.

"아니에요."

'축하합니다'도 '괜찮아요'도 아니고, 뭐가 아니라는 말인가…….

"진짜 좋은 엄마가 되고 싶어. 이 아이에게도, 그리고……."

아주머니는 말을 더 하려다가 말고 '차가 많이 밀리는구나' 하고 혼잣말을 했다. 집으로 가는 8차선 도로는 2차선만 개방해놓은 상태라 차가 엄청 밀렸다. 운전자들은 도로에 선 사람들과 같은 생각을 공유한다는 듯 엉금엉금 거북이걸음을 하면서도 경적을 울리거나 빨리 가자고 재촉하지 않았다. 아주머니는 자주 뒤를 돌아보며 제현에게 괜찮은지 물었다. 밥을 먹고 약을 먹어야 하는데, 라고 세 번쯤 중얼거렸다.

"천천히 가요, 괜찮아요."

도로에는 촛불을 든 사람들이 가득 모여 있었다. 요 며칠 사이 언론에서, 친구들 사이에서 듣고 보았던 이야기들이 도로 가득 흘러넘치고 있었다. 대통령의 비선실세가 드러나면서 국정이 그들의 손에 의해 좌지우지되었다는 사실이 밝혀졌고, 협잡과 비리로 얼룩진 국정에 분노한 국민들이 촛불을 들고 거리로 뛰쳐나온 것이었다.

나랑 갈래

지수는 듣고 있던 이어폰 한쪽을 혜진의 귀에 꽂아주었다. 가수 곽진언의 〈나랑 갈래〉라는 노래였다.

햇살 따듯한 날에 나랑 여행 갈래
다신 안 돌아오게 아주 먼 곳으로

노래가 끝나자 멍한 눈으로 천장을 보고 있던 혜진이 지수와 눈을 맞추었다. 검은 마스크 아래 혜진의 창백한 얼굴이 종잇장처럼 얇아 보였다. 아무 반응이 없던 혜진이 오늘은 지수의 손을 잡았다. 지난번 처음으로 혜진이 지수에게 말을 붙여왔다. 막 병실을 나가려는 지수를 향해 언니, 라고 불렀고, 지수가 손을 흔들자 고마워, 라고 말한 것이다. 혜진의 반응이 너무 고마워서 지수는 다시 침대로 돌아와 혜진 옆에 앉았다. 혜진이 엄마도 깜짝 놀란 눈치였다. 오늘은 지수가 들어오자 혜진이 많이 좋아졌다며 잠시 집에 다녀와도 되겠다고 말씀하실 정도였다.

"다, 너희들 덕분이다. 얼마나 고마운지 모르겠다. 처음으로 친구가 생긴 것 같나 봐. 어제부터 밥도 먹기 시작했어."

혜진이 이어폰을 빼고 손으로 만지작거리며 다시 언니 하고 불렀다.

"언니, 오시리스와 이시스 이야기 알아?"

"그리스 신화 말하는 거니?"

지수는 혜진이 공책에 썼다는 오시리스와 이시스 이야기를 제현에게 들어서 알고 있었다. 예전에 읽은 이야기였으나 제현의 이야기를 듣고 다시 한 번 찾아 읽었다. 혜진이 흩어져 있는 오빠의 토막들을 찾고 있다고 생각하자 도와주고 싶다는 생각이 들었다. 그 슬픈 토막들을 같이 찾아주고 싶었다. 어떤 방법이든 도움이 되고 싶었다. 그래서 생각한 것이 혜진에게 같은 여자로 이야기를 들려주는 것이었다. 혜진을 만나러 오면서 처음으로 지수는 여자로서 할 수 있는 일이 있다는 사실에 감사했다. 여자가 어쩌고 하는 말을 제일 싫어했는데, 여자라서 할 수 있는 일을 찾은 것이었다.

"나는 그동안 오빠가 찾아올 길을 그리고 있었어."

"걱정 마. 이시스처럼 니가 오빠를 부활시킬 거야."

"내가 그럴 수 있을까? 난 이렇게 누워 있는데?"

"이미 오빠가 니 옆에 와 있을 거야."

"어떻게?"

"어떻게든."

"오빠는 나보고 나무에 앉은 새 같다고 했어. 재잘거린다고. 시끄러운 새 같대."

그때 두 사람이 마주 보고 웃었다. 말을 시작하자 혜진은 학교에서 만나는 보통의 여자아이들과 똑같았다. 자폐가 있다고 한 혜진이 엄마 말이 믿기지 않을 정도였다.

"맞아 혜진아, 너는 새 같아. 하얗고 가느다란 새. 하지만 날갯짓을 할 땐 아주 힘차게 하늘 멀리 날아오를 수 있는 새."

"언니는 어떤 새야?"

"나는 섹~시한 새. 호호호."

혜진이 깔깔 소리 내어 웃었다.

"기동이 오빠 같은 사람은 무거워서 날 수 없겠네."

지수는 혜진의 입에서 기동이라는 이름이 나온 것을 듣고 깜짝 놀랐다. 혜진은 기동을 한 번도 본 적이 없었다. 다만 그동안 지수가 혜진에게 기동의 이야기를 들려주었을 뿐이다. 지수는 주말은 물론이고 평일에도 가끔 야자를 빼먹고 혜진을 보러 왔다. 혜진이 가만히 누워 눈을 감고 있어도 지수는 옆에 앉아 끊임없이 친구들 이야기를 하며 종알거렸다. 그러다 며칠 전에 처음으로 혜진이 언니라고 불렀고, 오늘 이렇게 이야기를 시작한 것이다.

"기동이가 알면 심술부릴걸."

"제현이 오빠는 뱁새 같을 거야. 뻐꾸기 새끼를 키워주는 뱁새 말야. 뻐꾸기 새끼를 키우느라 자기 알이 떨어지는 줄도 몰라."

"그렇지 않아. 제현이가 나한텐 얼마나 치사한 줄 아니?"

"그건 장난이잖아. 나도 오빠랑 그런 장난 많이 했어."

"아……, 그래?"

오빠 이야기를 하면서도 혜진의 눈은 어둡지 않았다. 아이가 늘 슬프고 우울할 거라 지레짐작한 자신이 미안할 정도였다. 검은 마스크를 벗으면 활짝 웃고 있는 혜진의 미소를 볼 수 있을 것 같았다.

"현제 오빠는 어떨까?"

"글쎄, 현제는 아마 가장 까칠한 새일걸."

"그렇지 않아. 언니한테만 까칠한 거지."

"그러니까 왜 나한테만 까칠한 거냐고. 못된 자식."

"그것도 몰라?"

"그럼 너는 아니?"

"좋아하니까 그런 거야. 언니도 현제 오빠 좋아하잖아. 처음에 우리 오빠가 나한테 그랬거든. 표시 다 나는데 안 그런 척 까칠하게."

"……"

"오빠는 언제 내 앞에 나타날까."

결국은 또 혜진이 오빠 이야기로 돌아갔다. 지수는 혜진의 손을 도닥도닥 두드려주었다. 병든 아이라고 생각했는데, 알고 보니 혜진은 그냥 지수 또래의 아이였다. 언니라고 부르고 있지만 어쩌면 나이도 같을지 몰랐다.

"언니, 금방 그 노래 다시 듣고 싶어."

지수는 이어폰을 혜진의 귀에 꽂아주었다. 지수의 손 위에 있는 혜진의 오른쪽 검지 손가락이 리듬을 따라 까딱까딱 움직였다. 지수도 음악을 들을 땐 오른쪽 검지 손가락을 움직였다. 문득 지수는 가슴이 뭉클해졌다.

나랑 갈래
나랑 갈래
나랑 갈래
나랑 함께 가지 않을래

어느새 혜진이 허밍으로 노래를 따라 부르고 있었다. 나지막한 혜진의 목소리가 마치 제사를 지휘하는 이시스의 낮은 휘파람 소리 같다고 지수는 생각했다.

별이 된 사람

혜진은 잠시 망설이는가 싶더니 계단을 올라섰다. 한밤중에
저 혼자 몇 번이나 올랐을 계단인데도 그동안 병원에서 체력을
많이 소모한 탓인지 한 칸 오를 때마다 숨이 거칠었다.

오늘 목표는 혜진을 무사히 옥상에 데리고 가는 것이었다. 일
요일이지만 자율학습 감독 교사가 있었고, 맞닥뜨리면 괜히 불
필요한 일이 벌어질지도 몰랐다. 경은은 교실과 복도에서 선생
님들의 수상한 낌새가 보이면 전화를 해주겠다고 했다. 계단참
을 돌 때마다 척후병을 맡아 앞서 가고 있는 현제와 기동의 얼굴
이 보였다가 사라졌다. 혜진은 3층을 지나는 계단참에서 잠깐 숨
을 내쉬었다. 지수는 혜진의 팔을 잡은 손바닥을 펼쳤다 오므리
기를 반복했다. 손바닥 안의 가느다란 팔이 조금이라도 세게 잡
으면 톡 부러질 것 같았다.

지도를 발견했고, 곧 지워질 것 같다며 제현이 혜진이 엄마를 찾아간 것은 어제 저녁때였다.

"혜진이에게 그 지도를 보여주면 어떨까 해서요."

"안 돼. 혜진인 한 번도 밝은 날 지도를 본 적이 없어. 직접 마주한다면 견디지 못할 거야. 혜진인…… 오빠가 그 길로 돌아오기를 바라. 오빠가 올 수 없는 그 길을 눈으로 직접 본다면 더 큰 상처가 될지도 몰라."

"하지만 언제까지고 숨기기만 하실 건 아니잖아요. 그렇게 해서는 아무것도 해결이 안 된다고 저는 생각해요."

"미안해, 난 혜진이가 더 상처 입는 건 못 봐."

"혜진이도 많이 좋아졌잖아요."

"늘 반복되어왔어. 저러다 나빠지는 거 금방이야."

혜진이 엄마의 굳은 얼굴은 다시는 입을 열지 않을 사람처럼 단호했다. 찜질방에서 처음 보았을 때 눈물을 흘리며 도와달라고 애원하던 혜진이 엄마를 떠올렸다. 자신이 어떤 도움을 주기를 바라는 것일까……. 제현은 혜진이 엄마에게도 정확한 해답은 없을지 모른다는 생각이 들었다. 어떤 것이 정답인지 혜진이 엄마도 모르는 것이다. 순간, 그녀가 진심으로 혜진을 위하는 것이 아니라 돌보는 사람으로서 책무를 다하고 싶은 것이 아닐까하는 의구심이 들었다. 제현은 정말 알고 싶었던 것을 물어보고 싶었다.

"사실 아주머니 친딸도 아니잖아요. 왜 이렇게까지 하세요?"

혜진이 엄마의 눈동자가 물 위에 뜬 배처럼 흔들렸다. 짧은 순간 미간에 잡힌 주름이 펴지더니 혜진이 엄마가 제현을 바라보았다. 따뜻한 눈동자였다.

"제현아……. 엄마란 그런 거야. 내가 직접 낳고 안 낳고는 중요하지 않아. 엄마는 내 아이를 만나는 순간부터 시작되는 거야."

엄마……. 제현은 입속으로 그 말을 가만히 중얼거렸다. 물기 어린 눈을 감았다가 한참 만에 뜬 혜진이 엄마가 결심한 듯 제현을 보며 말을 이었다.

"고맙다, 정말 고마워……. 너희들 모두. 지수도 너무 고맙고……. 그래, 어디에도 정답은 없을 거야. 어떻게 하는 게 좋겠니? 네 생각은 어떤데?"

"저, 저는…… 물론 혜진이가 스스로 일어서야 하는 일이지만…… 제 생각엔 자신이 그린 지도를 마주하는 것부터 시작해야 한다고 봐요."

"마주한다……."

"……우리가 도와줄 수 있어요."

혜진이 엄마는 한동안 아무 말도 하지 않았다. 잠시 후 혜진이 엄마는 제현의 손을 꼭 잡았다 놓으며 다시 연락하마, 하고는 병실로 들어갔다. 그리고 오늘 아침에 제현에게 먼저 전화를 걸어왔다.

"지도 이야기를 했더니 혜진이가 어제는 밥 한 그릇을 다 먹었

어. 오늘 아침엔 일어나자마자 나한테 묻더라. 지도가 그대로 있
냐고, 지워지지 않았냐고…….”

수능은 다음 주 목요일이었다. 수능이 끝나면 우천으로 인해
그동안 잊고 있었던 옥상 도색을 서두를지 몰랐다. 그러면 이번
주 토요일이나 일요일밖에는 시간이 없는 셈이었다. 제현은 현
제와 기동, 지수를 불러 혜진의 옥상 진입에 대해 의논했다. 모두
대찬성이었다. 병원에서 혜진을 데리고 오는 일은 지수와 제현
이 맡고, 진로를 확보하는 일은 기동과 현제가 맡았다. 혜진이 엄
마까지 오면 아무래도 눈에 띌 것 같아 아이들끼리만 움직이기
로 했다.

택시 안에서 혜진은 입고 있던 주황색 파카를 벗고 모자가 달
린 검정색 점퍼를 입었다. 눈에 띄지 않는 색이 좋을 것 같아서
지수 동생에게 빌린 옷이었다. 마치 중요한 의식을 행하기 위해
제복을 입는 사람처럼 혜진의 표정은 진지했다.

옥상 문은 활짝 열려 있었다. 재바른 척후병들이 열어놓은 게
틀림없었다. 옥상은 어제까지 내린 비로 젖어 있었고 군데군데
물이 고여 있는 곳도 있었다. 하얀 국화가 비를 맞은 채로 서너
송이 바닥에 뒹굴고 있었다. 며칠 동안 지루한 가을장마가 계속
되면서 학생들은 자연스럽게 옥상을 잊어갔고, 더 이상 국화꽃
을 새로 갖다놓는 사람도 없었다. 우산을 쓰고 담배를 피우는 영
어 가로등의 뒷모습을 가끔 볼 뿐 옥상은 그 누구의 시선도 끌지

못한 채 물속으로 고요히 가라앉고 있었다.

길은 옥상 문에서부터 시작되었다. 길은 이어지고 갈라지고 돌아나가고 휘어졌다. 옥상의 반을 넘어 3분의 2를 차지하고 있는 길은 복잡하게 뒤엉켜 있는 것 같았지만 들고 나는 곳이 명확했다. 녹색 바탕 위의 하얀 길은 선명하고 한눈에 보아도 전문가가 그렸다고 느낄 정도로 자세했다. 물론 아이들은 그것이 길이라는 것만 알 뿐 대한민국의 도로 어디를 그린 것인지 알아내는 것은 불가능했다. 하지만 길을 잃은 자가 있다면 그곳이 어디든 찾지 않을 수 없는 친절한 지도였다. 정확함과 선명함은 빗물로 인해 더욱 도드라졌다.

자신의 그림 앞에 선 혜진의 눈이 가늘게 떨렸다. 얼굴을 반 이상 덮은 검은 마스크에도 그동안 햇볕을 못 봐 더욱 창백한 피부를 감추지는 못했다. 아직 어두워질 시간이 아닌데 숲으로부터 어두운 공기가 밀려들었다. 그 어둑한 공기 속에 흔들리던 혜진의 몸이 서서히 진정되고 있었다. 얼굴이 조금씩 평화로워졌다. 무수히 많은 폭력 앞에서 부대끼며 흔들리느라 죽음과 삶의 경계를 드나들었을 얇은 몸이 길 위에 섰다. 그 모습은 단단하고 고집스러워 보이기까지 했다.

제현은 들고 있던 검은 비닐봉지 안에서 어제 새로 산 노란 국화를 꺼내 혜진의 손에 쥐여주었다.

"혜진아……."

지수가 혜진을 불렀다. 혜진의 손에 들린 국화꽃이 바르르 떨렸다. 혜진아, 지수의 목소리가 숲으로 울려 퍼질 듯 웅웅거렸다. 정말 그의 혼이 이곳에 온 듯한 느낌에 아이들의 얼굴에 소름이 돋아났다.

혜진이 길을 따라서 걷기 시작했다. 작은 발자국을 옮기는 혜진의 몸은 금방이라도 쓰러질 것 같았지만 계단을 오를 때처럼 흔들리지 않았다. 혜진은 자신이 그린 길을 따라 발끝을 꾹꾹 누르며 몸을 옮겼다. 마치 진혼굿을 하는 무당처럼 리듬감이 느껴지는 몸짓이었다. 혜진이 밟고 지나간 자리에 남은 빗물들이 영혼의 울림처럼 조금씩 떨리고 있었다.

"혜진아,"

이번엔 제현이 혜진을 불렀다.

"함수 같은 거지. 니가 길을 대입했고, 오빠가 찾아왔어. 이제 너는 더 이상 오빠를 걱정하지 않아도 돼."

제현의 말을 들은 혜진이 비틀 몸을 휘청거렸다. 제현이 팔을 잡으려고 했지만 혜진은 가볍게 제현의 팔을 뿌리쳤다. 그리고 한 발 앞으로 내딛었다. 처음으로 혜진이 말문을 열었다.

"꿈속에서 오빠가 그랬잖아. 내가 그린 길은 한 번에 알아볼 수 있다고……"

옥상에 침묵이 흘렀다. 바람 소리와 먼 데서 들려오는 자동차 소리들을 모두 삼켜버릴 침묵이 사람과 길 사이에 흐르고 있었다. 혜진이 스르르 미끄러져 길 위를 이동했고, 그동안 내린 비로 이 고통을 잠재우기는 아직 어림도 없다는 듯 뚝뚝 한두 방울씩 빗방울이 들었다. 갑자기 걷는 저 아이가 길 어딘가로 사라져버릴 것 같아 모두의 마음이 조급해져왔다.

"건이 오빠, 건이 오빠……."

노란 국화 한 다발이 무거운 듯 혜진이 길의 어느 지점에 꽃을 놓더니 그 자리에 털썩 주저앉았다. 지수가 얼른 달려가 혜진을 안았다. 옥상 문에 기대어 있던 기동과 현제가 뛰어나왔지만 제현은 아이들을 잡았다. 어흑 하는 신음과 함께 혜진이 소리 내어 울기 시작했다. 문득 제현은 얼마 전 국어 시간에 배웠던 연암 박지원의 『열하일기』 중 한 대목이 생각났다. 중국의 드넓은 광야 앞에 선 연암이 그곳을 일러 통곡하기 좋은 울음터라고 했다는 말이었다. 물론 연암은 광활한 세계를 만난 기쁨에서 터뜨린 말이었을 테지만 제현은 그 말을 듣는 순간 통곡하기 좋은 울음터라는 표현이 가슴에 들어와 박혔다. 어쩌면 혜진은 그동안 마음 놓고 통곡할 곳을 찾아서 그렇게 헤매었을지 모른다는 생각이 들었기 때문이다.

"건이 오빠가 왔다 간 거야? 건이 오빠가?"

혜진은 그렇게 울고 있었다. 난생 처음으로 통곡할 자리를 찾은 사람처럼 엉엉엉 목 놓아 울었다. 혜진의 오열이 옥상의 길 위로 퍼져나갔다. 지수가 긴 팔로 혜진을 안아주었다.

"혜진아, 오빠는 이제 별이 되었어. 어디서나 너를 보고 있을 거야."

지수가 혜진을 부축해 일으켰다. 바지가 온통 젖어 있었다.

"혜진이가 그린 길은 아주 멀리서도 볼 수 있으니까……, 건이 오빠가 그 길을 찾아온 거야. 건이 오빠는 이제 길을 잃지 않을 거야."

제현이 등을 내밀었고 아이들이 혜진을 제현의 등에 업혔다. 옥상 문을 열고 혜진을 추어올리며 제현은 다시 뒤를 돌아보았다. 노란 국화가 마치 빛을 받은 전등처럼 하얗게 빛나고 있었다. 산에서 차가운 바람이 불어왔다. 바람은 얼굴을 스치며 머리카락을 자꾸 헝클어뜨렸다. 아픈 동안 손질하지 못한 혜진의 긴 머리카락이 몸살 난 사람처럼 뒤척였다.

"건이, 건이 오빠……."

혜진의 목소리가 동굴 속을 지나온 것처럼 웅웅거렸다.

그저 미친 마음뿐이었으니까

오빠, 건이 오빠. 오빠는 정말 길을 찾은 거야?

그리고 나에게 온 거야?

이시스가 뷔블로스에서 열네 조각 토막 난 오시리스의 시체를 찾았
을 때처럼

내가, 이 혜진이가 건이 오빠를 찾은 거야? 오빠, 건이 오빠.

흩어진 열네 개의 조각난 살들을 모아 장례를 치르면 다시 살아나
는 것처럼

건이 오빠도 다시 부활한 거야? 응, 건이 오빠?

그 긴 세월 동안 어둠과 추위와 공포와 외로움의……,

이제는……, 그 긴 터널을 빠져나온 거야.

열네 조각의 살을 찾아 다시 부활한 거야?

사람들은 내가 미쳤다고 했어. 그래, 나는 미쳤지. 어찌 미치지 않고 오빠를,

그 어둡고 차갑고 외로운 고통 속에 빠져 있는 오빠를 건져 올릴 수 있겠어?

나는 어두운 밤에 그 학교 옥상으로 올라갔어.

낮에 그들이 그 학교로 올라가는 것을 봤어.

꼭 저들 속에 건이 오빠도 있을 거라는 믿음이 있었어.

아니 그 학교의 모든 오빠들이 또 다른 건이 오빠들일 거라 믿었어.

깊고 깊은 밤에……, 아무도 없는 오직 검은 어둠뿐인 밤에,

나는 그 옥상으로 올라가 무작정 길을 그렸어.

그리고 또 그리고,

서투르고 조잡한 길을 미친 듯이 그렸어. 내가 할 수 있는 건 그것뿐이었으니까.

그저 간절한 그리움뿐이었으니까.

그저 미친 마음뿐이었으니까…….

그런데 아아 건이 오빠. 오빠가 이제 정말 혜진이에게 온 거야?

노란 국화꽃을 들고

건이 오빠, 정말 나에게 온 거야? 아아, 건이 오빠.

브아시티오아와!

수능날은 목요일이었다. 수요일 예비소집일이 되자 학교는 오
전에 수업을 마쳤다. 동하고등학교 역시 수능 시험장이기 때문
이었다. 아침 방송에서 교무부장은 원칙적으로 후배들의 새벽응
원은 금지라고 말했다. '원칙적으로'. 아이들은 물론 이 말에 주
목했다. 학교 측에서 마음대로 교육청의 지시를 무시할 수는 없
다, 그러므로 너희들이 알아서, 적당히, 말이 나오지 않을 만큼
해라, 대충 이런 뜻이라는 걸 알 만한 아이들은 다 이해했다. 담
임 역시 마찬가지였다.

"시험장 앞에서 밤을 새운다든지, 악기를 동원한다든지 하는
건 절대 안 된다. 만약 주변에 수험생이 자고 있는데, 응원 때문
에 잠을 설친다면 문제가 되지 않겠나. 하지만 응원을 절대 하지
말라는 말은 못 한다. 몇 년 전에 교육청 지시로 응원을 금지시켰

는데, 막상 고사장에 가보니 우리 학교만 응원단이 없었어. 정말 수험생들한테 미안하더라. 하지만 명심하도록! 심하게 하지는 마라. 지나치면 항상 문제가 되니까. 알겠나?"

1, 2학년 회장단을 중심으로 다음 날 새벽 응원단에 대한 회의가 있었다. 반장은 한 사람이라도 많으면 좋다고 했다. 현제네 반 아이들은 원하는 사람은 모두 응원에 참석하기로 했다. 3학년 선배들은 네 군데 시험장에 나뉘어 시험을 친다. 우리 반은 S고에 가기로 했다. 미리 교문 앞 제일 좋은 응원석을 잡아 조를 짜서 밤새 자리를 지킬 거라고 했다.

"선배들 말로는 이게 전통이라고 하는데, 11월에 길거리에서 노숙을 하는 게 무슨 전통인지 알 수 없지만 좋은 자리에서 선배들을 격려, 응원하는 것이 모르는 문제가 나왔을 때 온 우주의 기운이 한 데 모여 컴퓨터용 사인펜의 찍기 방향을 결정한다는 거야."

숨도 쉬지 않고 긴 문장을 한꺼번에 말한 반장 때문에 한바탕 웃음이 터졌다. 아이들은 마치 축제 준비라도 하는 것처럼 들떠 있었다.

"야, 우리도 하자."

현제가 제안했고, 제현도 고개를 끄덕였다. 기동은 길거리에서 밤새우는 것은 절대 못 한다고 기겁을 했다. 지수는 어디 여자가 바깥잠이냐며 엄마한테 머릴 밀릴 뻔했다고 또 한바탕 엄마 흉을 봤다. 경은도 아빠가 허락하지 않았다며 반장인데 미안하다고 새벽에 오겠다고 했다. 현제와 제현을 비롯해 다른 반 아이들까지 모두 일곱 명이 밤새 자리를 지키기로 했다.

아이들은 저녁을 먹자마자 텐트와 돗자리를 들고 S고 앞으로 몰려갔다. 온몸에 핫팩을 붙이고 내복을 몇 개씩 껴입는 건 기본이었다. 아예 침낭과 오리털 이불을 들고 온 아이들도 있었다. 자정이 지나면서부터 슬슬 눈치가 보이기 시작했다. 몇 번 경비아저씨가 교문 밖까지 나와 집으로 돌아가라고 고함을 지르고, 지나가던 순찰차에서 내린 경찰들이 뭐라고 잔소리를 해대기도 했다. 그들 앞에서 아이들은 별 반항도 대거리도 하지 않고 고분고분 예예 대답을 하며 실실 웃을 뿐이었다. 물론 아무도 자리를 뜨지 않았다. 매서운 입시한파가 시작되려는지 골목을 휘돌아 나가는 바람이 차고 때로는 뼛속까지 파고들었다. 청소년이 집에 들어가지 않고 길거리에서 노숙 합숙을 해도 떳떳한 하루, 수능 전날의 풍경이니 그들도 더 이상 뭐라고 하고 싶지 않은지 한번 나와보고는 못마땅한 듯 혀를 차고 다시 들어갔다.

현제는 축제 같기도 하고 해프닝 같기도 한 응원 소동에 마음이 들뜬다는 사실이 조금 쓸쓸했다. 싸우고 마음 상하고 엄마와의 관계 회복에도 긴 시간이 걸렸던 실패한 여행, 집에서 자지 않는다는 사실 때문에 불편했던 시간들을 생각하니 더욱 그랬다. 똑같이 집에 들어가지 않는 것인데 엄마는 집 밖에서 잔다는 사실보다 오늘 밤에 추워서 어떻게 하느냐는 걱정만 쏟아냈다. 어쩌면 선배들 응원을 하러 가면서 내년 수능 대비에 더 박차를 가

할 거라는 기대를 했는지도 모른다.

새벽 2시가 지나자 그때까지 떠들고 시시덕거리던 아이들이 하나둘 곯아떨어지기 시작했다. 닭털 침낭에 들어가 파카를 뒤집어써도 거리의 바람은 살 속으로 어김없이 파고들었다. 아무래도 이러다간 밤사이 얼어버릴 것만 같았다.

아이들의 수런거림이 시작된 건 새벽 5시쯤이었다.

"어? 뭐야, 여기서 잔 거야?"

"와, 어느 학교야 도대체. 미친 거 아냐?"

"동하고래. 쟤들 좀 봐."

아마 다른 학교 아이들이 막 도착한 모양이었다. 시끄러운 게 아니라 추워서 더 이상 누워 있을 수가 없었다. 현제는 제현을 꾹 찌르며 자리에서 일어났다. 맞은편 자리에서 K고 아이들이 책상과 보온병, 종이컵과 마실 차를 준비하고 플래카드를 걸고 있었다. 시끄러운 소리에 침낭을 걷어내고 아이들도 하나둘 일어났다.

'아는 건 알아서, 모르는 건 찍어서'

'수능날은 노력빨 운빨 모두 다 터지는 날'

어느 학교가 더 기발하고 재미있는 플래카드 문구를 만들어내느냐도 큰 관심거리였다. 미리 제작한 플래카드뿐 아니라 밤새 만들었는지 기발한 문구의 종이 피켓도 등장했다.

'잘 풀고 잘 찍자.'

'아들아, 재수 없다. 파이팅!'

'포기는 배추 셀 때 하는 말이야.'

아직 해도 채 뜨지 않은 새벽 거리는 응원을 나온 각 학교의 후배들로 속속 채워졌다. 교복으로 구별해도 대충 일곱 학교는 되는 것 같았다. 시간이 조금 더 지나자 동하고 응원단도 거의 다 도착했다. 경은도 핫팩으로 볼을 문지르며 지수와 함께 나타났다. 경은은 피켓을 세 개나 준비해 왔다.

"이걸 혼자서 만든 거야?"

"밤샘하는 대신이래. 반장인데 미안하다고 아빠가 만들어주셨어."

"아빠가?"

"옛날 생각 난다며 아주 신나하시던걸."

경은이 피켓을 들어 보였다.

'헷갈리는 것은 운이 좋아 정답!'

'원하는 점수 나와라 대~박'

'찍더라도 자신 있게 찍자.'

현제가 엄지손가락을 아래로 내리며 킥킥거렸다.

"야, 문구가 너무 구린 거 아냐?"

"성의를 생각해서 내가 봐줬다."

아이들이 모두 킥킥대며 웃었다. 6시쯤 되자 앞좌석에 안경 쓴 남자가 탄 공무수행 팻말을 붙인 승합차 한 대가 힘겹게 오르막 길을 올라왔다. 아이들이 와! 환호성을 질렀다. 누군가가 야, 저 거 시험지 차래, 하고 말했다. 정말 오늘이 수능날이 맞긴 맞구 나! 시험지 차량이라는 말만으로도 흥분되는지 밤새 떨었던 추

위에도 아랑곳없이 아이들이 열띤 함성을 질러댔다.

어느 학교 학생인지 모를 사복을 입은 첫 번째 수험생이 어깨를 웅크리고 입구에 나타나자 이 학교 저 학교 할 것 없이 아이들이 와! 하며 박수를 쳤다. 뒤이어 마치 약속이라도 한 듯이 응원 함성이 시작되었다. 시끄러운 도구를 사용한 응원이 금지된 탓에 오로지 목소리로만 하는 응원이었다. K고에서 먼저 함성이 터져 나왔다.

"아카라카치! 아카라카쵸! 아카라라카치치쵸쵸쵸! K! K! K! K!"

그걸 듣고만 있을 동하고가 아니었다. 3반 반장인 성민이 무리 앞으로 나가 오른손을 번쩍 들고 외치기 시작했다. 동하의 맑고 높은 쇳소리가 새벽하늘을 가르며 울려 퍼졌다.

"구호 준비됐습니까!"

아이들이 와 소리를 지르며 대답했다.

"됐습니다."

"됐습니까!"

"됐습니다—"

"됐나!"

"됐다!"

"됐나!"

"됐다!"

"구호 준비"

"야!"

"구호 시작!"

"디오엔지 하하하 브아시티오아와! 부산 동하 빅토리! 야!"

감독관들의 승용차가 드문드문 고사장으로 올라갔다. 동하고 선생님도 세 분이 오셔서 하나둘 나타나기 시작한 선배들의 어깨를 안아주며 응원에 동참했다. 아이들의 함성이 거리를 집어삼킬 듯했다. 선생님들이 씩 웃으며 상대편 학교의 응원이 묻혀 버리는 상황을 흐뭇하게 보고 있었다.

"야야야야야야야야야야야야야야야!"

"어이어이어이어이."

"승리의 깃발!"

"깃발!"

"우리 동하!"

"이기자!"

"동하!"

"이기자!"

"동하!"

열기는 점점 뜨거워졌다. 한쪽에선 목이 터져라 구호를 외치고 한쪽에선 올라오는 선배들을 동그랗게 둘러싸고 '수능 대박! 파이팅'을 외쳤다. 학생회장인 3학년 태호 형이 나타나자 아이들이 더 큰 함성을 지르며 성민이 서 있는 자리로 데리고 갔다. 태호 형이 오른팔을 들어 올리며 외쳤다.

"준비됐나!"

"준비됐다!"

다시 한 번 구호가 시작되었다. 아이들은 열광적으로 환호했다. 작년에 해본 경험이 있으니 태호 형은 여유 있게 구호를 외쳤다. 하지만 시험장으로 들어가는 저 발걸음이 얼마나 떨릴지도 짐작할 수 있었다. 현제는 갑자기 심장이 폭발할 것 같아 몇 번이나 가슴을 쓸어내렸다. 이제 저 길로 들어갈 날이 1년밖에 남지 않은 것이다.

정작 아이들은 씩씩하게 시험장으로 향하는데 대부분의 부모들은 눈물을 보였다. 아들의 핸드폰을 받고 자신의 손목시계를 풀어주는 어머니도 있었다. 8시가 임박해오자 경찰 오토바이에 구급차까지 동원되어 교문 앞에 수험생을 내려놓는 진풍경이 벌어졌다. 그리고 마침내 교문이 닫혔다. 성민이 큰 소리로 대열을 정비했다.

"모두 차렷! 경례."

닫힌 교문 앞에서 아이들은 바닥에 엎드려 큰절을 올렸다. 현제는 코끝이 찡했다. 이 엄청난 행사를 짊어진 채 1년을 지나가야 한다는 생각에 등이 휠 것 같은 부담감이 느껴졌다. 몇몇 부모들이 교문을 붙잡고 기도하고 있었다.

학교 정문이 완전히 닫히고 경비가 철수를 재촉하자 응원을 왔던 학생들은 자리를 떠났다. 발걸음이 떨어지지 않는 가족들은 여전히 교문 앞에 서서 운동장 너머 보이는 시험장 건물을 한참 동안 바라보고 있었다.

아이들은 몇 명씩 짝을 지어 집으로 가거나 뿔뿔이 흩어졌다. 현제와 제현, 지수와 경은은 맥도날드로 가서 구호를 외치느라 소진해버린 텅 빈 위장에 햄버거를 집어넣었다.

"이제 우리 차롄 거야?"

어느 정도 배가 채워졌는지 경은이 푹 한숨을 쉬며 말했다.

"아, 정말 싫다. 끔찍해. 이 입시지옥!"

현제도 제현도 아무 말이 없었다. 입시지옥이라는 말은 이미 배고프다, 잠온다는 말처럼 일상어가 되어버렸다. 제현이 지저분하게 쓰레기가 담긴 쟁반을 들고 일어섰다.

"자, 입시지옥으로 가보자."

장난 같은 비명도 지르지 않고 지수가 가방을 들고 일어났다. 시시포스처럼 운명에 순응하겠다는 얼굴로 몸을 일으키는 지수가 자칭 홍길동의 후손 이미지와 전혀 어울리지 않아서 아이들은 낄낄거리고 웃어주었다. 현제가 지수의 팔을 잡으며 말했다.

"오늘 혜진이 퇴원한대. 나온 김에 병원에 가보자."

"너무 이른 시간 아닐까?"

"아니, 오전에 한다고 했으니까 늦으면 못 만날 수도 있어. 집으로 가긴 좀 그렇잖아."

버스 정류장에서 병원으로 가는 버스를 탔다. 버스는 생각보다 복잡했다. 한 시간 늦춰진 출근 시각 때문인지 버스에는 제법 많은 사람들이 타고 있었다. 사람들 사이에서 이리저리 밀리면서 현제는 문득 함께한 이 아이들과 자신 사이에 뭔가 소중한 것이 존재한다는 생각에 사로잡혔다. 서로 의견이 다를 때는 격렬하게 다투다가도 언제 그랬냐는 듯이 일상으로 돌아가고, 어떨 때는 굳이 확인하거나 말하지 않아도 서로의 생각마저 비슷해지는 이 이상한 녀석들이 인생에 어떤 메시지를 주고 있는 것 같았다.

입원실에는 퇴원 가방을 다 싸놓은 채 혜진이 혼자 침대에 앉아 있었다. 혜진은 동그란 콧날과 작은 입술을 가진 아이였다. 마스크를 벗은 혜진의 얼굴은 야위고 창백했으나 눈부실 정도로 맑아서 현제는 잠시 눈을 감았다가 떴다. 손에 들고 있는 마스크를 계속 만지작거리던 혜진은 현제 일행을 발견하자 얼른 마스크로 얼굴을 가렸다. 현제는 무의식중에 고개를 끄덕였다. 괜찮아, 라고 말하고 싶었다. 제현이 팔꿈치로 툭 현제를 쳤다. 마스크 이야기는 하지 말자는 제스처 같았다. 마스크를 다시 썼지만 혜진의 눈은 가늘게 웃고 있었다. 아주머니는 퇴원 수속을 하러 간 모양인지 보이지 않았다.

"엄마는?"

지수가 묻자 혜진이 대답 대신 다시 빙긋 눈으로 웃었다.

"퇴원 잘 하고, 건강해야 해. 담에 집으로 놀러 갈게."

지수가 혜진의 손을 잡으며 말했다. 혜진이 고개를 끄덕이며 지수의 손을 만지작거렸다. 제현이 주머니를 뒤적이더니 혜진에게 뭔가를 내밀었다. 혜진의 손에 놓인 것은 촛불 모양의 작은 플래시였다.

"이거 어머니가 너한테 주라고 해서……."

현제가 제현을 보았다. 어머니라는 말을 흐리고 빠르게 처리했지만 분명하게 들을 수 있었다. 물론 사정을 모르는 사람 앞에서 아주머니라는 말을 하기가 더 거추장스러웠는지도 모른다.

"이 촛불에 힘이 있대. 너에게도 필요할 거라고 했어."

촛불은 바람 불면 꺼진다는 한 여당 정치인의 발언에 촛불집회 때 사람들이 양초 대신 LED 촛불을 들고 간다더니 바로 그 플래시인 모양이었다. 혜진이 플래시 버튼을 켰다가 껐다가 하더니 종이로 말아놓은 것처럼 위태로운 팔목을 흔들며 말했다.

"고마워."

"전화할게, 혜진아."

"고마워, 제현제 오빠."

"제현제?"

현제와 제현이 눈을 마주치며 큰 소리로 웃었다. 곧 혜진이 엄마가 병실 문을 열고 들어왔다.

"밥 먹었니? 이렇게 아침 일찍?"

혜진이 엄마의 목소리는 공중에 떠 있는 듯 밝았다. 아이들의 어깨를 끌어안는 품도 한결 여유로워진 것 같았다.

하늘이 맑았다. 수능날이지만 입시한파는 오전에 풀린다고 했다. 공기 중에서 생생한 나무 냄새가 났다. 큼큼 코를 벌름거리며 현제가 제현의 어깨에 팔을 걸치자 지수가 현제의 팔짱을 끼고 경은이 제현의 허리에 팔을 둘렀다. 야, 뭔 짓이야, 왜이래. 남자아이들이 비명을 지르며 도망가자 여자아이들이 뒤따라 쫓아갔다.

도로에 퍼지기 시작한 오전 햇살 속으로 아이들도 마구 뒤섞이고 있었다.

파도가 무엇을 가져올지 누가 알겠어

강바람이 자전거를 쓰러뜨릴 듯이 불어왔다. 오리털 파카에 헬멧을 쓰고 목까지 내려오는 마스크를 했지만 바람은 옷깃을 헤집고 들어와 피부 속으로 파고들었다. 땀이 목덜미를 적시고 가슴팍으로 흘러내렸다가 날카로운 바람에 빠르게 식어갔다. 제현은 기동의 넓은 등판과 지친 다리를 보며 천천히 페달을 밟았다. 강은 바다처럼 몸을 뒤척이고 있었다. 허옇게 색이 바랜 낡은 갈대들이 메마른 몸을 뒤척였다. 페달 밟는 소리 사이로 서걱서걱 마른 갈대들의 몸부림이 들려왔다.

이번에도 여행을 먼저 제안한 사람은 현제였다. 결석하고 여행 가자고 했던 약속을 지키지 못해 현제는 아직까지도 제현에게 마음의 빚이 있다고 고백했다.

"결석을 한다는 것, 중학교 땐 그게 제도권에 대한 저항이고 어떤 자유처럼 느껴졌었어. 그래서 더욱 설레었고……. 그때는 의미를 결석에 두었다면, 니가 힘들었을 때 하루 결석하고 너랑 여행 가고 싶었던 건 오로지 니가 목적이었어. 진심이 통한다면 하루 결석은 부모님도 이해할 거라고, 그래서 큰 문제는 없을 거라고 생각했거든. 그런데 지금은 달라. 지금은 여행 그 자체야. 부딪히고 넘어지고 실패하고 일어나고. 이게 이번 여행 목표야."

"오, 좋은데? 니 소원이라면 기꺼이! 한번 넘어져보자고. 페달 한번 끝까지 밟아보자."

"그런데 니 저질 체력으로 되겠냐?"

"니 걱정이나 하시지."

자신 있다는 투로 대답한 제현이 깜빡 잊은 게 생각났다는 듯 덧붙였다.

"어머닌 뭐라고 안 해?"

"방학이잖아. 결석도 아니고……. 1월부터는 보충수업이 있을 거고, 그 전에 다녀오겠다고 했지. 반대할 이유는 없지만 엄마가 스스로 인정하기까지 시간이 걸리긴 했지. 특히 자전거를 타고 가는 걸 두고 좀 설득이 필요했어. 날씨가 춥고 위험하다는 거야. 그래서 자전거길이 얼마나 안전한지 블로그를 찾아서 다 보여드렸지."

두 사람이 손바닥을 딱 마주쳤을 때 지수와 경은이 끼어들었고, 지수는 자기도 같이 가겠다며 호들갑을 떨었다.

"니가 우리 속도를 따라오겠냐?"

현제가 놀리자 지수가 콧방귀를 뀌었다.

"니가 이 몸 실력을 모르는구나. 내가 본때를 보여주지."

그때 경은이 지수의 등을 두드리며 말했다.

"야, 너 혼자 이 야만적인 남자애들 틈에 끼어서 자전거여행을 간단 말야? 내가 같이 가줘야 되는 거 아냐?"

경은은 평소에도 가족끼리 자전거 라이딩을 다닌다고 했다. 부산에서 인근 도시로 대여섯 시간이 걸리는 자전거길도 훤하게 꿰고 있었다. 경은까지 나서니 기동도 같이 가고 싶은 눈치였으나 자전거를 탄다는 말에 손사래를 치며 고개를 흔들었다. 그때 경은이 기동의 등짝을 후려치며 말했다.

"야, 살 뺄 기회야. 무조건 같이 가는 거야!"

"그래, 기동아, 같이 가자. 천천히 가면 돼."

현제가 기동의 어깨를 잡아 흔들었다.

"지치면 버스에 자전거 싣고 돌아오면 돼. 우리 한계가 어디까지인지 한번 확인해보고 싶지 않냐?"

여전히 자신 없다는 듯 손을 휘휘 내젓는 기동을 무시하고 현제가 소리쳤다.

"그럼 이번 사이클 탐사대는 기동이까지 다섯 명으로 결정한다. 반대 없지? 반대 없으면 박수쳐."

현제가 짐짓 엄숙한 목소리로 말하자 아이들이 비아냥대며 낄낄거리면서도 박수를 힘차게 쳤다.

"한 사람 더 넣으면 안 돼?"

약간 들떴던 분위기가 가라앉자 제현이 아이들의 눈치를 보며 조심스럽게 말했다. 현제가 생각에 잠긴 얼굴로 제현을 보며 머리를 흔들었다.

"무리야, 개한테는……."

"말도 안 돼. 현제 말이 맞아, 개한테는 무리야."

화들짝 놀라는 얼굴을 하며 지수가 손사래를 쳤다.

"기동이 체력이나 비슷할걸."

제현이 기동을 힐끔 보며 말하자 기동이 내가 뭐? 라는 표정으로 눈을 치떴다. 그때 경은이 지수의 등짝을 찰싹 때리며 소리를 내질렀다.

"누군데 그래? 개라니?"

"누군 누구겠냐? 당연히 여자지. 흐흐."

지수의 음침한 웃음에 경은이 입술을 일그러뜨리며 험악한 표정을 지었다.

"지랄, 그러니까 그게 누구냐 말이야."

그때 기동이 얼른 끼어들었다.

"잘됐네. 누군지 모르지만 나를 빼고 그 애를 넣어."

이번엔 지수가 기동의 등을 철썩 때렸다.

"야, 소주 한 병 들이켜던 그 깡은 다 어디로 갔냐? 정기동!"

기동이 씨익 웃자 경은이 두 팔을 활짝 벌리고 야단스러운 동작을 취하며 말을 했다.

"소주 한 병뿐이야? 자유발언 시국선언 정기동! 인터넷을 달

구었는데."

정말 그랬다. 수능이 끝난 주 토요일 촛불집회에 참석했다가 기동이 인파 속에서 큰 소리로 외치는 것을 누군가가 찍었고, 그 화면이 인터넷을 떠돌아 한동안 학교 안에서 화제가 되었던 것이다.

그날은 학생회장인 태호 형이 자유발언을 한다고 해서 학교 아이들이 우 몰려갔었다.

"우리는 학생이기 전에 대한민국의 국민입니다, 나라가 없으면 학생도 될 수 없습니다. 우리들은 입시경쟁과 내신관리를 위해 책상 앞에 딱 붙은 채로 지금까지 살아왔습니다. 누구는 부모 잘 둔 덕에 특혜 입고 대한민국 명문 대학에 그렇게 쉽게 들어간다는 게 말이 됩니까? 열심히 노력한 학생들의 꿈과 희망은 무참히 짓밟히고 찢겨버렸습니다!"

이렇게 시작한 태호 형의 자유발언을 들으며 아이들은 박수 치고 환호하고 코끝이 찡해지는 먹먹함을 느꼈다. 태호 형의 발언이 끝나자 사람들의 박수가 터져 나왔다. 그때였다. 무대에서 내려오는 태호 형을 마중 나가기라도 하듯 기동이 자리에서 벌떡 일어났다.

"아직 학생인 우리들도 무엇이 옳고 그른지 압니다! 생각 좀 하고 삽시다!"

기동이 서 있는 주변에서 웃음소리가 와르르 쏟아졌다. 여기저기서 기동을 향해 핸드폰을 들이댔다. 지수가 얼른 기동을 주저앉혔다. 기동은 자리에 앉으면서도 큰 소리로 구호를 외쳤다. 촛불집회가 끝나고 시가행진까지 하고 나니 제법 늦은 시각이었다. 집으로 돌아가는 지하철 안에서도 기동은 여전히 흥분을 가라앉히지 못했다. 하지만 다른 아이들은 어색할 정도로 서로 입을 다물고 있었다. 집에 가면 부모님의 싫은 소리가 기다리고 있을 터였다. 오늘 집회에 참석한 것을 알면 뭐라고 할 게 뻔했다. 어른들은 시대가 정의를 요구해도 다가올 고3은 분노해서는 안 된다고 할 게 틀림없었다.

선생님들은 방학을 앞두고 '올해 수능이 끝났다. 이다음은 누구겠나?'라며 아이들을 압박했다. 그들은 심각한 얼굴로 정신 무장 운운하면서 매일 으름장을 놓았다. 뭔가 새로운 자극이 필요하다고 생각하던 즈음이었다. 추운 겨울한파, 뺨을 찢어버릴 듯 날카로운 바람, 터질 것 같은 허벅지와 종아리의 고통도 모두 느껴보고 싶었다. 그렇게 한계에 도전해보고 싶었다.

"넌 어떤 사람이 되고 싶냐?"

현제가 그렇게 물어온 건 석양이 내리기 시작한 낙동강 강바람을 잠시 피해 들어간 도로가의 편의점에서였다. 뜨거운 물을 부은 컵라면이 붓는 그 잠깐 동안을 기다리지 못하고 지수와 경은, 기동은 과자라도 먹어야겠다며 편의점 안을 이리저리 휘젓고 다니고 있었다. 언젠가 한번 현제에게 이런 질문을 받았을 때도 제현은 뭐가 되고 싶은지 말하지 못했던 것을 기억했다.

"글쎄, 생각해본 적 없다."

"야, 그런 게 어딨냐. 한번도 생각해본 적이 없단 말야?"

제현은 문득 얼마 전에 본 영화를 떠올렸다. 일요일 점심을 먹은 후 거실에 앉아 차를 마실 때였다. 다른 날 같으면 방으로 들어갔을 텐데 자전거여행을 떠나겠다는 말을 하려고 같이 거실에 앉은 참이었다. 마침 텔레비전에서 일요시네마를 시작하고 있었다. 톰 행크스 주연의 〈캐스트 어웨이〉라는 영화였다.

"친구들이랑 자전거여행을 하고 오려고요. 일주일 후부터는 보충수업이고요."

아빠는 아무 말 없이 고개를 끄덕였고, 아주머니는 추울 텐데, 괜찮겠니 하는 걱정을 했다. 벌떡 일어나기에는 그런 말을 띄엄띄엄 하고 있는 아주머니에게 실례가 될 것 같아 텔레비전에 눈을 주고 있었는데, 영화에 빠져 끝까지 자리를 뜨지 않은 것이다.

비행기 사고로 무인도에 표류하게 된 택배 회사원인 주인공이 4년이라는 시간 동안 무인도에서 살아내는 이야기였다. 파도에 휩쓸려 해안가로 밀려온 택배 상자를 하나씩 뜯으며 그는 불가능할 것 같았던 무인도에서 삶을 이어간다.

"그 영화에서 말이지. 주인공이 치통을 앓거든. 온갖 이유로 치과에 안 갔는데, 지금 이 순간 여기에 병원이 있다면 얼마나 좋을까 이런 이야기를 해. 나도 그래, 지금까지 수없이 많은 순간 후회하면서 살았고, 앞으로도 그렇게 살지 몰라. 하지만 한번 최선을 다해 살아보려고, 지금 생각은 그래. 꿈은 아직 정하지 않았지만."

"나도 예전에 그 영화 봤어. 엄마가 하도 성화를 해서 봤는데, 자세한 내용은 기억이 안 나지만 파도에 밀려온 택배 상자에서 꺼낸 스케이트 날로 이를 뽑는 장면은 기억이 나네."

"……얼마 전에 엄마가 긴 메일을 보내왔어. 결혼 생활이 늘 힘든 파도를 온몸으로 맞는 거 같았다고. 엄마는 파도에 몸을 부딪히기만 했을 뿐 한 번도 그 파도에 몸을 실으려고 노력하지 않았다고……, 정말 미안하다고."

"……답장 한번 드려라."

"글쎄, 아직은 엄마를 이해하고 싶지 않아. 그런데 영화를 보다가 그런 생각이 드는 거야. 사람들은 다 스스로 각자의 인생을 살아내는 거다……."

"혜진이처럼? 그 애는 어쨌든 자신의 방식으로 살아냈잖아."

"맞아. 사람들은 혜진이의 정신이 이상하다고, 그 길 찾기가 황당하다고 말하겠지만…… 혜진이는 자기만의 방식으로 마침내 오빠를 부활시킨 거야. 그건 미치지 않으면 안 되니까, 그거야말로 진정한 용기인지도 모르지."

"그래서 네가 꽃을 놓았냐?"

"어어, 알고 있었어?"

"내가 바보냐? 그걸 모르게."

낄낄 웃으며 대답한 현제가 다시 말을 이었다.

"〈캐스트 어웨이〉에서 톰 행크스가 그런 말을 했어. 우린 계속 숨을 쉬어야 해. 파도가 무엇을 가져올지 누가 알겠어."

"니가 바보 아닌 건 확실하다. 나야 얼마 전에 봤지만 넌 그 영화 본 지가 언젠데 그걸 아직도 외우고 있나?"

"흐흐, 사실 그때 엄마가 이 말을 종이에 적어서 한동안 내 책상 앞에 붙여놨었거든. 안 외울 수가 없었지."

히죽거리며 야유를 보내던 제현의 얼굴에 알 수 없는 모순된 감정이 떠올랐다.

"……그 뷔블로스 강변도 꼭 그랬겠지. 끊임없이 뭔가가 밀려오고……."

"그래. 파도에 실려 온 그것들과 부딪히며 살아가고……."

갑자기 어두워진 친구의 표정을 힐끗 본 현제의 얼굴에 장난기가 맴돌았다. 부딪히며! 현제가 그 말을 다시 하며 제현의 어깨를 툭 밀치자 이번엔 제현이 현제의 어깨를 밀었다. 부딪히며! 부딪히며! 번갈아 구호를 외치며 부딪는 강도가 갈수록 세어졌다. 히힛 낄낄 웃음을 웃으며 장난을 하는 그들 사이로 경은과 지수가 맥주를 한 캔 가지고 왔다. 제현이 현제를 보며 말했다.

"파도에 뭐가 휩쓸려 왔는지 한번 봐라."

"야, 음주운전은 안 돼."

현제가 기겁을 하자 지수가 현제의 팔을 소리 나게 때리며 말했다.

"하, 김현제 순진하긴……."

지수는 현제의 팔을 꽉 잡았다 놓았다. 자기도 모르게 손에 힘이 들어갔다. 오늘 현제는 몇 번이나 지수 옆으로 와서 같이 달려 주었다. 현제가 지수에게만 힘내라고, 조금만 더 가자고 말을 걸 자 기동은 몇 번이나 '야, 김현제 치사하다'라고 고함을 질러댔 다. 그 장면이 떠올라 지수는 저도 모르게 웃음이 나왔다.

"이게 바로 길동님 묘약의 정화수란 말씀이야."

지수의 큰소리에 기동이 고개를 끄덕이며 말했다.

"야, 마셔도 되지. 오늘 하이킹은 끝났잖아."

"역시, 교실에서 소주 한 병 까던 기동님께 이 정도는 아무것 도 아니지. 큭큭. 마셔라, 마셔. 브아시티오아와!"

경은이 기동의 말을 되받아치며 낄낄거렸다. 맥주를 든 제현 이 경은을 따라 브아시티오아와!를 절도 있게 외쳤다. 그 구호가 신호라도 된 듯 아이들이 모두 기동의 등짝을 타다닥 쳤다. 아프 다고 엄살을 떨었지만 기동의 지친 얼굴에 환한 웃음이 피어났 다. 힘들었을 텐데 여기까지 잘 왔다는 응원의 의미라는 것을 기 동은 알고 있었다. 기동이 때문에라도 오늘 일정은 이쯤에서 마 무리해야 할 것 같았다. 기동은 한 시간 전부터 더 이상은 죽어도 갈 수 없다고 아예 길바닥에 드러누워버렸던 것이다.

컵라면 뚜껑을 열자 김이 화르륵 올랐다. 나란히 앉아 고개를 숙인 채 라면을 먹고 있는 다섯 사람의 목덜미 위로 낙동강의 붉 은 노을이 내려앉았다. 노을은 창을 태울 듯이 편의점 안으로 파 고들었다. 뜨거운 것도 아랑곳없이 입속으로 아예 면과 국물을 들이붓던 지수가 재빨리 컵라면 하나를 더 사서 물을 붓고 있었다. 그 옆에서 젓가락을 입으로 쪽쪽 빨며 탐욕스러운 표정으로 보고 있던 경은이 후룩후룩 짭짭 하며 우스꽝스러운 표정으로 입맛 다시는 소리를 냈다. 기동이 젓가락을 들고 꿀꿀꿀 셀프디스를 했다. 그 소리를 들은 제현이 픕 웃음을 터뜨렸고 순간 제현의 입에서 라면 국물이 튀어나왔다. 현제가 비명을 지르고 제현이 웃고 있는 사이 맞은편 산등성이는 더욱 붉게 타올랐다. 아직 익지도 않은 지수의 새로운 컵라면 뚜껑이 열리자 젓가락이 여기저기서 마구 달려들기 시작했다.

작가의 말

일요일이면 가까운 승학산에 갔다가 집으로 돌아와 EBS 일요 시네마를 보는 시간이 한동안 나를 행복하게 했다. 톰 행크스가 주연한 〈캐스트 어웨이〉를 본 것은 작년 1월쯤이었다. 개봉했을 때 영화관에 가서 보았으나 수년이 지나 거실에서 다시 마주한 순간 나는 속수무책으로 영화에 빠져 들어갔다. 파도에 휩쓸려 온 것들은 주인공을 위험하게도 만들지만 또 살아가게도 만들었 다. 어쩌면 저렇게 무언가와 끊임없이 마주하며 살아가야 하는 가. 어쩌면 저렇게 고독한가. 저것이 인생이라면 우리가 두려워 해야 할 것은 무엇인가.

진이와 건이 이야기를 쓰는 동안 나는 그 무엇으로도 그들을 위로할 수 없음을 알았다. 파도에 휩쓸려 온 무엇이 아니라 집채 만 한 파도와 싸워야 하는 힘겨운 인생이기에 더욱 그러했다. 미루고 미루다가 겨우 한 문장을 썼다. 그렇게 한 문장씩 만들어 진이의 파란 공책을 채웠을 때, 진이가 하고 싶은 말이 남아 있는 것은 아닌지 두려웠다. 나는 진이에게 미안했다.

이 소설은 아들이 고등학교를 졸업하기 전에 청소년 소설을 한 편 쓰고 싶다는 생각으로 시작했다. 아들과 많은 이야기를 했고, 또래 아이의 일상을 유심히 지켜보았다. 하지만 소설을 쓰는 동안 나는 많은 순간 망설이고 주저했다. 타인의 인생에 발을 들여놓는 순간의 경외심 때문이었다. 작년에 작품을 완성하고 아들에게 소설을 보여주었다. 그때 아들은 어느 대화글에 밑줄을 그으며 이렇게 말했다. "에이, 엄마 우린 이런 말 안 써요." 둔탁한 뭔가로 머리를 한 대 얻어맞은 기분이었다. 나는 소설을 처음부터 다시 보았다.

청소년의 마음을 어른이 완벽하게 들여다볼 수는 없다. 그래서 청소년 소설을 쓸 때면 다른 소설보다 더 긴장하게 된다. 이 소설로 그들의 마음 길에 조금이라도 가까이 다가갔기를 바란다. 4년 동안 무인도에서 날것의 세상과 부딪히며 살아간 〈캐스트 어웨이〉의 주인공 척 놀랜드가 곁에 있다면 그들에게 이런 이야기를 들려주었을 것이다.

"계속 숨을 쉬어야만 해. 내일은 또 새로운 날이니까. 파도가 무엇을 가져올지 누가 알겠어?"

작품에 대한 조언을 아끼지 않아 좀 더 나은 소설이 되게 도와준 사현금 문우들, 좋은 소설에 대한 욕심을 버리지 말라고 여전한 채찍질을 주시는 이복구 선생님, 냉정한 비평을 아낌없이 보내준 현구, 그리고 수고해주신 나무옆의자 편집진께 감사의 인사를 전한다.

건이의 영혼에 노란 국화를 바치며
2018년 여름날 박향

파도가 무엇을 가져올지 누가 알겠어

초판 1쇄 발행 2018년 8월 17일
초판 6쇄 발행 2021년 11월 3일

지은이 박 향
펴낸이 이수철
주 간 하지순
디자인 권석중
마케팅 안치환
관 리 전수연

펴낸곳 나무옆의자
출판등록 제396-2013-000037호
주소 (10449) 경기도 고양시 일산동구 호수로 358-39 동문타워1차 202호
전화 02) 790-6630 팩스 02) 718-5752
페이스북 www.facebook.com/namubench9

ISBN 979-11-6157-039-6 03810